ENTENDRE NOS FANTÔMES

SACHA PERRINE

ENTENDRE NOS FANTÔMES

Une enquête du Dr Vick Vickensen

Robert Laffont

ISBN : 978-2-221-27415-6
Dépôt légal : février 2024
Éditions Robert Laffont – 92, avenue de France 75013 Paris

À ma femme et à mes filles.

« Les morts sont des invisibles, ils ne sont pas des absents… »

Saint Augustin

1

On dit bien des choses, sur l'art d'être heureux. Vivre, pourtant, est à la fois plus simple et plus compliqué qu'on l'imagine. Il s'agit de pouvoir répondre à deux questions que posent à leur manière tant d'enfants au monde des adultes.

« D'où je viens ? » et « Où je vais ? ».

Savoir répondre à ces deux questions apporterait, j'en mets ma main à couper, l'assurance du bonheur. Mais la question, la seule qui compte, est de savoir si nous serions capables, nous, pauvres mortels, de regarder bien en face notre existence, même nos faces les plus noires, les plus atroces, celles qui sommeillent au chaud de nos maisons hantées dans les fissures du silence, et de répondre à ces deux questions avec authenticité. Serions-nous prêts à parcourir ce chemin, à défier nos fantômes, si ce chemin, au bout du compte, nous offrait la *garantie* d'être heureux ? Le don du bonheur ne pourrait-il pas être, aussi, un héritage ?

Raymonde Burgaud, en ce jour d'été 1986 dans le sud de la France, était loin de telles considérations. C'était son secret de bien-être – ne jamais se poser de questions –, et elle en était parfaitement heureuse. La vie de Raymonde Burgaud ressemblait à une danse impeccablement rythmée. Chaque matin, elle exécutait les mêmes gestes, les mêmes rituels. Lever à 5 h 45, à la fraîche. Après tout, elle avait beau être à la retraite, sa fonction d'adjointe au maire exigeait encore beaucoup de travail. Époussetage minutieux de la gigantesque photo en noir et blanc de son fils, qui trônait au milieu du salon. Puis, pieds nus sur les tomettes rouges encore fraîches, elle traversait son appartement, un trois-pièces dans l'hypercentre d'Uzès, jusqu'à la cuisine, pour mettre en marche la cafetière préparée la veille au soir. Tandis que celle-ci crachotait et diffusait une odeur d'enfance dans la maison, Raymonde enfilait sa robe de chambre et, de sa fenêtre et sans l'ouvrir, elle contemplait la place, *sa* place, la place aux Herbes. Le marché n'ouvrait qu'à 7 h 30, Uzès n'était encore qu'à elle.

La cafetière cessa son vacarme ; Raymonde ouvrit le placard, la porte de gauche, et elle sortit son mug Empire State Building, celui que son fils lui avait rapporté de New York. Cela faisait onze ans, maintenant. Un nuage de lait, beaucoup de sucre – et rien à faire du médecin qui lui disait que c'était mauvais pour son cœur, car elle n'en avait plus rien à foutre, de son cœur ! –, et Raymonde s'assit sur son tabouret au balcon, savourant son café. Elle alluma une cigarette.

Sa bulle de vie et de liberté. Elle disait que ça sentait l'homme. Puis elle consulta son agenda.

À 6 h 30 précises, Raymonde Burgaud enfila sa robe bleue, chaussa ses Converse blanches – les mêmes que Mick Jagger lors de son mariage quinze ans plus tôt – et descendit l'escalier cabossé qui menait à la place, non sans avoir vérifié juste avant de sortir qu'elle avait ses clés, et qu'elle avait bonne mine.

Elle fit le tour de la fontaine centrale, savoura le calme et huma le discret parfum des lauriers roses. À cette heure, le monde est à nous, se disait-elle. C'est ce que lui répétait jadis son père, lui qui, à présent, sommeillait dans le cimetière du bout du village, près du chemin du « château ». Quatre-vingts ans ici, ça en faisait, des souvenirs... Pour tout le monde alentour, Raymonde Burgaud était encore l'instit' en chef du village.

Il était 6 h 45 quand Raymonde parvint à la boulangerie. 6 h 45 et trente secondes lorsqu'elle pénétra à l'intérieur et qu'elle entonna son « Bonjour, Martial ! » rituel. 6 h 46 quand elle prononça un deuxième « Martial ! », un peu plus fort. Raymonde Burgaud n'avait pas l'habitude de se répéter. Et ce n'était pas le genre de Martial de ne pas répondre à une fidèle cliente. 6 h 47 lorsqu'elle décida de se diriger vers l'arrière-boutique. Quelques secondes plus tard, elle poussait la porte blanche.

6 h 47 et quarante-trois secondes lorsqu'elle passa la tête pour regarder vers le four à pain.

6 h 48 précises lorsqu'elle s'évanouit.

Car, s'il y avait bien une chose que Raymonde n'avait jamais supporté, c'était la vue du sang.

2

On n'entendait pas un bruit, ce matin-là, dans ce qu'il était convenu d'appeler au village le « château ». Pourquoi l'avait-on nommé ainsi ? C'était à dire vrai un grand manoir.

On y accédait par une longue et mince artère qui partait du centre, au croisement de l'avenue Charles-Gide, de la rue Saint-Julien et de l'avenue Maxime-Pascal. En fait d'artère, c'était plutôt une ruelle très étroite, si étroite que, bien souvent, les touristes qui y louaient des maisons l'été y laissaient leurs rétroviseurs, que les habitants ramassaient et entreposaient chez eux, comme des trophées.

Elle aboutissait à un cul-de-sac et une épaisse porte en fer forgé qui, avec le temps, avait rouillé par endroits. Les habitués et les amis – bien qu'il y en ait de moins en moins au fil des années – savaient qu'il fallait sonner non pas à côté du portail, mais sous la porte de service, à « Dr Vick ». Il était heureux, cependant, que le château ne soit pas au centre de la commune, car, ici, personne ne souhaitait faire la publicité d'une visite à ce type de docteur-là.

Passé la porte, on pénétrait dans une grande cour de gravier donnant accès aux différentes ailes de la demeure, tout à fait majestueuse et luxueuse, du moins pouvait-on le croire. Peu de gens, du reste, avaient le privilège d'une visite complète. Il fallait patienter devant la première porte de droite, la plus imposante, précédée de quatre lourdes marches de marbre blanc patiné.

On était habitué à attendre, on bénissait le ciel d'avoir eu droit à une séance avec *elle*. En retard, toujours en retard (elle avait appris, ou plutôt pensait, que cela créait le désir chez les patients), Vick Vickensen, ayant fait sortir son patient précédent par la porte de derrière, accueillait l'impétrant, le faisait cheminer par la salle du billard qui ouvrait sur le jardin à la française, passer un premier salon, et l'installait sur le divan de velours pourpre. Elle enchaînait ainsi, toute la journée, de 8 heures à 21 heures.

Françoise, dix-sept ans, avait un casque de Walkman Sony noir vissé sur les oreilles – un cadeau de sa mère, il y a longtemps, en 1981. Elle était la fille aînée de Vick. Elle vivait dans son *studio*, qui était en fait une grande chambre à laquelle on accédait par un escalier depuis la salle du billard. Le studio était la seule pièce neuve et bien isolée du château. Avec une bande de copains, Françoise avait repeint en blanc tous ses murs. Un blanc immaculé, un blanc parfait, qui détonnait avec le reste du château – hormis le cabinet de Vick.

Personne ne pouvait entrer ; l'adolescente avait elle-même financé par ses baby-sittings la pose d'une serrure, dont elle était seule à détenir la clé. Le studio avait un autre avantage considérable : il donnait accès à l'immense terrasse offrant une vue panoramique sur le village et la forêt *interdite*, comme la nommait Françoise.

La jeune fille, dans un maillot deux-pièces fuchsia, dansait, tapait du pied, hurlait – « *You don't have to be rich to be my giiiiiirl* » –, fermait les yeux et ébouriffait ses cheveux roux en tirant sur une Marlboro Gold. Cette terrasse était son eldorado ; elle pouvait chanter, s'époumoner, se mettre à poil, même, sans craindre de déranger quiconque, et surtout pas celle qu'elle appelait la « gourou » : sa mère.

Au moment précis où elle sentit que c'était bon, qu'elle était *devenue* Prince (car elle avait réussi à danser *exactement* comme lui dans le clip de « Kiss »), Françoise entendit une moto démarrer devant le château et partir en trombe. Elle descendit de la terrasse, bondit vers le couloir, mais s'arrêta net sur le seuil de sa chambre. Une lettre avait été glissée sous la porte, et Françoise faillit en faire tomber son Walkman. Elle appuya sur pause et ramassa l'enveloppe. Rien n'y était écrit. À l'intérieur : une feuille de papier blanc où courait une écriture rouge, qui évoquait le Bic quatre-couleurs de la cuisine. La graphie était hachée, mais elle la reconnut tout de suite. C'était la même que celle des mots du frigo il y a deux ou trois ans, celle où il lui laissait des « Je t'aime » sur des Post-it violets.

Françoise, peux-tu dire à Vick, car elle est encore en consultation, que je la quitte ?

Elle n'a qu'à m'appeler pour qu'on s'organise pour Marguerite.

Je téléphonerai pour donner le numéro d'un hôtel ou d'une cabine téléphonique où me joindre.

Je vais peut-être voyager. Je ne sais pas quand je reviendrai à Uzès.

Désolé, Françoise.

L'adolescente se redressa, écrasa sa cigarette sur le sol, dévala comme une furie et toujours en maillot de bain la volée de marches qui menait au rez-de-chaussée, passa la salle du billard, le deuxième salon, et éclata du pied la porte du cabinet de Vick, en hurlant des insultes incompréhensibles entrecoupées de sanglots, sous les yeux incrédules d'un patient allongé qui se demandait bien dans quelle maison de fous il était tombé.

« Tu es la pire mère du monde ! Je te hais ! »

La phrase résonnait en Vick.

Elle avait été incapable de dire quoi que ce soit. Ni même de ressentir quoi que ce soit. Elle était restée stoïque, comme face à un patient qui pleure.

Elle avait demandé à Françoise de sortir. Terminé sa séance à l'heure prévue, empoché le liquide que son patient lui tendait et entendu ses remerciements. Elle l'avait raccompagné, lui avait dit « À la semaine prochaine ». Puis, de sa voix douce, hypnotique, qui était devenue sa voix de tous les jours, elle avait toqué à la porte du studio de Françoise en lui disant que c'était bien, qu'elle puisse exprimer sa colère.

Ce à quoi Françoise lui avait répondu : « Va crever, Dr Freud ! »

3

Vick disposait encore de quelques minutes avant l'arrivée de son prochain patient. Elle décida de s'accorder une petite marche jusqu'au cimetière, qui avait l'avantage d'être proche du château. À l'abri de son chapeau de paille et de ses lunettes teintées, elle espérait qu'on ne la reconnaîtrait pas. Hélas, une touriste qui pratiquait son sport – Véronique et Davina avaient fait des émules, mais *Gym Tonic* (la seule émission que Vick regardait parfois, car elle lui permettait de débrancher son cerveau pendant une heure) venait de s'arrêter – la reconnut. Elle avait lu le dernier livre de Vick et aurait adoré qu'elle le lui dédicace.

— On a le temps, dit la dame avec un air complice, je suis là tout l'été.

— Bien sûr, répondit Vick d'une voix éteinte avant de se remettre en route.

Un filet d'air balaya son front, lui offrant le mirage d'un frisson de fraîcheur. Bientôt, la chaleur serait telle qu'il ne resterait plus qu'à s'enfermer dans l'obscurité. De mémoire d'Uzétienne, Vick n'avait jamais vu de début d'été si chaud. Même les chats ne sortaient plus à partir de 11 heures, et il n'y avait pas eu une goutte de pluie depuis des semaines. Heureusement, au château, il faisait frais.

Ses pensées cheminaient. Combien allait-elle gagner, ce mois-ci ? Beaucoup d'argent. Pendant l'année, déjà, le cabinet tournait à plein. Mais là, en période estivale… De toute la France on venait la voir. Surtout depuis le carton de son livre, *Entendre nos fantômes…* Elle pensa à son compte en banque, aux noms des patients qui ne cessaient de s'ajouter dans son agenda, et elle alluma une nouvelle Winston rouge en souriant et en expirant par le nez.

Le patient qui viendrait dans une demi-heure comptait parmi ses préférés. C'était un homme un peu plus jeune qu'elle, trente-cinq ans, souffrant de tocs. Il avait développé une obsession étrange, consistant à rédiger, sur un carnet de notes, le procès dont il était l'accusé. Il ne parvenait pas à s'en empêcher. Ce rituel avait pris tant de place dans son existence que son travail de boulanger avait commencé à en pâtir, et que sa femme, un matin de janvier, avait téléphoné de la cabine de la place aux Herbes au « Dr Vick ». Elles se connaissaient, bien entendu. Non que Vick s'aventurât souvent au village, mais cette femme était une fille d'ici, et, surtout, elle avait lu son livre, en particulier la partie qui expliquait que la présence d'un toc envahissant dans la vie d'une personne, ou d'une phobie, pouvait témoigner de la présence d'un *fantôme transgénérationnel.*

Vick dépassa le garage du Midi, encore fermé à cette heure, et déboucha sur le cimetière, en contrebas à droite. Une grande croix coiffait la porte ; Vick l'avait vue vieillir au fil du temps, elle était de ces pierres laides et grisâtres que l'on avait utilisées pour reconstruire les villages de Normandie détruits par la guerre, pierres tristes qui ne ressemblaient pas au Sud, et dont la couleur avait viré à l'orange par endroits, à force de pourrir sous les pluies d'hiver. À l'intérieur, d'immenses pins se dressaient au-dessus des tombes, et Vick, sentant que le soleil commençait à brûler sa peau, décida de s'asseoir sous l'un d'eux, celui qu'elle appelait *son* pin, car il était devant la tombe. Elle s'approcha et caressa les lettres gravées dans la pierre, comme elle le faisait à chaque fois.

BOB VICKENSEN
1910-1948

Elle n'avait que peu connu son père, mort le jour de ses quatre ans. C'était un accident idiot, comme seule la vie sait les inventer : à moto, au coin de la rue Jacques-d'Uzès et du boulevard Gambetta, alors qu'il arrivait de la rue Benoît. Un automobiliste lui avait grillé la priorité, il avait été projeté en avant, était mal tombé. On ne portait pas de casques, à l'époque.

La voix éraillée de sa mère, derrière son épaule, vint interrompre le fil de ses pensées. Elle caressa les cheveux blonds de sa fille.

— Je te connais par cœur, ma petite Boucle d'or. Comme si je t'avais faite, va. Je savais bien qu'il n'y avait qu'ici que tu serais capable de t'arrêter deux secondes. Je t'ai apporté un gâteau et un cadeau, en passant. Car je te rappelle que c'est ton anniversaire…

25 juin. Personne n'y avait pensé. Pas même elle. Elle avait quarante-deux ans.

— Heureusement que ta maman est là ! Viens-là que je t'embrasse…

Les bras de sa mère étaient le seul lieu au monde où Vick s'autorisait à se relâcher un peu, à redevenir une enfant, et, ainsi blottie dans le giron d'Yvette, elle se sentit craquer. Elle réprima un sanglot, mais ses yeux ne retenaient plus rien.

— Ma chérie, je sais bien ce qui te fait de la peine, va…

Les larmes de Vick redoublèrent, mais paradoxalement elle retrouvait un peu de force pour parler.

— Mais comment je vais faire, maman, avec Marguerite ? Elle n'a que deux ans ! Et j'ai tellement de boulot…

— Ne t'inquiète pas… Un homme, tu sais bien comment c'est ! Ça va, ça vient… Soit ça meurt, soit ça fuit. Voilà, faut le savoir, c'est tout. Pour la maison, pas la peine de te faire un sang d'encre. J'ai laissé Marguerite à Françoise, elle s'en occupe très bien. Et puis, moi aussi, je suis là. Je serai *toujours* là, tu le sais, va. Sèche-moi ces larmes, ma petite. Quant à

Françoise, souviens-toi que tu n'étais pas facile non plus, à dix-sept ans. Tu m'en as fait voir, va...

Un instant, elles regardèrent ensemble la tombe. Toute simple, en granit bleu, elle était fleurie de rosiers blancs qu'Yvette avait plantés et qu'elle entretenait chaque semaine.

— N'oublie pas, ma petite, qui était ton père. Un homme hors du commun, et bon. Il s'est tant occupé de toi pendant quatre ans qu'il t'a offert des réserves d'amour pour la vie entière ! Un héros mort comme Albert Camus.

Vick alluma une cigarette sous le regard désapprobateur de sa mère, sans lui répéter, pour la millième fois, qu'Albert Camus n'était pas mort dans un accident de moto.

— Tu ne veux pas arrêter de te ruiner la santé, ma fille ?

— Maman...

— Bon, bon. D'accord, je me tais.

Elle allait être en retard. Vick déposa un baiser sur le vieux front de sa maman. Elle remarqua les cernes, les cernes mauves, et elle sut qu'elle avait beaucoup pleuré, comme tous les 25 juin. Et que de cela elle ne lui dirait rien, car Yvette avait appris qu'une mère, d'autant plus une mère solitaire, n'avait pas le droit de flancher.

4

Dans le petit matin, une Goldwing noire filait à vive allure sur la route de la montagne qui longeait la rivière, radio hurlante. « *I want to break free!* » Dick Burgaud était un bel homme de quarante ou quarante et un ans (il ne fêtait plus son anniversaire), aux cheveux courts et bruns, un mètre quatre-vingt-quinze, sempiternel Bombers bleu nuit sur le dos ou blouson de cuir, suivant l'humeur, qu'il ne retirait qu'une fois le pied à terre. Sous le casque, ses larges yeux bleus luisaient.

Dick connaissait le moindre détail de cette moto. Il était capable d'en citer chaque caractéristique, de mémoire, à qui voulait bien le lui demander. Cylindrée de 1181,00 cc pour une puissance totale de 94.00 hp (68,6 kW) @ 7000 rpm dans un moteur boxer quatre cylindres à quatre temps. Radio de série. Il l'avait achetée en 1975 au garage du Midi, qui ne s'occupait pas de motos mais, coup de chance, se l'était vu confier par un juge de Nîmes qui, juste après l'avoir acquise, l'avait trouvée trop lourde. Dick aussi, mais il ne l'aurait avoué pour rien au monde.

Le jour de son départ, il n'avait pris qu'elle, sa moto. Ainsi qu'un sac à dos. Et il était parti. C'était il y a dix ans. Pourquoi ? Personne n'en savait rien, au village, mais on avait beaucoup spéculé. Certes, en tant que gendarme, il n'avait pas eu le choix – mais pourquoi avoir sélectionné la destination la plus lointaine, la plus inaccessible depuis Uzès ? On avait parlé d'une fille, d'une promotion avec la possibilité de partir à Paris ensuite ; mais même Raymonde, sa mère, s'était révélée incapable de donner une explication valable. Elle avait porté l'absence de son fils comme un deuil, recevant chez elle ses amis, ses collègues, sous la photo géante de Dick lors de sa remise de diplôme à l'école de gendarmerie.

Trois jours plus tôt, Dick l'avait appelée. Dix secondes de téléphone pour dix ans de silence, mais Raymonde Burgaud n'en avait pas pris ombrage, car elle l'avait élevé ainsi. *Never explain, never complain.* Seul le présent comptait, et, quand ils se reverraient, elle préparerait à dîner, achèterait du bon vin et ne lui poserait aucune question.

« Il ne faut jamais interroger un homme, si on veut le garder », répétait-elle à ses visiteurs.

Si Dick aimait tant la moto, c'était que conduire sa Goldwing impliquait un investissement total. En dix ans, une fois seulement il avait eu un accident. Il avait baissé la garde, il avait « pensé à autre chose » et avait glissé sur des feuilles mortes, un jour de pluie. Un mois à l'hôpital et, pour l'engin, trente mille francs de réparations. Depuis, il n'avait plus dérogé à la règle. Quand il ne voulait plus *penser*, il enfourchait sa bécane et partait sans but, en roulant vite.

Sur cette route, pourtant, qui le ramenait à Uzès en ce début d'été 1986, il y avait un mot, un seul mot – ou plutôt un nom – qu'il ne réussissait pas à noyer dans le vacarme de la Goldwing et des routes sinueuses. Et ce nom, c'était celui de Vick Vickensen.

5

Vick posa sur la commode le verre de whisky qu'elle venait de terminer. Elle était assise sur le billard, face à la fenêtre ouverte. Ses cheveux blonds voletaient dans un filet d'air frais. Toutes les nuits, Vick laissait la maison ouverte, comme Yvette lui avait appris à le faire les étés de grande chaleur. À 10 heures, il fallait tout fermer, pour conserver la fraîcheur nocturne, et rester bien à l'abri une fois que la canicule de l'après-midi pesait sur le village.

Elle alluma une Winston et, constatant que son patient avait cinq minutes de retard, commença à en imaginer les raisons. De quoi avait-il parlé, la dernière fois ? Le retard était en général la conséquence d'une séance importante et douloureuse. La psychanalyste, comme le patient, résistait (ou « oubliait ») pour se protéger. Vick ne s'inquiétait pas ; tout reviendrait lorsqu'il serait couché sur le divan, dans quelques instants.

Elle vit au bout du jardin, près du puits, Françoise qui se promenait avec Marguerite et la prenait en photo avec son Kodak jetable. Elle lui fit signe et lui envoya des baisers. Françoise détourna le regard et emmena Marguerite plus loin. Vick ferma les volets. Et alluma une autre cigarette. Il n'y avait aucune photo de famille au château.

En six mois, le boulanger n'avait jamais été en retard ; elle le voyait pourtant deux fois par semaine. Mais elle avait trop d'expérience pour se laisser impressionner. Peut-être ne viendrait-il pas. En ce cas, elle ferait comme d'habitude quand un patient disparaissait : elle classerait son dossier dans l'armoire des « âmes perdues », ainsi qu'elle la surnommait, jusqu'à ce qu'il réapparaisse.

Vick croyait, davantage qu'à Dieu, à ce que l'on appelle le « temps psychique ». L'important n'était pas le poids des interprétations, mais de savoir si le patient était prêt à les entendre. Quand il ne revenait pas, c'est qu'il n'était pas encore prêt. Vick aimait comparer les souffrances humaines à des bombes : il fallait faire preuve de douceur et de tact pour les désamorcer. Tout dire, vouloir aller trop vite, c'était l'assurance du crash. La vitesse à tout prix menait à la mort, comme sur le *Titanic*.

Ou bien était-ce qu'elle n'aurait pas dû lui prescrire cet anxiolytique qu'il réclamait ? Elle n'avait pu refuser, malgré son opposition (toute psychiatre qu'elle fût) aux médicaments, qui ne traitaient, d'après elle, que les conséquences, et non les causes du mal. Mais non, tout de même, il n'allait pas se suicider avec une boîte de Xanax…

Elle hésita à se servir une dernière larme de whisky. Elle observa la pièce, et tous ces objets qui étaient ici depuis si longtemps que le monde en avait oublié leur histoire. Ce billard français, d'abord, auquel elle ne savait pas jouer. Cette machine à coudre rouillée, ce lustre doré et monumental, un brin grotesque, ces banquettes en bois recouvertes de gros coussins mauves, ce fauteuil marron, troué de toutes parts, sur lequel Vick avait déposé un plaid bollywoodien rapporté d'un voyage en Inde quand elle avait vingt ans, un été de fuite. La cheminée blanche aux trèfles à quatre feuilles noirs, qui semblait pouvoir accueillir un sanglier, au-dessus de laquelle était accroché un tableau impressionniste d'une fenêtre ouverte sur un jardin de fleurs qui devait être le leur, il y a fort longtemps. Aujourd'hui, il n'y avait plus de fleurs, et les arbustes du jardin à la française ressemblaient à des plantes mortes, jaunies par le cagnard et le manque d'eau. Le jardinier était parti vingt ans auparavant. Sur la cheminée, un imposant bouquet de fleurs séchées qui, quand on les tapotait, laissaient tomber des rouleaux de poussière.

Cette salle était l'une des mieux conservées du château, et c'était pourquoi Vick avait choisi d'installer son cabinet dans cette aile, une pièce plus loin, quand bien même ce n'était pas chauffé l'hiver et qu'il fallait faire du feu toute la journée. Yvette y veillait.

Vingt-cinq minutes de retard, ce n'était plus possible. Elle n'allait pas attendre toute la journée. Et puis, même s'il arrivait maintenant, elle n'aurait pas assez de temps pour la séance avant le prochain patient. Il fallait qu'elle en ait le cœur net. Elle marcha jusqu'à son bureau, saisit le téléphone à molette rouge, ouvrit son carnet d'adresses à la lettre B et composa le numéro de la boulangerie.

Une voix blanche, assez jeune, décrocha. Une voix qu'elle reconnut car c'était celle de la cabine téléphonique. Et quand Vick déclina son identité et la raison de son appel, cette voix répondit qu'à 6 h 50 ce matin, on avait découvert dans la boulangerie le corps de son mari, ou plutôt une mare de sang, avec un doigt, posé au milieu, devant le four à pain. Le corps avait disparu.

Ce n'était pas tout.

On avait aussi laissé un mot.

6

Ce bruit-là, ce bruit indescriptible et céleste, celui d'une Porsche 911 Targa orange de 1980, on ne l'avait pas entendu depuis des années dans les ruelles d'Uzès. Il était si rare de voir Vick Vickensen au village que tout le monde s'arrêta sur son passage, chuchotant, la pointant du doigt. C'était jour de marché, aussi Vick dut-elle rouler au pas et se frayer un chemin au milieu des badauds. Après le coup de fil et l'annonce du drame, elle avait, pour une fois, agi sans réfléchir. Elle avait demandé à Yvette d'annuler le patient suivant, s'était aspergée d'*Heure bleue* de Guerlain, était montée dans sa voiture et avait foncé vers le village.

Au bout de la rue de la République, à l'entrée de la place aux Herbes, elle ne put pousser plus loin et laissa la Porsche devant le glacier, pour continuer à pied. Ses talons hauts claquaient sur les pavés, et elle entendit les gens, à la terrasse du Suisse d'Alger, ou ceux qui revenaient du marché, s'étonner de sa présence. Wayfarer cachant ses yeux sans maquillage, chemisier en soie bleu électrique, ses longs cheveux blonds tombaient élégamment sur ses épaules. Certains marmonnaient des commentaires sur son retour, d'autres, plus rares, la saluaient. Elle ne répondait pas, elle ne voyait pas, elle n'entendait pas. Même pas les mots de ceux qui louaient sa beauté. « Le temps n'a pas d'effet sur elle ! » Ce qu'elle fuyait depuis des années (le village, le cagnard, les cancans, les jugements sur elle ou sur son métier) n'avait plus, ce jour-là, aucune espèce d'importance. Elle ne sentit pas les odeurs de saucisson et de thym, de fromage et de fraise, elle ne vit pas les guêpes qui tournoyaient autour des gâteaux provençaux et de la paella d'Alberto. Elle ne percevait plus, au loin, que les gendarmes qui ceignaient la Boulangerie des familles, les pompiers, les badauds, les journalistes aussi, du *Midi libre.* Et Raymonde Burgaud, avec d'autres habitants du village qu'elle ne connaissait pas, ou qu'elle avait oubliés.

Raymonde vint vers elle et l'embrassa.

— Il n'y a que lui, à l'intérieur. Il ne veut personne. Tu sais. C'est sa technique…

— Lui *qui*, Raymonde ?

— Dick. Mon Dick.

— Demande-lui de me faire entrer, Raymonde.

— Ça ne va pas lui plaire.

— Je t'en prie, j'en ai besoin ! Juste une minute. S'il te plaît.

Raymonde fit signe à l'un des gendarmes qui, d'abord, énonça de la tête un non catégorique. Mais, finissant par comprendre qu'on ne pouvait prendre un tel risque avec Raymonde Burgaud, il obtempéra et entra dans la boulangerie. Il en ressortit dix minutes plus tard, demanda à Vick sa carte d'identité, la contrôla, puis disparut de nouveau. Vick fuma deux cigarettes. Le regard dans le vide, elle enroulait sans fin autour de son index une mèche de ses cheveux. Le gendarme revint et, sans commentaire cette fois, invita Vick à le suivre.

— Le capitaine vous autorise à entrer quelques minutes, mais c'est exceptionnel, siffla-t-il comme un avertissement au moment de s'arrêter sur le pas de la porte.

Le temps parut suspendu dans le silence. Derrière la bâche tendue par les forces de l'ordre, le marché continuait sans doute ; mais plus de son. Puis Vick s'engouffra dans le commerce.

Les croissants, les pains au chocolat, les baguettes, tout était bien disposé sur l'étal, et, si l'on n'était pas allé plus loin, on aurait pu croire qu'il n'y avait rien d'anormal en ce samedi matin, place aux Herbes, à la Boulangerie des familles. Vick avança vers le fond de la pièce, se faufilant entre les murs garnis d'étagères chargées de sacs de farine, de boîtes de levure, de sucre, de pépites de chocolat dans des bocaux en verre – chaque recoin minutieusement organisé, à l'image du caractère obsessionnel de Martial. Au centre trônait un four imposant, dont les flammes dansaient avec une lueur réconfortante. C'est à cet instant que Vick aperçut Dick, agenouillé, dos à elle. À cet instant aussi qu'elle dut réprimer un haut-le-cœur face à l'immense mare de sang au sol et aux grumeaux que formait la farine renversée mêlée aux éclaboussures rouges.

— C'est une boucherie, dit-il, en se levant sans la regarder. Je n'ai jamais vu ça.

Vick aurait pu reconnaître entre mille sa voix rocailleuse et grave. Une seconde, elle lui fit oublier le sang.

— Tu étais où, pendant dix ans ?

Dick ne répondit pas, continuant à scruter chaque recoin.

— Ça a dû avoir lieu vers 5 h 30, 6 heures. Ce devait être quelqu'un que Martial connaissait. Sinon, il n'aurait pas ouvert, à cette heure. Il ne l'aurait pas laissé venir jusqu'à son four à pain.

Dick semblait indifférent à la présence de la psychiatre, comme hermétiquement détaché de ce qui pouvait se passer autour de lui, seulement et intensément concentré sur la recherche d'indices.

— Vu la quantité de sang, les projections sur le mur, on peut émettre deux hypothèses. Soit un meurtre, sans doute commis avec un couteau de cuisine – le matériel ne manque pas, ici. En tout cas, personne n'a entendu de détonation… Soit une scène de torture que je n'ose imaginer, et un doigt coupé.

Vick restait muette et immobile. Il poursuivit.

— Ce que je ne m'explique pas, c'est pourquoi il a pris le temps de couper un doigt, de le laisser là, puis de transporter le corps… Comment a-t-il fait aussi pour le sortir du magasin à l'insu de tout le monde ?… Merde, on ne déplace pas un corps d'homme aussi facilement ! Et s'il ne l'a pas tué, alors où est Martial ?

S'il voulait le séquestrer pour obtenir quelque chose ou demander une rançon, je ne vois pas l'intérêt de lui couper le doigt et de le torturer sur place. C'est un trop gros risque de se faire choper.

— Donc, tu fais toujours pareil… Comme ta mère te l'a appris, reprit Vick. Tu fais comme si tu n'entendais pas. Non, tu fuis. Je ne sais pas pourquoi je te posais la question en arrivant, d'ailleurs. C'est ça que tu as fait pendant dix ans : tu as fui. Comme toujours.

Dick la coupa.

— Tu as cassé les couilles de tout le monde pour entrer seulement pour me dire ça ? À moins que tu n'aies une information à me donner sur cette scène de crime, je vais te demander de sortir.

— C'était mon patient, Dick ! Martial était mon patient depuis six mois.

— Et ?

— Et rien. Je me dis que…

— … Que Dr Freud pourrait m'aider à trouver le meurtrier ? Je vois que tu n'as pas changé non plus, ma pauvre Vick. Mais, au risque de te décevoir, j'exerce un *vrai* boulot, moi, qui n'a rien à voir avec des trucs de charlatan. Je travaille sur des faits. J'enquête, je cherche des preuves. Je ne passe pas ma vie à dispenser des interprétations foireuses aux gens soi-disant pour qu'ils aillent mieux et leur soutirer tout leur fric ! J'ai des valeurs.

— Je ne sais même pas comment j'ai imaginé pouvoir te parler.

— C'est ça. Maintenant, si tu veux bien, j'ai du travail. À moins que tu ne tiennes à ce que je demande qu'on te raccompagne *manu militari*?

— Sale connard, murmura Vick.

— Méfie-toi, docteur... Ça peut coûter très cher d'insulter un capitaine de gendarmerie.

Vick fit volte-face et sortit de la boulangerie. Dans son sac, elle attrapa le paquet de Winston, alluma une cigarette et, passant devant Raymonde, elle lui lança :

— Toujours aussi con, ton fils !

Avant de remonter dans sa Porsche, de faire demi-tour et de démarrer en trombe, sans voir le sourire narquois de Raymonde Burgaud. Jamais Dick ne se serait comporté ainsi avec sa mère.

7

Vick marquait une pause chaque soir de 18 h 30 à 20 heures. Avec Yvette, elle baignait Marguerite dans la grande salle de bains mauve de l'aile privée, celle à laquelle les patients n'avaient pas accès. Cette aile contrastait avec les pièces de « réception », qui constituaient l'espace réservé au cabinet. Là où il n'y avait que hauteur sous plafond et grands volumes. Ici, on ne trouvait qu'un long et étroit couloir sombre, qui desservait les chambres portant toutes le nom de morts dont même Yvette semblait avoir du mal à se souvenir. Et, tout au fond à gauche, la cuisine, la pièce où Yvette, Marguerite et Vick passaient le plus de temps. C'était l'unique qui fût isolée ; il y faisait donc plus doux l'hiver et plus frais l'été. Françoise n'y venait comme une ombre qu'aux heures creuses, pour se faire à manger avant de retourner dans son antre.

Une seule salle de bains était utilisable dans tout le château, et, si l'on avait été dans les années cinquante, on aurait pu prétendre qu'elle était du dernier luxe.

Grande baignoire en marbre, double lavabo à robinets dorés, bidet, gigantesque miroir qu'éclairaient un lustre et des appliques assorties. Mais chaque centimètre était déteint, craquelé, rouillé. Le plafond laissait voir une fissure imposante d'où suintaient des gouttes par temps de pluie, et, un peu partout, la peinture s'écaillait. Un entrepreneur qu'Yvette avait fait venir, craignant que le ciel ne leur tombe sur la tête, lui avait certifié que la gêne n'était qu'esthétique.

Marguerite batifolait et aspergeait le carrelage, sous le regard attendri des deux femmes. Elle avait deux ans et deux mois, et, l'année prochaine, elle rentrerait à l'école. C'était une petite fille blonde, comme sa mère, aux yeux bleus. Marguerite, se disait souvent Vick à elle-même, semblait être la seule à aimer la vie au château. Elle y gambadait à longueur de journée, montant, descendant, courant en tous sens (même si elle avait déjà dû intégrer un interdit fondamental, celui de pénétrer dans l'aile « psychanalytique »). Yvette, l'été, l'emmenait chaque jour à la piscine pendant que Vick consultait.

— Tu devrais peut-être lui dire, pour son père... murmura Yvette, tandis qu'elle savonnait la petite qui essayait de nager dans la baignoire.

Vick acquiesça, baragouina quelques mots, puis s'arrêta net, comme une vieille voiture qui aurait calé.

— Ah, ma fille, va. Avec toi, c'est toujours un peu l'hôpital qui...

Elle ne termina pas sa phrase, car elle vit une larme perler dans l'œil de Vick.

Marguerite pointa du doigt le canard en plastique sur l'étagère au-dessus du lavabo, et sa mère le lui tendit. *Malgré tout,* Marguerite allait plutôt bien. Mais une chose questionnait sa mère et sa grand-mère : elle n'avait toujours pas dit un mot. Pas un. Pas une syllabe. Même pas *Maman* ou *Papa* ou *Mamie.* Elle ne s'exprimait que par le rire, les gestes, les dessins.

Vick lui avait fait réaliser tous les tests possibles, y compris celui de l'autisme, mais rien n'avait été mis en lumière, rien qui puisse expliquer ce mutisme. Infâme humiliation pour Vick, elle avait fini par emmener Marguerite chez un pédopsychiatre (mais à Paris, pour ne pas avoir à aller au village), qui, après deux heures de consultation à revisiter toute l'histoire familiale, avait ouvert ces grands yeux qu'elle connaissait si bien – les grands yeux du psy – quand elle lui avait raconté la mort dramatique de son père et la disparition de celui de Françoise, et tous ces hommes qui venaient et qui partaient.

— Oh, ça va, ne faites pas ces yeux ! avait-elle dit. J'exerce le même métier que vous et je sais très bien ce que vous pensez. Vous n'allez pas me la faire ! Je suis à vingt ans d'analyse et je sais parfaitement que mon problème, c'est la mort de mon père et tout ce qui s'ensuit. Mon rapport aux hommes, etc. Merci, docteur.

Après deux heures de consultation, donc, ce grand pédopsychiatre – et d'aucuns diraient « le plus grand pédopsychiatre de Paris » – avait laissé Vick à une conclusion lapidaire.

— L'hypothèse que l'on peut faire, étant établi que Marguerite n'a aucun handicap quel qu'il soit, aucune déficience, aucune maladie, et qu'elle n'est pas muette, c'est que peut-être, tout simplement, elle ne *veut pas* parler.

— Pardon ? avait réagi Vick, alors que Marguerite souriait au médecin en mettant sa main dans sa bouche.

— On peut imaginer – mais, encore une fois, ce n'est qu'une hypothèse, avait-il poursuivi – que la perspective de devenir grande angoisse tant votre fille qui, fort intelligente, a bien compris que grandir passait en grande partie par le langage… eh bien, qu'elle a décidé, en quelque sorte, de ne pas parler, alors qu'elle en est tout à fait capable. Les enfants, comme vous le savez, cher confrère, s'expriment souvent par un dialogue comportemental. Marguerite vous dit quelque chose, sans parvenir à le formuler par des mots. Elle est muette de ce qu'elle n'arrive pas à vous dire.

La consultation datait d'un mois, et rien n'avait changé.

C'est à cause de moi, si elle a peur de grandir, pensa Vick en séchant sa fille dans une grande serviette blanche et en l'embrassant.

— Viens, mon amour ! Je vais te mettre en pyjama, et puis on va aller dîner avec mamie Yvette, dit-elle cette fois à haute voix.

Sur la table à langer, Vick embrassa les petits pieds de coton de sa fille qui riait aux éclats.

— Tu ne veux pas me dire quelque chose, ma poulette ? Quelque chose. Juste un petit mot. *Caca*, même, si tu veux…

Marguerite rit de plus belle, mais resta muette. De la cuisine, Vick sentit monter l'odeur des fameuses coquillettes jambon-fromage de mamie Yvette ; avant même qu'elle eût pu ranger la salle de bains, Marguerite courait déjà vers sa grand-mère.

8

Marguerite dormait depuis longtemps quand, à 21 h 30, Vick raccompagna son dernier patient à la porte avec son rituel «Je vous laisse penser à ce que nous nous sommes dit, on en reparle la semaine prochaine».

De retour dans son cabinet, elle se laissa tomber sur le divan. Des coussins soyeux le recouvraient, avec, dessous, ce que Vick appelait sa «couverture freudienne». Elle seule savait que, sous les coussins, sous la couverture, le divan affichait de franches déchirures, mais, faute de temps, elle ne l'avait pas fait réparer. Comme tout au château, ce divan *vivait* ici depuis des dizaines d'années, cent ans peut-être. Yvette avait en tout cas retrouvé les premières photos de l'intérieur de la maison, vers 1900, et le divan y apparaissait.

Vick se servit un whisky, alluma une Winston et attrapa dans le petit meuble Art déco à côté du divan des cotons démaquillants. Elle but son verre cul sec, puis un autre. Le soleil disparaissait derrière la fenêtre ouverte, le dernier oiseau chantait; c'était cet instant de grâce que son maître Jacques Lacan, décédé cinq ans plus tôt, nommait la « paix du soir ». Pour Vick, c'était l'enfer. Cela montait. L'angoisse. Elle la sentait, elle le savait, et, comme d'habitude, elle était impuissante à l'enrayer. Vick respira, appliqua un coton imbibé sur son visage. Rien n'y faisait, elle avait le souffle coupé. Elle attrapa son téléphone, qui, grâce à une très longue rallonge, lui permettait de répondre même pendant les consultations en sortant de la pièce, et composa le numéro de Théo. Il n'était pas disponible, alors, elle tripla le prix.

Vingt minutes plus tard, Théo arrivait par le jardin. Il avait conservé la clé qu'elle lui avait laissée la dernière fois, au cas où. C'était un grand jeune homme, de vingt-trois ou vingt-cinq ans, d'origine italienne. Brun, athlétique, il ressemblait à s'y méprendre à Dick Burgaud, en plus tendre, peut-être. En habitué, il se déshabilla et laissa son tee-shirt et son jean sur le dos du divan. Vick posa ses deux mains sur son torse sculpté. D'un regard, il sembla l'interroger.

— Au sol, ce sera très bien, dit-elle.

Théo prit la couverture, la disposa avec soin près de la cheminée et lui saisit la main.

— Je n'ai pas besoin que tu sois doux, lui dit-elle, en lui proposant un whisky qu'il refusa.

Mais quand Théo la prit, et comme de tout temps, Vick ne ressentit rien. Alors, elle se retourna, lui attrapa les bras, s'empala sur son sexe et, malgré les suppliques de Théo, qui la prévenait qu'il ne tiendrait pas, le fit jouir en une minute. Ils fumèrent une cigarette ensemble, et elle lui tendit l'argent. Il voulut tout de même l'embrasser. Elle refusa.

À minuit, Françoise rentrait à rollers de sa sortie à la rivière avec ses copains, casque de walkman sur les oreilles, quand elle vit l'ombre de Théo au début de la rue. Puis sa mère, sur les marches du château, côté salle du billard, la tête entre les mains.

9

Dick Burgaud n'aimait pas les fêtes, alors il exagérait un peu sur les verres. C'était pourtant en son honneur que ses collègues avaient organisé un pot de bienvenue place aux Herbes. De café en café, on commandait une bière et puis une autre, et on se réjouissait d'être ensemble, les hommes transpirant sous la chaleur qui, à 22 heures, écrasait encore le village de son gant d'acier. C'était de ces soirées où l'alcool est l'alibi pour ne rien se dire. Et personne n'osa demander à Dick pourquoi il était parti et pourquoi il était revenu. Les plus anciens savaient qu'il ne répondrait pas ; les plus jeunes étaient trop intimidés par le grand Dick Burgaud, celui qui, à vingt ans à peine, avait résolu la sordide affaire des « tueuses de vieilles dames ».

Dick riait avec les copains, mais il n'était venu que parce qu'il savait que ses hommes avaient besoin de se défouler pour être performants dans l'enquête. À vrai dire, ce que tout le monde ignorait, Dick ne retenait aucun prénom, et il avait même oublié celui de ses camarades, ceux qui étaient toujours en poste. Il ne nommait pas les gens, il disait seulement « tu » à tout le monde. Il n'avait donné aucune nouvelle pendant dix ans, mais il était *comme ça.* Et puis Raymonde, au cas où il voudrait revenir, avait à chaque nouvelle année reçu les collègues chez elle, devant la gigantesque photo, en leur offrant sa daube provençale arrosée de bière.

— Mayotte.

C'était en un mot ce que Dick avait résumé quand on lui avait demandé où il avait été en poste pendant tout ce temps.

— Et alors, c'était comment ?

— L'enfer, avait-il répondu de sa voix grave.

C'était tout, et on savait qu'il n'en dirait pas plus.

Il n'y avait guère que de l'enquête en cours qu'on pouvait lui parler ; et c'était sur ce sujet qu'il se montrait le plus bavard au vieux café d'Aniathazze, boulevard Gambetta, assis sur les chaises de bistrot en bois, là où s'achevaient les soirées entre collègues.

Alors que les plus anciens chantaient torse nu autour de la fontaine, Dick formulait ses hypothèses aux trois brigadiers qui l'écoutaient comme le messie.

— Pour moi, le meurtrier est quelqu'un qui connaissait bien Martial, et qui avait prévu le coup depuis un moment. À mon avis, ajouta-t-il à voix plus basse, en allumant une Marlboro rouge, ce n'est pas un meurtre isolé. Sinon, il ne se serait pas amusé à faire toute cette mise en scène – le doigt, le corps qui disparaît… Il nous l'aurait buté bien comme il faut, et nous aurait laissé un beau cadavre au milieu des croissants et des beignets, point. Je vous parie une tournée qu'on a un nouveau crime dans pas longtemps !

— ... Comme l'affaire des vieilles dames ? risqua l'un des jeunes.

— Peut-être bien. Et puis, pour faire disparaître un corps comme ça, il faut forcément des complices... Ce corps n'a pas pu se volatiliser, nom d'un chien ! Non, il y a plusieurs personnes, ici même, peut-être là ou peut-être là, dit-il en pointant des maisons aux volets clos, qui abritent des meurtriers – et un corps de boulanger. Mais ce que je ne comprends pas du tout pour l'instant, c'est le sens de sa petite lettre.

« Je te dis bouc, que me réponds-tu ? »

Sur une copie d'écolier Clairefontaine, tapée à la machine à écrire, c'était l'énigme que le meurtrier leur avait laissée.

— Ou alors, c'est simplement un fou ? émit le gamin.

— Ce n'est pas ce que je préfère, les fous. Après, on dit qu'ils sont irresponsables pénalement ; c'est pas ce que ce j'appelle la justice. *Je te dis bouc...*

Il y eut un silence, puis des éclats de voix joyeux. Dick se leva. Il avait envie d'une fille, et l'alcool commençait à faire son effet. Les rires redoublèrent d'intensité tandis qu'un des brigadiers se jetait dans la fontaine, et, l'ivresse aidant, la chaleur était telle que Dick, qui sentait un étourdissement s'emparer de lui, se vida une carafe sur la tête. Mais, comme cela ne suffisait pas, il retira sa chemise trempée de sueur et se jeta lui aussi dans la fontaine, suivi cette fois de la moitié de ses collègues, en même temps qu'ils chantaient en chœur « Les copains d'abord ».

En sortant, Dick s'ébroua et ébouriffa ses cheveux bruns qui ruisselaient sur son front. Une brune seule en terrasse le regardait.

L'appartement de Dick n'avait pas changé. Avant de partir, il l'avait fait refaire à neuf. Il se trouvait place aux Herbes, dans l'immeuble qui jouxtait celui de sa mère. C'était un premier étage, avec un petit patio donnant sur une cour. La fenêtre du salon ouvrait sur la place. Ce qui frappait le plus, c'était la blancheur parfaite des murs et l'odeur de Monsieur Propre citron. La seule phrase que Dick adressa à la fille fut pour lui demander d'enlever ses chaussures.

Un grand canapé en cuir noir, au centre de la pièce, faisait face à une authentique tête de cerf. C'était le cadeau de Raymonde pour ses dix-huit ans : une semaine en Sologne à chasser ensemble. À l'opposé, une cuisine ouverte, *à l'américaine* – ce qui avait fait sensation dans le village. Au-dessus du réfrigérateur trônaient une photo de Dick en grande tenue avec le président Giscard d'Estaing et un mot manuscrit – « de la main du président lui-même », comme aimait à le préciser Raymonde – qui le remerciait pour son travail ayant permis la résolution de ce « terrible crime ». Sans cette photo, la seule, on aurait pu croire à un appartement de location.

La fille de la terrasse eut par la suite tout le temps d'observer la chambre, où il n'y avait qu'un lit et un punching-ball, dans un coin, une valise grise qui n'avait pas été défaite, puis le patio, où elle fuma une cigarette en sirotant un fond de bière (tout ce qui restait dans le frigo). Puis elle tira délicatement la porte. Depuis qu'ils étaient entrés tous les deux dans le lit double de Dick, il ronflait.

10

Un escalier mène vers le premier étage, au-dessus de la cuisine. Pieds nus, Vick s'y engouffre. Des bruits de verrou. Elle se retourne. Une clé l'enferme à triple tour. Elle cherche une autre issue dans l'obscurité, à la lueur maigre d'une bougie. Un autel dans un coin, sur lequel brillent des cierges. Vick s'arrête net : deux têtes tranchées, la gorge encore rouge, sont posées sur le lit, côte à côte. L'une est celle d'une vieille femme aux cheveux blancs, l'autre est plus jeune, vingt-cinq ou trente ans. Leurs yeux sont clos. À côté, deux doigts. Deux énormes doigts sur lesquels flottent deux bagues en or. Vick voudrait les toucher, vérifier que ce sont de *vrais* doigts, et l'expression résonne dans son crâne : *vrais doigts, vrais doigts, vrais doigts*… Mais les deux visages ouvrent les yeux. Les bagues tombent et s'éteignent, telles des ampoules grillées. Vick hurle si fort qu'elle craint de réveiller toute la maison. Elle ouvre une fenêtre et jette les deux têtes par-dessus le rebord. Le sang coule le long de ses mains. Le sol flotte, se dérobe sous ses pieds.

Une houle à gerber. De l'eau salée qui entre par la fenêtre. Vick cherche le gouvernail, mais le bâtiment tangue de plus en plus. Une nouvelle tête apparaît, de dos, décapitée elle aussi, rouge, qui lui crie des mots incompréhensibles. Et alors, dans la lumière d'un plafonnier vacillant, Vick reconnaît le visage de Martial.

11

— Vieille pute, va !

Marguerite buvait son biberon sur la terrasse, juchée sur sa chaise haute, et Raymonde venait d'arriver au château. Contre l'avis d'Yvette, qui avait même menacé d'aller vivre ailleurs, Vick avait accepté, cinq ans auparavant, de lui louer, pour un prix raisonnable, la petite maison de gardien qui se trouvait à la grille principale. C'était une maisonnette qui n'avait pas été occupée depuis au moins deux décennies et le départ du dernier gardien du domaine.

Dans le temps, Raymonde avait possédé dans les environs d'Alès une petite bergerie, qui lui venait de la famille de son ex-mari. Mais quarante-cinq minutes quotidiennes en Renault 5, c'était devenu épuisant. On n'avait plus vingt ans ! Et tout ça pour des cochons… Car c'était là une passion héritée de sa grand-mère, et dont elle parlait fort peu lors de ses « thés » au village : ses cochons. Ses cochons que Raymonde ne pouvait passer une journée sans voir. Ses cochons qui bouffaient comme des ogres, et qu'il fallait venir ravitailler. Aussi, lorsqu'elle avait dû vendre, Vick lui avait pour ainsi dire *sauvé la vie* en lui proposant cette petite dépendance dotée d'un vaste jardin.

Raymonde venait donc chaque matin, le plus tôt possible, et restait au moins deux heures. L'intérieur de la maison était rudimentaire – une seule pièce, un lavabo, deux fauteuils en osier, des toilettes, pas de salle de bains. Mais qu'importe, Raymonde restait dehors, à s'occuper de ses « adorés ».

Il y avait là Kurt, quinze ans, un cochon imposant qui dormait sans arrêt, et dont la robe évoquait celle d'une vache normande ; Céline, dix ans, la truie qui faisait le bonheur des enfants, car elle avait cette couleur rose iconique que l'on voit dans les livres et de grandes oreilles. Le dernier cochon était aussi une femelle, la plus jeune, cinq ans, toute noire. Par esprit de provocation, Raymonde l'avait nommée Yvette. Ainsi, chaque jour, et quand bien même l'enclos des cochons n'était pas visible depuis le château sauf depuis la terrasse, puisque l'espace où Raymonde avait pu installer ses bêtes se trouvait de l'autre côté de la maison de gardien, abrité de murs, on l'entendait, prenant un malin plaisir à laisser ouvertes la porte et les fenêtres, qui criait bien fort, en s'adressant à sa cochonne : « Yvette, ma chérie ! »

— Ah, vieille pute, va ! maugréa de nouveau Yvette. Quand je pense qu'elle a réussi à s'installer à deux pas de chez moi. Bon Dieu, va…

Ce fut sur ces mots que Vick émergea, la mine atroce et les yeux bouffis.

— Tu n'es pas encore en train d'insulter Raymonde devant Marguerite ?

— Non, non, j'ai rien dit, susurra-t-elle. Hein, ma chérie ! poursuivit-elle en regardant Marguerite. Bah, tiens, c'est peut-être pour ça qu'elle ne parle pas, la petite… Ça la laisse sans voix, que tu aies accepté que la vieille… que Raymonde s'installe là.

— Maman, elle n'était même pas née ! J'ai la tête en feu, je n'ai pas la force de parler de ça. Et je te rappelle que, sans Raymonde, je n'en serais pas où j'en suis.

— Ah bah, ça, on le sait, va. Raymonde Burgaud *l'intellectuelle… Madame* l'institutrice… Ah ça, c'est sûr que maman Yvette ne fait pas le poids !

— Maman, je t'en supplie…

Opportunément, Marguerite avait sali sa couche, et Yvette se leva pour la changer. Vick se servit une tasse tiède de la cafetière qu'Yvette avait laissée pour elle sur la table, et, bercée par les mots d'amour de Raymonde pour ses chers cochons, elle essaya de rassembler ses pensées.

Elle ne parvenait pas à se souvenir de la dernière séance avec Martial, et, comme cela faisait des années qu'elle ne prenait plus de notes, elle n'en avait pas de trace. Comment était-ce possible, qu'elle ne parvienne à rien se remémorer ?… Un instant, elle hésita à descendre voir Raymonde, pour lui demander d'intercéder en sa faveur, que Dick accepte de l'écouter : Martial était son patient, elle pouvait l'accompagner dans ses recherches. Elle prit conscience dans le même temps qu'elle briserait ainsi le socle entier sur lequel tenaient son exercice, son serment, sa vie :

le secret professionnel. Et Carl Jung n'avait-il pas dit que le secret professionnel, chez les psychanalystes, devait perdurer par-delà la mort? D'un autre côté, pensa Vick, Jung n'avait pas vécu l'assassinat d'un de ses patients, dont on n'avait laissé qu'un doigt et fait disparaître le corps! Et ne s'était pas fait larguer le même jour par le père de sa fille de deux ans. Alors, la théorie...

Comme elle n'avait plus de cigarettes, elle se dirigea vers la cuisine et, en attrapant un paquet de Winston neuf sur la commode en noyer, elle fit tomber une enveloppe sur les tomettes rouges. Elle la ramassa. C'était de ces papiers que d'habitude elle ne regardait pas, une invitation de la mairie à la remise de décoration de Germaine Saxe, la mère de Martial, qu'elle avait bien sûr oubliée. Et c'est à cet instant que des tréfonds de son inconscient émergea le rêve, ou plutôt le cauchemar de la nuit. Celui qui l'avait laissée en sanglots, dégoulinant de sueur sur le bord de son divan, à appeler sa mère qui était venue en quelques secondes la réconforter.

Non, elle était déjà dans les bras de sa mère, et dans son lit, quand elle avait repris conscience. Mais le fil du rêve lui échappait; son contenu, en tout cas. La sensation était là, l'effroi. Mais pas le fil, pas l'histoire. Elle n'avait pas les mots.

Vick avait beau être psychiatre, elle était incapable de se souvenir du déroulement de ses rêves.

— Ma mémoire fuit, avait-elle dit un jour à son propre psy, un vieil homme qui exerçait en périphérie de Nîmes. J'oublie tout, j'oublie tout...

— Tout, sauf ce qui concerne les autres, avait-il répondu.

— Les autres ?

— Je veux dire : vos patients. La question serait de savoir, Madame, si vous pouvez donner de l'espace à autre chose dans votre vie qu'à vos patients. Et quel est votre bénéfice secondaire à oublier tout le reste, en particulier ce qui vous concerne… Ce qui vous concerne *intimement*, je veux dire.

Ç'avait été la dernière séance. « Un mauvais psy », avait décrété Vick pour se justifier d'arrêter.

— Maman, demanda Vick à Yvette quand elle revint après avoir changé Marguerite, est-ce que j'ai rêvé, cette nuit ?

Yvette sourit et lui désigna son carnet bleu azur « Lett's note ». Depuis que Vick lui en avait rapporté un de Londres, elle n'écrivait plus que sur ce papier fin, strié de petites lignes bleues, avec son Bic quatre-couleurs, et Vick, tous les ans, lui en commandait un nouveau. Yvette ne faisait qu'un seul usage de ses carnets bleus : elle y notait les rêves de sa fille, qui les lui racontait, dans un état de demi-conscience, quand elle venait se réfugier dans sa chambre, avant de sombrer de nouveau dans les abîmes de la nuit.

Vick courut à la cuisine et se saisit du carnet. Elle commença à lire et, à mesure qu'elle parcourait les lignes, elle en eut la certitude absolue : elle devait parler à Dick au plus vite.

12

— Aujourd'hui, mes chers amis, nous rendons hommage à Germaine Saxe. Ou plutôt : nous réparons une injustice. Mais je voudrais commencer par justifier le maintien de cette cérémonie, alors que Germaine et sa famille, et je dirais donc *le village*, car nous sommes une famille, traversent un drame abominable avec la mort de Martial, drame dont, vous le savez, j'ai été moi-même le premier témoin. Eh bien, si j'ai souhaité malgré tout que nous nous réunissions ce soir, c'est parce que nous avons attendu trop longtemps pour réparer cette injustice, et aucun *meurtrier invisible*, puisque c'est ainsi que la presse le nomme, ne nous en empêchera. Il y a quarante ans, nous avons fait face à d'autres ennemis – visibles, eux, et autrement plus dangereux. Alors, nous n'avons pas peur. Voilà pourquoi je me tiens debout, devant vous, et je vous remercie pour votre présence.

Cette injustice, c'est celle qui a été faite à notre illustre Germaine, qui n'avait pas, jusqu'à maintenant, été récompensée pour son héroïsme. Et pourtant, que de courage il lui fallut ! Le courage de partir, seule et contre tous, dans le maquis. C'était en 1943. Elle a pris tous les risques pour notre liberté. Des risques que même moi, avec ma grande gueule, je n'ai pas eu le courage de prendre. Alors certes, pour mes élèves, « Maréchal, nous voilà » devenait « Maréchal, casse-toi de là ». Mais j'étais protégée, avec mes mioches, moi, l'instit' du village. Plus que toi, en tout cas, ma chère Germaine. Toi qui, dans l'hiver que l'on sait rude ici, es partie, seule ou presque, rejoindre les deux premiers maquisards d'Uzès et qui, là-haut, dans la montagne, as vécu des mois... Vous étiez trois, vous avez fini cinquante, cent. Des communistes, des gens de droite, des réfractaires au STO, des sans-parti – peu importait ! Ce qui comptait, c'était de se battre contre l'oppression nazie, coûte que coûte et sans peur de la mort. À l'époque, ce n'était pas une vague idée, une peur lointaine. Nous nous souviendrons pour l'éternité de nos amis. Jean, vingt-cinq ans, et Vincent, vingt-quatre, guillotinés dans la cour de la maison d'arrêt de Nîmes pour activités communistes. Nous nous souvenons de toi, Germaine, qui, dans la nuit du 19 au 20 juillet 1944, es descendue des montagnes. Il était minuit et demi, vous étiez quinze dans ce camion qui fonctionnait au gazobois, venant de la route de Lussan, s'arrêtant avenue Général-Vincent, à hauteur du groupe scolaire d'Uzès. Là, vous avez attaqué à la mitraillette les sentinelles allemandes. Elles ont riposté, arrêté vos hommes. Mais vous, vous, les femmes du groupe, avec une force inouïe, vous avez fui dans les ruelles d'Uzès. Les Allemands ont ouvert le feu à nouveau, Berthe est tombée. Elle meurt quelques heures plus tard à l'hôpital allemand. Toi, au bout de l'errance dans le village, dans la nuit chaude, tu es arrêtée. Mais, malgré des heures d'interrogatoire, tu t'en tiens à la version prévue : tu ne connais personne, tu es montée en stop à Nîmes, car tu devais rejoindre ta famille à Alès. Au dernier moment, le camion a changé d'itinéraire, pour récupérer des vivres à Uzès. Grâce à ton héroïsme, les Allemands ne sauront pas qu'il y avait dans ce camion un adjudant-chef et un sergent-chef de la Résistance. Tes faux papiers te permettront de rejoindre ta *fausse* famille, celle de Berthe, qui t'avait laissé sa carte d'identité… Quelques semaines plus tard, tu sortiras de la maison pour prendre toute ta part, là encore héroïque, à la libération du village, part que chacun ici connaît. Alors, ma chère Germaine, ma tendre amie, en tant qu'adjointe au maire, au nom du général de Gaulle – au diable le vichyste de l'Élysée ! –, j'ai l'honneur de te décerner la Légion d'honneur.

Les applaudissements retentirent dans la salle des fêtes de la mairie, et Raymonde Burgaud prit dans ses bras Germaine Saxe. Avec son allure frêle, ses cheveux gris, son teint de porcelaine, ses yeux cachés derrière des lunettes fumées rondes, personne n'eût cru que Germaine Saxe avait été une héroïne.

Pendant l'accolade fraternelle qui dura plusieurs minutes entre les deux femmes, on avait le sentiment que Raymonde allait broyer sa délicate compagne, tant le contraste de leurs deux silhouettes était patent. Germaine Saxe semblait un oiseau fragile aux prunelles très sombres, flottant dans un pantalon de toile blanche trop ample ; Raymonde avait de grandes paluches potelées, des bras en chair, des yeux bleus scintillants, un teint rose et de longs cheveux gris qui tombaient sur un tailleur bleu marine.

Vick, du fond de la salle, observait la scène, la poitrine serrée, comme toujours lorsqu'elle se trouvait face à Germaine. D'autant plus depuis qu'elle voyait son fils en consultation, et plus encore depuis qu'il était mort. C'était le problème des villages – c'était aussi pour cela qu'elle y venait si peu : pour ne pas croiser ses patients ou leur famille.

On servit du champagne, et Vick, que tout le monde observait mais à qui personne ne parlait, remarqua, seul dans un coin, le vieux Jean, le mari de Germaine et père de Martial. Il portait un béret, assis dans sa chaise roulante, une épaisse couverture de laine grise couvrant ses jambes et ses bras, tandis qu'il grignotait des bretzels. Il sortait peu, maintenant, et on s'étonnait de le voir déjà en chaise roulante, car il n'était au fond pas si âgé. Il devait avoir soixante-dix ans, mais en paraissait vingt de plus. Vick le salua de loin, sans réaction de sa part.

Elle n'était au village, pour la deuxième fois en deux jours, que pour une unique raison : convaincre Dick de la laisser lui dire ce qu'elle savait et l'aider dans l'enquête. Quand elle le vit pénétrer dans la salle, en retard, elle s'approcha, portée par la douce excitation d'une coupe de champagne posée sur son épuisement. Sans un mot mais d'une main ferme,

Dick lui fit comprendre qu'il ne lui parlerait que dehors.

— Dick, il faut que tu m'écoutes, murmura-t-elle pour ne pas être entendue des autres qui fumaient à proximité. Je sais que tu ne crois qu'aux *faits*, mais je t'en prie, écoute-moi. C'est une histoire familiale, Dick, je le sens. Martial n'est que la première cible ; c'est la famille qu'ils visent. J'ai vu les têtes, dans mon rêve. J'ai vu les têtes, j'ai vu aussi la femme. La femme de Martial, et… Ce n'est pas un hasard si le meurtre a eu lieu la veille de la remise de…

— Ça ne s'arrange pas, ma pauvre fille, asséna Dick en la coupant d'un ton sec. Tu es devenue voyante en plus de psy ? Je ne pensais pas qu'on pouvait faire pire… J'enquête et j'avance méthodiquement, je respecte la loi – même si parfois j'aimerais juste trouver le coupable et régler ça d'homme à homme. Mais le village est sens dessus dessous avec cette affaire ; alors, crois-moi, la dernière chose dont j'aie besoin, c'est des élucubrations d'une fada ! OK ? Sois gentille, ne te montre plus comme ça. Car si la presse découvre – et ils vont vite le savoir – que tu étais la psy de Martial… Allez, rentre chez toi, tes patients t'attendent.

Et il lui tourna le dos, la laissant dans une rage telle qu'elle bondit dans sa Porsche et roula à tombeau ouvert dès qu'elle eut passé l'entrelacs des ruelles. L'habitacle vibra ; elle avait besoin de sentir le feu de la limite, la possibilité de l'accident et de la mort, l'hypothèse de la destruction et donc du soulagement, les fenêtres grandes ouvertes.

Le pire n'était pas l'épidermique opposition de Dick. Le pire était que, malgré elle, Vick l'avait trouvé beau. Plus beau encore que dans leur jeunesse. Une beauté sauvage. Et c'était pour elle, à cet instant, la plus cinglante des défaites.

13

Des cloches sonnent, encore, encore et encore. Ce sont toutes les cloches de la ville, le tocsin. La cathédrale, l'église Saint-Étienne, celle du temple… Cinq minutes, puis cinq minutes, puis vingt coups. Sonnerie prolongée, répétée, interminable.

Vick se bouche les oreilles; elle aimerait se rendre sourde. Et, dans son lit, elle appuie ses deux mains sur ses oreilles, de toutes ses forces, pour que cela cesse.

Mais les cloches sonnent et sonnent encore, dans la nuit.

14

— Mais il ne t'a rien dit d'autre ? hurla Vick.

— Non, ma pauvre chérie. Rien. Je suis désolée, va…

— Je ne comprends pas. Il ne pouvait pas attendre ou rappeler ?

— Il a dit que de toute manière ce n'était pas très étonnant que tu sois occupée. Que tu n'étais jamais disponible que tu étais toujours avec tes patients…

— Évidemment, lui, le travail ne l'a jamais accaparé !

— Calme-toi, ma chérie, je t'en prie.

Vick fumait cigarette sur cigarette.

— Tu vas stresser la petite.

— Il revient quand ? Il l'a dit ?

— Non, il a juste donné le numéro d'un hôtel à Nîmes, celui qui est près de la gare. Il a dit qu'il se déplaçait en train, mais qu'il repasserait par là chaque week-end, et que tu pouvais essayer de le joindre, ou lui laisser un message, ajouta Yvette en baissant la voix.

Vick explosa.

— Mais il se fout de ma gueule ! Et sa fille, ça l'intéresse ? Sa fille de *deux ans*, on lui dit quoi ? Je lui dis quoi, moi ?

Et elle regarda Marguerite qui l'observait, interrogative, se demandant pourquoi sa maman criait.

— Pardon, maman, je vais me calmer, dit Vick en écrasant sa Winston. C'est juste qu'avec tout ça je ne sais plus où j'en suis…

— Je suis là, ma poulette, va. Tranquillise-toi. Ton prochain patient arrive dans combien de temps ?

— Vingt minutes, il a du retard.

— Tu en as vu combien, depuis ce matin ?

— Maman, tu le sais ! Dix, comme d'habitude.

— Bon Dieu, tu travailles trop, ma chérie.

— Maman…

— Fais une pause avant le prochain. Tu es à bout, là.

Vick acquiesça, embrassa Marguerite et, l'espace d'un instant, comme chaque jour, espéra un premier mot de sa part, qui ne vint pas.

Par le couloir sombre, elle gagna l'aile du cabinet. Pour une fois, le studio de Françoise semblait ouvert. Depuis le départ de son beau-père, l'adolescente ne lui adressait plus la parole. Peut-être était-ce paradoxalement un signe destiné à sa mère, pour lui signifier qu'elle avait besoin de parler avec elle… « Ne pas céder, ne pas rompre non plus, représenter une limite sans faire preuve d'une trop grande rigidité – voici le fil sur lequel marche le parent d'adolescent. »

Cette phrase devait se trouver dans un de ses livres qui aidaient tant les *autres.*

La pièce était vide ; Vick hésita. Allait-elle monter sur la terrasse ou allait-elle oser ? Elle se sentit comme à l'entrée d'un temple interdit. Mais la tentation était trop forte. Cela devait faire au moins un an qu'elle n'avait pu pénétrer dans le studio, depuis l'installation du loquet. Elle avait tant professé la nécessité de laisser aux ados leur « espace d'autonomie » qu'elle n'avait pu s'y opposer chez elle.

L'imposante fenêtre offrait une vue splendide sur le jardin à la française. Jadis, cette pièce avait été une salle de jeu et un dortoir pour les enfants lorsqu'ils étaient trop nombreux. On y trouvait alors cinq ou six lits, des jouets, des jeux de fléchettes… Françoise, quand elle était petite, adorait ce lieu. Vick avait accepté à ses quinze ans qu'elle quitte sa chambre du rez-de-chaussée et qu'elle s'y installe – à la condition expresse qu'elle aide sa mère à le réaménager.

Elle se souvenait de leur périple chez Ikea, débarqué en France en 1981, pour trouver un lit, une bibliothèque… Il avait fallu louer un camion pour tout rapporter au château. C'était après que tout s'était effondré. Quand Françoise avait cessé d'accepter ce qu'elle n'avait jamais questionné au temps béni de l'enfance. L'absence de son père, l'impossibilité de le voir. Vick n'avait pas cédé, expliquant à sa fille qu'elle voulait la « protéger ». Ce n'était pas une « bonne idée ». C'était à partir de là que Vick n'avait plus pu pénétrer dans la chambre, et que Françoise avait rebouché les fissures et tout repeint en blanc.

Vick, en pénétrant dans ce lieu, ne put retenir un petit souffle d'admiration. La décoration de Françoise semblait avoir été pensée à l'inverse précis du reste de la demeure, si bien que l'on se serait cru tout à fait ailleurs. Un parfum frais tranchait avec la légère odeur de moisi du reste du château, que Vick masquait, dans son cabinet, avec d'onéreuses bougies. Tout était ordonné, propre, comme neuf. Les livres dans la bibliothèque Billy étaient classés par ordre alphabétique, quand ceux de Vick étaient jetés sur le bureau ou par piles à terre. De plus, chez Françoise, il n'y avait que des romans, et c'était sans doute ce que Vick détestait le plus au monde, les romans. Avec les hommes. Auxquels elle préférait mille fois un bon whisky avec un essai ou un ouvrage de philosophie. Le linge du lit deux places était immaculé et repassé. Vick se surprit à faire comme lorsque sa fille était bébé : humer ses draps. Et c'était cette même odeur que l'on ne saurait décrire – « C'est animal », se disait Vick, comme tout ce qu'elle ne parvenait à analyser, c'est-à-dire tout ce qui concernait sa vie personnelle. Près de la fenêtre, au fond à gauche, un bureau blanc aux lignes épurées. Trois stylos bleus dans un récipient en bois, un carnet à la couverture noire (*Non, je ne le lirai pas*), une étagère avec des classeurs. Une carte du monde géante, que ne connaissait pas Vick, était accrochée au mur, au-dessus du lit.

À l'autre extrémité, là ou Françoise avait installé des chaises à bascule et une petite table, le mur était couvert de photos, ces fameuses photos des jetables qui ne la quittaient pas. Il y avait là ses amis – mais

Vick n'en connaissait plus aucun –, un garçon qu'elle semblait embrasser (qui était-ce ?), Yvette, Marguerite. Mais ce qui la surprit le plus fut de se voir. Oui, Françoise avait conservé des photos d'elle. En réalité, il y avait tant de photos que la quasi-intégralité du mur en était masquée.

Vick se mit à analyser, à faire des liens. L'ordre du studio de Françoise *versus* le chaos du château, et donc de sa mère. La volonté de photographier et de mettre en scène, alors que Vick ne voulait plus de photos de famille dans cette maison...

Des bruits venus du jardin l'interrompirent, et elle sentit le rythme de son cœur s'emballer : Françoise chantait à tue-tête. Elle était de retour et risquait de la surprendre dans sa chambre. Alors qu'elle parvenait sur le pas de la porte, un dernier cliché attira son regard : elle avec Françoise, bébé. Le côté droit de la photo avait été déchiré. Où l'adolescente avait-elle retrouvé tout cela ? Après le départ du père de Françoise, Vick avait commencé par déchirer méthodiquement son visage sur tous les clichés, et, une fois qu'elle avait compris qu'il ne reviendrait pas, elle avait décidé de tout brûler.

Il y avait un Post-it rose à côté de la photo, avec un point d'interrogation. Mais Vick ne voulait pas que sa fille la trouve aux abords de sa chambre, et elle fila sur la terrasse pour ne pas la croiser. Elle attendrait que Françoise se soit enfermée ; une fois la porte close, il suffirait de marcher à petits pas en passant devant pour ne pas être entendue par l'adolescente.

En allumant une cigarette, elle s'agaça de ne pas comprendre comment cette photo avait pu échapper à son contrôle. Mais, face à ce soleil roux qui, enfin, baissait la garde vers l'horizon et accordait quelque tiédeur en s'éclipsant, elle se calma un peu. La vue était belle, d'ici ! Cela faisait si longtemps qu'elle ne s'était pas accordé ne serait-ce que cinq minutes pour ne rien faire ainsi… Mais, presque aussitôt, elle se mit à penser pêle-mêle au père de Marguerite, à Martial qui était mort, à Dick qui refusait qu'ils se parlent, et elle eut envie de travailler. D'ailleurs, son patient avait dû arriver. Elle allait partir lorsqu'elle entendit une voix familière. Raymonde Burgaud était en dessous, au jardin, et sermonnait ses cochons.

— Comment vont-ils ? demanda Vick.

Raymonde leva la tête.

— Très bien !

— Remise de ton discours pour Germaine ? C'était fort, quand même…

— Mais oui, ma chérie, tout se passe bien ! Je n'y pense même plus. Va donc travailler ! Je suis sûre qu'un patient t'attend. N'oublie pas ce que je t'ai toujours dit : l'oisiveté est la mère de tous les vices…

Vick lui envoya un baiser et s'exécuta. Le studio de Françoise était de nouveau fermé à clé.

Devant la salle du billard, elle la croisa cependant, un plat de pâtes à la main. Mais Françoise, juchée sur ses rollers, musique à fond dans les oreilles, ne lui adressa pas un regard.

15

La nuit était presque tombée lorsque Yvette fit irruption dans le cabinet de Vick. Le dernier patient avait quitté le château ; Vick, avachie sur son divan, s'apprêtait à se servir un whisky et hésitait à rappeler Théo.

— Ma chérie, il y a quelqu'un pour toi, au portail.

— Qui ?

— Je crois que tu devrais y aller. Ne t'inquiète pas pour les petites ; Marguerite dort, et Françoise est à la rivière, comme d'habitude. Va ! dit-elle d'un ton plus rauque que d'habitude, qui sonnait à la fois comme une invitation et une mise en garde.

Vick descendit les marches du perron, traversa l'allée de gravier et ouvrit la porte de service. Dick était assis sur sa Goldwing.

— Qu'est-ce que tu fais là ? s'exclama-t-elle. Je croyais que tu ne voulais plus entendre parler de moi…

— Monte ! Je dois te montrer quelque chose.

— Tu fais chier, Dick.

Il fit démarrer la moto, et ce seul bruit charria tant de réminiscences dans la tête de Vick qu'elle se sentit étourdie. Dick lui tendit un casque. C'était le même que jadis, ce casque rouge dont la fine lanière de sécurité qui ressemblait à un fil ne protégerait pas de grand-chose en cas de chute.

Quand Dick accéléra, les bras de Vick vinrent s'accrocher à sa taille, et son nez se rapprocha de ses cheveux, de son blouson de cuir. Elle ferma les yeux. C'était cette même odeur, mélange de *Pour Monsieur* et de Marlboro rouge. Il ne lui avait même pas fait la bise, ce con ! Elle sourit en reconnaissant l'odeur de sa mousse à raser et de son gel douche – il avait pris la peine de se changer avant de venir.

À mesure qu'ils roulaient, elle voyait défiler leurs vingt, vingt-cinq, trente ans. Dick avait été là à toutes les étapes de sa vie, malgré leurs cinq mois d'écart. Quand elle était partie faire médecine et qu'il l'avait accompagnée à mobylette à la gare de Nîmes… Il avait attendu le départ du train, avait fait des signes de main de dehors. Au village, tout le monde pensait que ces deux-là formeraient un beau couple, et qu'ils finiraient ensemble un jour.

Le silence de Dick sur la route cabossée nourrissait les rêveries de Vick. À mesure qu'ils traversaient le village, des flots d'images l'envahissaient. Des rires, des bouteilles de rosé partagées sur la place aux Herbes, des baignades la nuit à la rivière. L'haleine de l'été et son souffle brûlant, ce jour où ils s'étaient jetés nus dans la fontaine de la place tant ils avaient chaud, même à 5 heures du matin. Ils étaient rares, au fond, ces gens dont on pouvait dire, après quarante ans, qu'on avait grandi avec eux, et dont on savait encore qui ils étaient. Vick, contrairement à la plupart des habitants d'Uzès, à ses collègues, à sa mère, pouvait se targuer de savoir qui était Dick. Il avait suffi qu'elle pose ses mains autour de sa taille. Et tout était revenu.

— Voilà, on est arrivés.

Vick posa un pied à terre. Les gyrophares des voitures de gendarmerie garées sur le côté illuminaient la maison de Germaine Saxe, en face de la piscine municipale et du parc du Duché. Vick se souvenait que, à l'école, on disait que c'était l'une des plus belles du village. C'était celle de « la résistante » qui venait voir les enfants et qui, de sa voix aiguë devant les classes ébahies, racontait ses exploits.

Dick et Vick pénétrèrent dans un vestibule sombre, tapissé de chaussures. Tous les volets étaient fermés, si bien qu'on distinguait mal les meubles, les objets dans les pièces. Des bris de verre gisaient par endroits, ainsi que des assiettes, des tableaux, des photos de Germaine et de son mari, indiquant qu'une lutte avait eu lieu.

Plusieurs gendarmes étaient à l'œuvre, tentant dans chaque recoin de trouver des indices, des traces, lampe de poche à la main.

— Parce que, en plus, c'est bien notre chance, dit Dick, les plombs ont sauté. On attend un électricien. Le circuit date des années quarante… Tiens, voilà ce qui reste, ajouta-t-il, de ce ton dégagé que Vick reconnut, car il lui fit penser au sien quand elle racontait à Yvette la tentative de suicide d'un patient.

Il lui désignait, au milieu du salon, une épaisse mare de sang et, posé à côté, sur un oreiller blanc, un doigt.

— Même mode opératoire que pour Martial. Il a dû entrer en prétextant je ne sais quoi. En tout cas, comme pour Martial, mon hypothèse est qu'il connaissait Germaine. Parce que tu sais qu'elle était méfiante, mamie ! Elle a survécu aux nazis ; elle n'aurait pas ouvert comme ça à un inconnu. Il a profité du fait que le vieux était dans le jardin. Là aussi, le mec ne pouvait le savoir qu'en connaissant leurs habitudes. D'après la femme de ménage, le vieux y passe ses soirées l'été, à la fraîche. On le voit depuis la route. Il l'a sans doute observé pendant des jours avant d'agir, pour savoir que Germaine serait seule à ce moment-là. En revanche, vu le bordel dans la maison, elle n'a pas dû se laisser buter comme ça… Absolument tout dans le salon est renversé, même les canapés. Y a dû y avoir du boucan, mais ils n'ont pas de maison mitoyenne, et toutes les fenêtres étaient fermées. Pareil pour le vieux Jean dehors : il n'a rien dû entendre, il est sourd comme un pot. Il paraît qu'il se lève plus de sa chaise… En tout cas, il n'a pas prononcé un mot depuis qu'on est arrivés. Il n'a même pas réagi à l'annonce de la mort de Germaine.

— Dick, pourquoi tu m'as amenée ici ?

— Le meurtrier a appelé depuis une cabine téléphonique qu'on n'a pas pu identifier. Mais, *a priori*, c'est celle de la place aux Herbes. Il a dit que le *meurtrier invisible* avait frappé de nouveau. Et il a donné un indice : *résistance*. Là, j'ai pensé à ton rêve. On est venus aussi vite que possible…

Dick s'arrêta net, comme si le silence de Vick lui avait fermé le clapet.

— OK. Tu veux l'entendre ? Tu vas l'entendre. Tu avais raison. J'ai besoin de toi. Voilà, tu es contente ?

— Pour le corps, c'est pareil ? Comme pour Martial, aucune trace ? reprit Vick sans relever et sans avoir l'air de triompher, car elle connaissait trop le caractère orgueilleux de Dick.

— Aucune. C'est l'énigme la plus insoluble, pour l'instant. Comment il se débrouille pour subtiliser les corps sans se faire repérer, le salaud ? Et surtout, où sont-ils, ces fichus macchabées ? Nos recherches pour Martial n'ont rien donné.

— Je peux voir le doigt de plus près ?

— Oui.

— Ah, cette odeur, c'est horrible…

Dick éclata d'un rire franc.

— Tu as donc tout oublié de ton internat à l'hôpital ? Même l'odeur du sang ?

— T'es con…

— Il a laissé un mot sur la table, regarde. Tapé à la machine. Posé à côté de la Légion d'honneur… Franchement, je n'y comprends rien. Donc, si tu veux t'amuser…

« Je vous hanterai comme vous m'avez détruit. Ange de la mort. Sans sépulture à tout jamais. Pire que leur mort ce sera, et alors ILS seront vengés. Les parents ont mangé des raisins trop verts, et les enfants en ont eu les dents agacées… »

16

Vick l'avait retrouvé d'un regard, cet air malicieux. Ce sourire. Devant la maison qui venait d'abriter un nouveau crime. Dick lui avait montré son Beretta d'un air fier. Comme à ses vingt ans. Et il l'avait prise par l'épaule.

Avec Dick, elle avait appris à utiliser un décodeur, car elle savait que les mots n'étaient pas pour lui ; et que ce sourire et ce bras autour de l'épaule signifiaient : « Pardon de ne pas t'avoir écoutée. » Peut-être aussi : « Pardon pour le reste. » Mais le temps viendrait. Il n'y avait qu'elle qui savait le faire parler. Avec sa mère, peut-être.

— Je veux bien que tu me racontes, Vick. On est bloqués, de toute manière. Alors, je suis prêt à écouter tes charlataneries…

— Viens boire un verre au château, on sera plus au calme, répondit-elle en levant les yeux au ciel comme devant un vieux spectacle mille fois joué.

L'affaire commençait à électriser les médias. Trois voitures du *Midi libre* et d'Antenne 2 débarquèrent au pas de charge. Vick remonta sur la moto, Dick accéléra fort pour les semer. La nuit était tombée sur Uzès et, en prenant la rue de la Perrine, ils virent les jeunes noctambules cheminer vers la place aux Herbes, bouteille de bière à la main.

Quelques minutes plus tard, Dick gara sa moto devant le portail du château. Il s'assit à la table de la terrasse, posant son casque sur une chaise et allumant une Marlboro.

— Whisky ?

— Whisky.

Quand elle revint, un plateau à la main, il avait enlevé son blouson de cuir, laissant voir ses bras et son tatouage du temps du service militaire, un lion dont Vick se moquait déjà à l'époque, car elle le trouvait affreux. Dick, trempé par la sueur, se passa la main dans les cheveux.

— Quand je te vois, assis là, j'ai l'impression que tu n'es jamais parti. Sans glace ?

— Oui.

Des pattes-d'oie étaient apparues au coin des yeux de Dick.

— Ça te va bien, de vieillir.

— À toi aussi.

— Enfin, moi, je suis plus vieille que toi, salaud.

Et ils rirent tous les deux, comme avant. Comme si rien ne s'était passé, comme si Dick n'avait pas disparu du jour au lendemain. Et Vick se disait que c'était peut-être cela, aimer : un fil qui ne se rompt jamais, quoi qu'il advienne.

— Bon, dit-elle, car elle sentait monter en elle une émotion dont elle craignait qu'elle ne la submerge. Comment puis-je t'aider ?

Dick garda le silence quelques secondes. Il vit les chauves-souris qui menaient leur bal maintenant qu'il faisait sombre, passaient par la porte principale et se dirigeaient vers la cave.

— Ça n'a pas changé, ici. Et toi, tu as toujours aussi peur de descendre au sous-sol ?

— Je n'y suis pas retournée depuis ton départ.

— Comment tu fais, pour le vin ?

— C'est maman qui y va. Ou Françoise.

— Elle est là ?

— Je ne crois pas. Elle a dix-sept ans, maintenant, tu sais. Alors, l'été, elle est toujours en vadrouille, à la rivière. De toute manière, elle ne me parle plus...

— Tu as quelqu'un ?

— Tu es venu pour un interrogatoire ou pour parler de ton enquête ? Parce que, si tu veux, je peux aussi t'en poser, des questions. Et tu sais que je suis douée pour faire parler les gens ! Par exemple, je pourrais te demander pourquoi tu es parti...

— D'accord, parlons de l'enquête. Y a-t-il quelque chose, dans ce que t'a raconté Martial, qui pourrait nous être utile ?

— Dick...

— Tu as proposé de m'aider, ou pas ?

Les doigts de Vick se mirent à trembler, mais de manière imperceptible. Elle avait appris à faire cela, ne rien montrer. Elle hurlait à l'intérieur, mais on ne voyait rien. Lui répondre, c'était trahir ce à quoi elle s'était engagée dans ce métier. Mais elle savait aussi, sans pouvoir se le formuler clairement, que l'assassinat de Martial avait initié en elle un processus qu'elle ne contrôlait plus. Son rêve était lié à Martial, à sa mort, à leurs séances. C'était impossible de refouler cela. Tout était fichu depuis qu'elle avait fait démarrer sa Porsche pour se rendre à la boulangerie, depuis qu'elle avait accepté de remonter sur la moto de Dick… Depuis qu'il était revenu. Depuis qu'il buvait ce satané whisky assis sur *leur* terrasse, comme avant.

— Bon…

Une trahison commence par un mot.

Vick raconta à Dick le toc de Martial, le carnet de notes dans lequel il rédigeait ce procès dont il se disait l'accusé. Elle lui parla aussi de l'appel à l'aide de sa femme depuis la cabine téléphonique de la place aux Herbes, six mois plus tôt.

— Et au fil des séances, poursuivit Vick, j'ai commencé à faire l'hypothèse que l'accusé du procès n'était peut-être pas Martial, mais plutôt un fantôme transgénérationnel qui s'exprimait en lui.

En disant cela, Vick articulait du mieux qu'elle pouvait, sous les yeux circonspects de Dick.

— Ne me regarde pas comme ça, Dick, sinon j'arrête !

— Pardon, continue…

— Alors, j'ai creusé davantage, du moins j'ai essayé. Car, les deux premiers mois de la thérapie, il ne voulait *rien* me dire de ses parents. Un jour, cependant, un jour où il était trop mal et où même les médicaments que je lui avais prescrits ne suffisaient plus à l'empêcher d'affronter la réalité, il a enfin réussi à pleurer. Et il m'a révélé que, depuis sa plus tendre enfance, son père se scarifiait les avant-bras.

— C'est pour ça, ses bandages... Je ne te l'ai pas dit, mais j'ai remarqué ça, tout à l'heure, dans le jardin. J'ai vu qu'il avait des bandages et, avant que tu n'arrives, j'ai essayé de lui en parler, mais il n'a pas voulu m'expliquer.

— Oui. Comme il est en chaise roulante et qu'il a toujours une couverture sur lui, ça ne se voyait pas.

— Et qu'est-ce que ça vient faire dans l'histoire ?

— Ça veut dire qu'il y a de la souffrance, dans cette famille. Une souffrance sur laquelle personne n'a réussi à poser de mots. Mais pourquoi ? Quant à Germaine, un peu plus tard encore, Martial m'a révélé qu'elle était anorexique. Là aussi, depuis très longtemps. Il m'a dit qu'elle se faisait vomir chaque soir, et qu'elle a été hospitalisée plusieurs fois. Mais c'était un secret bien gardé. Jusqu'à aujourd'hui, personne ne l'a su. Sauf Martial, qui l'a compris vers vingt ans. Son père était très mal en point, mais il fallait que quelqu'un aille voir Germaine à l'hôpital. Il n'y avait que Martial qui pouvait s'y rendre. Il n'était plus question de lui raconter des craques, ou que sa mère était en vacances... Jean lui a dit la vérité.

L'anorexie était une des rares maladies mentales à laquelle Dick « croyait », car elle se voyait et qu'on commençait à en parler dans les médias. Ce n'était pas de ces blessures secrètes et idiotes, « inconscientes ». Ces trucs de chochotte à la Dolto...

— Tu ne t'es jamais demandé pourquoi elle était aussi maigre ? poursuivit Vick.

— Non, répondit Dick. Elle disait que c'était par rapport à la guerre. Qu'elle avait si peu mangé qu'elle s'était habituée à se contenter de peu. Je l'ai crue, je n'avais pas de raisons de penser qu'il y avait autre chose.

— Après la mort de Martial, j'ai fait ce rêve. C'est ce que j'ai essayé de te dire, à la remise de décoration de Germaine. Le rêve des têtes coupées que je trouvais au château. Il y en avait trois : Germaine, une femme plus jeune, Martial. Puis nous étions dans la tempête sur un bateau. Si j'établis le lien avec les séances de Martial, avec le fait que Germaine a été tuée le lendemain de la remise de décoration, avec le fait que le meurtrier a laissé la médaille avec ce mot tapé à la machine – tiens, montre-le-moi… Mais oui, dans la pochette plastique ! Ne me regarde pas comme ça, je ne suis pas idiote, je ne vais pas le brûler, ce papelard !… *Je vous hanterai comme vous m'avez détruit. Ange de la mort. Sans sépulture à tout jamais. Pire que leur mort ce sera, et alors ILS seront vengés. Les parents ont mangé des raisins trop verts, et les enfants en ont eu les dents agacées…* Étudions les signifiants, Dick. Enfin, les termes que ce meurtrier invisible utilise.

Dick ne pipait mot et n'osait l'interrompre.

— Il parle d'*ange* : pour moi, c'est en lien avec un bébé. Un bébé qui serait mort, ou dont les parents seraient morts. Quelque chose que ce meurtrier aurait en tout cas intégré très jeune, et peut-être même, de manière inconsciente, quand il était bébé.

Tu vois, ça fait sens, si tu prends le reste de la phrase : *Je vous hanterai comme vous m'avez détruit.* On peut imaginer qu'il parle de ses parents, ou de sa mère. Mais surtout, le mot le plus important, je crois, c'est le mot *hanté.*

Tout en poursuivant, absorbée par son analyse, Vick s'était levée pour resservir et avait allumé une nouvelle cigarette.

— Je pense que ce meurtrier est hanté par cette histoire depuis des années, et qu'elle l'empêche de vivre.

Elle s'interrompit en fixant le ciel. Sous la violente clarté de la lune, le visage de Dick lui apparut soudain d'une pâleur crayeuse et, sans qu'elle sache si c'était l'effet de l'alcool ou de son récit, elle eut l'impression que se détachaient de ses lèvres des élytres noirs. Elle cligna des yeux et poursuivit.

— Bon. *Sans sépulture à tout jamais*: là, on peut faire l'hypothèse que *lui* n'a jamais pu faire son deuil. Soit il ne sait pas où sont enterrés ses parents, par exemple, ou des proches qu'il a perdus, soit – ou *aussi* – il ne connaît pas sa véritable histoire. Ou il l'a découverte récemment.

— Ce qui m'intéresse, moi, c'est surtout de mettre la main sur ce type qui rôde autour de nous…

— Tu ne crois pas si bien dire… Dans certaines cultures, amérindienne notamment, on dit que les morts sans sépulture donnent des fantômes, car ils *errent* à tout jamais. Ce meurtrier invisible, il me semble errer… Regarde, même ce nom que, certes, la presse lui a donné au départ, mais qu'il a repris de lui-même pour la première fois, comme s'il avait trouvé son identité, en appelant tout à l'heure de la cabine téléphonique : *meurtrier invisible.* Même vous, les forces de l'ordre, ne parvenez pas à le tracer. Moi, je crois que c'est quelqu'un qu'on n'a jamais vu dans le sens où il n'existe pas en tant que sujet.

— Je ne suis pas sûr de tout comprendre. Mais vas-y, continue…

— *Pire que leur mort ce sera, et alors ILS seront vengés.* Qu'est-ce qui est pire que la mort, Dick ? Un deuil impossible. Un deuil qui nous empêche de vivre notre existence. Qui nous rend mort-vivant. Et y a-t-il pire, comme deuil impossible, que le non-dit, et donc le non-pensable, le non-élaborable ?

— Tu m'as perdu, là, Vick.

— C'est un petit peu comme si on te demandait de construire une maison sur un cratère géant, plein de lave. Je pense que ce pauvre type a découvert quelque chose de tellement énorme, de tellement fou, qu'il est incapable d'en parler. Et que donc il passe à l'acte. Je crois qu'il a perdu contact avec la réalité, et que, de toute façon, il s'est construit avec un *très gros* manque de repères identitaires. Mais il a découvert sa vraie histoire, et plus rien ne tient. Si ce n'est ce délire de vengeance… Et tu vois, il dit *ILS*, en majuscules… Il parle de qui ? De ses parents ? D'autres gens ? Je ne sais pas. Et dans mon rêve, il y a autre chose de très étrange : deux bagues qui tombent de deux doigts, des doigts trop gros pour que les bagues tiennent… Ça évoque peut-être un mariage raté, brisé par un drame…

— Très bien, la coupa Dick, dont les épais sourcils bruns étaient froncés depuis le début de ce quasi-monologue, signe d'intense concentration – et peut-être même d'inconfort, car, dès lors qu'on commençait à parler de psychologie devant lui, la migraine le prenait. Très bien, toute ta démonstration. Mais ça ne répond pas à la question la plus importante : pourquoi est-ce que ce gus s'en prend à cette famille-là ? OK, avec ce que tu m'as dit, je comprends qu'ils avaient leurs problèmes. Comme tout le monde. Mais c'est une famille de héros ! Et Martial, lui, était le boulanger préféré d'Uzès… Quel lien avec eux ? Et comment expliquer qu'on s'en prenne à eux comme ça ? *Quid* aussi de cette phrase incompréhensible à la fin : *Les parents ont mangé des raisins trop verts, et les enfants en ont eu les dents agacées* ?

Vick jouait avec ses cheveux de manière incessante, enroulant des mèches autour de ses doigts. Elle alluma une cigarette, but une gorgée de whisky.

— Alors là, je ne sais pas. Il avait laissé un mot aussi, à la boulangerie ?

— Oui, mais tu étais trop occupée à m'agresser pour que je t'en parle.

— Mais c'est *toi* qui m'as agressée !

— Tu veux avoir raison, ou tu veux connaître la phrase ?

— Vas-y…

— Je te préviens, c'est encore plus incompréhensible… *Je te dis bouc, que me réponds-tu ?*

— *Je te dis bouc, que me réponds-tu…* répéta-t-elle. Effectivement, c'est étrange. Je n'y vois pas de sens immédiat. Ça doit pourtant être lié au reste. À cette histoire de dents d'enfants… Ce qui m'échappe, c'est qu'il semble parler à quelqu'un. Mais à qui ? On pourrait penser qu'il s'adresse à ceux qu'il tue, mais je ne vois pas bien l'intérêt. Ou bien, si on part du principe qu'il vise cette famille dans son entièreté, est-ce aux survivants qu'il parle ? Le vieux Jean ne t'a rien dit ?

— Non, il est mutique, pour l'instant. Mais demain, je vais y aller à ma manière. La manière forte. Moi, je pense qu'il sait beaucoup plus de choses qu'on ne le croit. Il est bizarre, ce mec…

— Tu n'as pas tort. Tu me diras, il y a aussi la femme de Martial, si on va par là… Enfin, elle est dans un tel état depuis sa mort ! Elle vit recluse dans leur appartement au-dessus de la boulangerie, avec son bébé. Elle m'a appelée ce matin pour me demander de la mettre sous antidépresseurs.

— Je ne sais pas. Il faut s'attendre à tout, tu sais, même à ce que la femme ait pu buter le mari, murmura Dick. C'est une sale race, les meurtriers. J'irai l'interroger un peu plus tard. Non, celui qu'il faut faire parler d'abord, c'est le vieux Jean. J'irai demain.

À cet instant, la petite porte de service grinça, puis s'ouvrit ; ils n'avaient pas vu le temps passer, il était au moins deux heures du matin. C'était ce moment où l'on se sentait bien, où la chaleur laissait place à un air doux et respirable. Dans la pénombre, Françoise apparut, casque sur les oreilles. Sans leur adresser la parole, elle déchaussa ses rollers, qu'elle rangea devant la porte principale.

— Tu ne me dis pas bonsoir ? demanda Dick.

Françoise enleva ses écouteurs, alluma une cigarette, et Vick sentit sa colère monter.

— Non, je te dis pas bonsoir, sale con. C'était bien, ces dix ans sans donner le moindre signe ? Tu te souviens de l'âge que j'avais, quand t'es parti ? Sept ans. Voilà, tout est dit. De toute manière, t'es qu'un des membres de l'équipe de couilles cassées qu'*elle* est si forte pour monter. Vous êtes que des merdes. Par contre, maman, il a pas intérêt à s'installer ici. Sinon, c'est moi qui me casse.

Et Françoise disparut par l'entrebâillement de la grande porte. On l'entendit descendre à la cave, chercher une bière sans doute, et des chauves-souris s'envolèrent vers le ciel, ce qui fit frissonner Vick.

— Je te présente Françoise, dix-sept ans. Fille d'une psychiatre reconnue mais tout à fait incapable de rester avec un homme, ou qui a un don très particulier pour les faire fuir. Et dont, tu peux le constater dix ans après ton départ, la vie privée est toujours un désastre…

17

Vick marche dans les couloirs du château, en quête de solitude, d'apaisement. Mais il est partout, dans chaque pan de mur, chaque plafond. Cet œil géant qui la surveille. Même aux toilettes. Elle court pour lui échapper. Rien n'y fait. Elle appelle à l'aide. Personne ne répond. Vick sort dans la rue ; se dirige vers le cinéma, le seul du village, à dix minutes à pied du château. Près du kiosque, à côté du vieux café d'Aniathazze. Les vignes se devinent dans la nuit, elle n'a pas besoin de lumière. Le cimetière l'appelle à gauche, en contrebas, après le garage. Mais ce dont elle rêve, à cet instant, c'est d'un bon film. Il y a du monde, ce soir, beaucoup de monde. Quand commence le film, un western spaghetti, le genre qui ne fait pas réfléchir, on oublie d'éteindre la lumière. Pire : des projecteurs sont braqués sur les spectateurs, on leur balance les faisceaux dans la figure sans que personne ne réagisse.

— Peut-on éteindre la lumière, s'il vous plaît ? fulmine Vick.

Un vieux la traite de folle. Une vache est dans la salle, derrière elle. Une vache famélique, dont on voit les os sous la peau flasque, aux yeux vitreux et dont les pis semblent des brindilles.

18

Quand Vick se réveilla, le lendemain, elle gisait dans le lit d'Yvette, et il n'y avait pas un bruit dans la maison.

Sa mère lui avait laissé un mot sur le guéridon bleu.

« Je suis au marché avec Marguerite. Françoise dort.

Mon petit carnet est en dessous. Le rêve de cette nuit n'était pas piqué des hannetons...

N'oublie pas ton premier patient.

Baisers, ma princesse.

Je t'aime, va.

Maman. »

19

Dans sa poussette, Marguerite s'était endormie. Yvette profitait chaque mercredi du petit matin pour aller faire le marché. Certes, l'été, il y avait un monde fou ; mais c'était *moins pire* que le samedi, quand on ne pouvait plus faire un pas. Et, tenant son chariot à roulettes d'une main et la poussette de l'autre, Yvette réussissait à faire des réserves pour une semaine. Vick se rendait au supermarché pour ce qui manquait.

Yvette savait qu'il ne servait à rien de tenter de protéger sa fille. En ce qui concernait les hommes, Vick ne l'écoutait pas. Mais elle voyait d'un très mauvais œil le retour de Dick Burgaud et l'obsession grandissante de Vick pour cette enquête. Et donc pour Dick. Sur le petit chemin bordé d'oliviers et de fleurs sauvages qui menait au cœur du village, elle pestait.

Car elle, Yvette, sa maman, était la seule à répondre présente quand il fallait la ramasser à la petite cuillère. Et le même scénario se répétait inlassablement, avec ces incapables : ils partaient sans un mot. C'était ça, les hommes. Et cette pauvre Françoise… Même si cela la peinait pour Vick, qu'elle ne lui parle plus, elle ne pouvait s'empêcher de comprendre la petite. Pas de père. Pas un beau-père qui soit resté.

Yvette gardait le secret espoir que son rêve d'une famille à peu près *normale* (entendre : qui ne ferait pas parler au village) soit encore réalisable. Que Françoise rencontre un petit gars comme il faut – le fils du primeur, par exemple. Oh oui, ce serait bien ! Ou bien celui de Firmin, le boucher. Ça, c'était du solide, et puis il faisait du rugby ; les gens du rugby avaient des valeurs. Yvette se voyait avec toute la famille au château, le mariage à l'église du Duché, un autre jeune à la maison, un bébé… Ah ça, oui, elle en rêvait. Car, au fond d'elle, elle savait que, pour Vick, c'était trop tard, le père de Marguerite ne reviendrait pas.

Combien de fois le lui avait-elle dit ? « Tu travailles trop, ma petite », « La médecine, c'est pas la vie », « Tu écoutes trop les ennuis des autres, tu vas tomber malade, va »… Mais non, la médecine, la psychiatrie, la psychanalyse, on ne pouvait pas y toucher, c'était sa religion. Et puis, douée comme elle est, se disait Yvette alors que les premiers étals du marché apparaissaient au loin sur la place, ses patients, eux, lui resteront fidèles. Et elle ne pouvait pas être heureuse…

Yvette ne le disait pas – elle n'était pas Raymonde Burgaud –, mais, depuis ses dix-huit ans, elle avait entretenu des doutes constants quant au choix de carrière de Vick. Elle aurait voulu que sa fille travaille la terre, qu'elle soit agricultrice. Ou bien qu'elle reprenne l'agence immobilière qui était à vendre, à l'époque. Une amie était prête à la lui céder pour une bouchée de pain, elle aurait appris sur le tas. Ou même travailler au Grand Hôtel ; ç'aurait été bien, une commerçante comme elle, qui avait tenu pendant quarante ans le bureau de tabac-papeterie-maison de la presse. Ça, c'était une carrière ! Elle l'avait vendu – et bien vendu ! – pour se consacrer à sa fille et à ses petits-enfants. Mais il avait fallu que cette vieille pie de Raymonde s'en mêle… Quelle idée elle avait eue, d'en faire la marraine de Vick ? De laisser la gamine aller faire ses devoirs chez elle. C'était elle, l'instit' « star » du village, qui lui avait mis dans la tête cette idée saugrenue d'aller faire médecine à la grande ville, parce qu'elle était bonne à l'école. N'importe quoi ! C'était à cause d'elle, ça. Tout ça. À cause d'elle.

Quand elle la croisa devant le stand des fromages, Yvette garda le silence. Ce fut Raymonde qui la salua et s'adressa à Marguerite.

— Je vois que Mademoiselle a l'œil bien vif, quel amour ! Mais elle ne parle toujours pas ? Pas un mot ? À son âge, ne même pas dire *Maman*, tout de même…

Yvette lui lança un regard méprisant. Raymonde poursuivit :

— Il y a une excellente psychiatre, au château. Vous devriez la consulter. Bonne journée, chère Madame !

Et elle s'éloigna sans qu'Yvette ait desserré les dents. Une image vint à celle-ci : elle, un couteau à la main, égorgeant les cochons.

20

Les deux jours les plus importants, dans la semaine de Raymonde Burgaud, étaient le mercredi et le samedi, jours de marché. Elle déambulait dans les allées, saluant chacun et chacune, demandant des nouvelles des plus anciens, en particulier ceux qui ne pouvaient plus se déplacer jusqu'au village, serrant des mains, souriant, ses sempiternelles lunettes de soleil (les mêmes que Tom Cruise dans *Top Gun*) sur le nez, ses cheveux longs et gris coiffés en chignon, son maquillage parfaitement dosé, ni trop ni pas assez. À la fois paraître et rester naturelle.

Devant le stand des fruits, elle chassa d'une main sûre les nombreuses guêpes qui voletaient et fit mine de les envoyer derrière elle sur les journalistes. Car, depuis qu'elle avait découvert la scène de crime à la boulangerie, Raymonde Burgaud était poursuivie. Par ceux du *Midi libre*, qu'elle connaissait bien, et par tous ceux qui venaient de cette ville qu'elle maudissait : Paris. Non. Elle ne parlerait pas. Elle se contentait de répéter que l'enquête était entre de bonnes mains avec le retour de son cher fils, « un enquêteur hors pair ».

Chacun et chacune admirait le courage de cette femme qui, la veille encore, rendait hommage à son amie Germaine, pour découvrir sa mort quelques heures plus tard, après celle de Martial qu'elle avait eu comme élève, comme tant d'autres enfants du pays. Cette femme qui avait survécu au départ de son fils, à la mort de son dernier compagnon, cette femme, Raymonde Burgaud, fière, debout, et qui, bénévolement, continuait d'assurer sa charge d'adjointe au maire.

À l'issue de son tour rituel, Raymonde n'aimait rien tant que de s'asseoir au Suisse d'Alger. Elle prit le journal qui traînait sur une table, lut le titre en une – « Terreur à Uzès » – et quelques lignes qui racontaient la traque du mystérieux meurtrier, la gendarmerie au point mort et un village en proie à l'angoisse. Raymonde Burgaud jeta le journal à terre, commanda une bière et fuma une cigarette. Elle but d'une traite. Et commanda une nouvelle pinte.

On venait encore la saluer, l'embrasser – parfois des amis, ou d'anciens élèves qui s'asseyaient un instant avec elle. Quand le défilé cessa – l'heure du déjeuner était passée –, alors que les marchands remballaient leurs étals, un souvenir la saisit. Cela dura une minute ou deux, elle se remémora ses débuts avec Yvette. Elles venaient de se rencontrer et se nommaient « les sans-homme-fixe ». Elle se revit avec leurs deux enfants au manège 1900, la première fois. Ces scènes gravées dans la mémoire, qui scellent les destins.

Et Raymonde Burgaud fit la deuxième chose qu'elle détestait le plus au monde, après sortir sans maquillage : se poser des questions. Et celle qui lui venait en ce moment était : comment en est-on arrivées là ?

21

L'horloge cerclée de noir marquait 9 h 25. Vick avait réussi à convaincre Dick de l'accompagner. Elle s'était engagée à s'éclipser quand il interrogerait le vieux Jean.

— Oh, vous savez, depuis hier, il passe le plus clair de son temps dans le jardin. Avant, c'était juste le soir, mais maintenant… Je vais vous dire : même cette nuit il y a dormi. J'ai réussi à le rentrer vers 3 heures, il s'en est pas rendu compte. Mais il était pas content, ce matin, quand il a vu que je l'avais fait ! Et je peux vous dire que, même s'il parle plus beaucoup, on le sent passer, quand il est pas content. Là, il dort encore, Monsieur le capitaine. Je doute que vous puissiez lui parler pour l'instant, je suis désolée.

Églantine Birtoud était de ces bonnes femmes du village. Un peu forte, le teint rose, les cheveux courts et grisonnants, elle portait son éternel gilet noir quel que soit le temps. Elle n'avait pas *trouvé mari*, et, dans sa famille, on était femme de chambre de génération en génération, sans oser entreprendre des études.

Alors, Églantine regardait Vick comme on observe une illuminée. Elle-même était restée au village, et personne ne s'était rendu compte qu'elle approchait les soixante ans. Il y avait maintenant des années qu'elle s'occupait de la maison des Saxe, et, depuis la disparition de Germaine quelques jours plus tôt, elle s'y était installée, au premier étage, dans la chambre d'amis qui donnait sur la rue. Celle avec le lit au plaid à fleurs et le mur au papier peint course automobile, vestige de l'époque où Martial grandissait en ce lieu.

Une odeur rance flottait dans la maison sombre. Vick tendit la main vers la fenêtre pour l'ouvrir. Dick l'arrêta alors qu'elle allait tirer le voilage en tulle et les épais rideaux destinés à protéger le salon de la chaleur.

— Les journalistes, Vick.

— Côté jardin, je peux ?

— Oui, dit-il en continuant d'écouter la bonne.

— Pourquoi elle fouine partout ? demanda la vieille fille tandis que Vick ouvrait les tiroirs du vaisselier.

— Elle est avec moi, elle peut.

— Ah... répondit Églantine Birtoud d'un air déçu. En tout cas, moi, j'étais pas là quand ça s'est passé, vous vous rendez compte ? Je reste toujours tard, surtout depuis qu'ils ont vieilli. Mais l'autre jour, j'étais invitée au Grand Hôtel par maman, parce que c'était mon anniversaire. Ah ça, vous parlez d'un anniversaire ! Ah ça, ah ça...

Dick tâta son Beretta, et le bruit stoppa Églantine, qui se mit à sangloter.

— Si j'avais été là, je l'aurais arrêté, ce salaud ! Je l'aurais tué ! Je comprends pas comment il a pu faire ça à madame Germaine. Et son corps, capitaine ? Il est où, son corps ? Pourquoi on peut pas l'enterrer ?

— On le cherche, Églantine, dit-il en lui tendant un mouchoir tandis que ses larmes s'échouaient sur le tapis rouge sombre du salon. Ce tapis qui avait accueilli la vie d'une famille, ses retours du travail, ses repas, ses automnes, ses hivers, ses printemps, ses étés, ses terreurs, ses mystères.

— *Mazal Tov* ! cria Vick, comme à chaque fois qu'elle était heureuse et bien qu'elle ne fût pas juive. J'ai trouvé un truc, je crois ! Ça te dit quelque chose, cette photo, Églantine ?

Elle lui tendit un cliché, gardant dans l'autre main une petite liasse de papiers qu'elle avait glanés çà et là dans la pièce. Le fond de la photo était très flou, jauni, mais au premier plan, en noir et blanc, on distinguait un homme, en uniforme allemand, accompagné d'une jeune femme, sans doute, dont la tête avait été découpée dans le papier.

— Ça me dit rien, répondit Églantine. C'était où ?

— Dans le vaisselier, sous la soupière.

— Ils mangeaient jamais de soupe.

— Oui, ça se voit, elle est pleine de poussière. C'est peut-être pour ça que cette photo a été cachée là.

— Tu sais qui a pu la mettre ici ? demanda Dick.

— Non, je comprends pas. Jamais vu cette photo.

En regardant l'image, Vick ressentit quelque chose d'étrange. Son sang battait à ses tempes, comme le ressac de l'océan ; sa poitrine se serra. Pourquoi avait-on déchiré la tête de cette femme, sur la photo ?

— Tiens, dit Dick en tendant sa carte à Églantine. Appelle-moi à la brigade dès qu'il se réveille, je dois absolument lui parler.

Devant la maison, Vick alluma une cigarette, dont elle expira avec lenteur la fumée par le nez. La brise fit frémir le feuillage de la tonnelle.

— Qu'est-ce qu'il y a, enfin, Vick ? Tu es toute rouge… Tu avais l'air bizarre en regardant cette photo.

— Je peux la garder ?

— Non, c'est une pièce de l'enquête.

— Juste quelques heures, Dick. S'il te plaît.

— Tu vas où ?

— Je reviens, je t'appelle.

Vick se dirigea d'un pas rapide et sans se retourner vers la cabine téléphonique de la place aux Herbes. Dans la chaleur déjà forte, elle dut patienter cinq minutes qu'un touriste hollandais (qui fumait encore davantage qu'elle) en sorte pour composer le numéro d'Yvette, au château.

— Maman, où vit Shéhérazade, déjà ?

— Qui ça ?

— Shéhérazade. Tu sais, la photographe. Celle qui connaissait par cœur l'histoire de la ville et qui voulait y consacrer un livre.

— Ah, Babeth, tu veux dire !

— Oui, enfin, peu importe. Tu as son adresse ?

— C'était il y a longtemps, la dernière fois que je l'ai vue… Mais, si ma mémoire est bonne, elle doit habiter près du Capitole, le cinéma. Je crois que c'est au 31. Rue Xavier-Cigalon. Tu ne peux pas te tromper, c'est la maison qui est tout en hauteur, avec la porte en bois. Deux étages. Mais il n'y a qu'au premier qu'il y a des volets, des volets verts… Pourquoi veux-tu la voir ?

— Je t'expliquerai, je dois raccrocher.

Vick marcha au pas de charge et sans réfléchir ; c'était de ces instants où tout vous agace, où rien ne semble aller à sa juste vitesse. Par chance, comme ce n'était pas jour de marché, les rues étaient encore calmes.

Sa mère lui avait souvent parlé de cette drôle d'amie, et, si elle-même ne l'avait pas rencontrée, elle éprouvait une forme de sympathie pour elle, car elle faisait partie du clan des « marginales ». La photographie et l'écriture étaient au village à peu après aussi mal vues que la psychanalyse.

Parvenue au 31 de la rue Xavier-Cigalon, Vick reconnut la porte, devant laquelle elle était passée des milliers de fois sans la voir. Aucun nom n'y figurait, mais elle sonna. Pas de réponse. Elle toqua à plusieurs reprises. Au travers, elle crut percevoir un vague murmure ; puis des pas. La porte s'ouvrit.

— Qu'est-ce qu'elle me veut, celle-là ?

— Vous êtes bien Shéhérazade ?

— Je répète : qu'est-ce qu'elle me veut, celle-là ?

— Je suis la fille d'Yvette…

— Je sais qui tu es, coupa-t-elle. Je suis l'historienne du village, tu penses que je ne te connais pas ? Bon, entre, ne reste pas plantée là.

Vick s'exécuta. Le salon, qui semblait plutôt être un bureau, rappelait une vieille auberge de campagne. On descendait une marche et on se retrouvait dans une pièce sombre et fraîche, avec une sorte de bar au comptoir d'étain, sur lequel étaient disposées des bouteilles couvertes de poussière, comme figées dans un autre temps. Il y avait une trappe qui s'ouvrait dans le plancher. Une haleine acide et moisie semblait en monter.

— C'est en dessous que je développe les photos. Je te sers un verre ?

Shéhérazade avait les paupières finement plissées, des pattes-d'oie profondes, des cheveux très roux. Elle portait une large djellaba violette. En boitant, elle rapporta un verre de rouge à Vick.

— Avec ma patte folle, je ne peux plus beaucoup prendre de photos. Mais c'est pas grave, j'écris. Donc, qu'est-ce que je peux faire pour toi ?

Vick se souvint des consignes de Dick. Elle n'avait le droit de parler à personne de l'enquête en cours.

— J'ai trouvé cette photo lors d'un déménagement, et j'aimerais savoir où elle a été prise. Et surtout qui est la femme dont on a découpé le visage. Je me disais…

Sans la laisser finir, la photographe lui prit la photo des mains et, chaussant ses lunettes orange qui tenaient à son cou par un fil blanc, l'examina, émettant de petits bruits qui ressemblaient à des pépiements d'oiseaux.

Vick eut le temps de finir son verre avant que Shéhérazade ne relève les yeux.

— Pour ce qui est de la tête arrachée, je ne peux rien faire pour toi. Je ne suis pas devin. En revanche, je devrais pouvoir faire quelque chose pour le fond de l'image. Avec le temps et si on laisse les photos traîner n'importe où, elles s'effacent. Mais ça, c'est mon dada. Il faut me donner quelques heures et revenir. Allez, ouste, dehors, dehors, que je puisse travailler !

Vick pressa le pas vers le château; elle était en retard pour son premier patient. Elle dépassa les vignes, s'arrêta malgré tout une minute au cimetière pour adresser une pensée à son père. Le cagnard couvait le village sous une lumière jaunâtre et sirupeuse. Elle avait hâte d'être assise face à son divan pour écouter la vie des autres.

Le soir venu, après qu'elle eut donné son bain à Marguerite, la sonnette de l'entrée du château retentit. Vick crut que son patient de 20 heures était en avance, mais c'était Shéhérazade.

— C'est loin, chez toi ! Je t'avais dit qu'il me fallait quelques heures, je t'ai attendue.

— Désolée, j'avais trop de travail et...

— Non ! s'exclama la photographe d'un ton sec. Je ne suis pas venue chercher des excuses, je suis venue pour te dire que j'avais pu restaurer la photo.

Elle sortit celle-ci de la poche de sa djellaba.

— Je suis formelle : elle a été prise ici.

— Quoi, ici ?

— Ici, au château. Je peux même te dire que c'était dans la salle du divan.

22

Vick marche, les bras tendus devant elle, hypnotisée par une voix rauque qui provient du fond du château. Son ample robe de chambre blanche traîne par terre, ramassant des flocons de poussière. Elle monte des marches, puis d'autres marches. La voix est de plus en plus forte et semble se rapprocher d'elle. Une chandelle vacille dans sa main. Des rats morts jonchent les couloirs.

La pièce est ronde comme un donjon. Ils sont assis en cercle, elle et d'autres, des hommes, autour d'un péristyle de marbre. Ils portent tous un Beretta à la ceinture. Dans un rai de lumière, elle reconnaît un visage, l'homme de la photo, en uniforme, qui fume une cigarette à bout d'or, dont l'odeur âcre la fait tousser. L'homme crie des mots qu'elle ne comprend pas. Quelque chose lui pique le bras, les deux bras, et elle ressent une intense douleur, comme une brûlure. Ce sont des perfusions. L'homme est allemand ; à côté de lui se trouve un container transparent, rempli d'un liquide rouge. Et à chaque fois qu'il crie, l'Allemand appuie sur un bouton qui pompe le sang de ceux qui l'entourent. Vick tourne la tête à droite. Son voisin est mort.

23

Ce matin-là, Vick ne trouva rien dans le calepin d'Yvette. Mais elle se souvenait de chaque détail de son rêve. Ses poignets étaient douloureux.

Un mot de sa mère posé sur le comptoir de la cuisine lui indiquait qu'elle partait pour la matinée à la piscine municipale, avec Marguerite.

Après être passée au cimetière saluer son père, Vick toqua à la porte de Dick Burgaud. Puis elle sonna, puis enfin elle tambourina ; rien n'y fit. Ce fut sans surprise que, ayant tourné les talons et faisant marche arrière, elle le trouva chez sa mère, au petit-déjeuner.

— Eh bé, ça fait longtemps… Ça me rappelle des souvenirs. Quand tu venais réviser ta médecine chez moi. Tu bois toujours du café ? s'exclama Raymonde, déjà vêtue et maquillée.

— Oui, bien serré. Merci !

— Viens là que je t'embrasse.

Raymonde prit Vick dans ses bras. Son parfum était le même que jadis, et comme alors la cuisine embaumait le pain grillé et la confiture de myrtilles. Les yeux de Dick étaient tout petits et rouges.

— J'ai pas dormi de la nuit.

— Moi, j'ai un truc pour toi, dit-elle. J'ai fait restaurer la photo. Et devine où elle a été prise…

Dick fit une moue interrogative.

— Au château. Dans ce qui est maintenant mon cabinet, devant le divan.

— Et la tête manquante ?

— Ah ça, je ne sais pas…

Vick prit le temps de sortir son paquet de cigarettes et d'en allumer une, et elle poursuivit.

— Mais cette nuit, j'ai fait un rêve dingue. Je crois bien que toi et moi étions dedans, et l'Allemand de la photo nous pompait littéralement notre sang… par des perfusions.

Raymonde, qui mettait de l'ordre dans la cuisine, ne disait rien, mais Vick la connaissait bien et sentait qu'elle se retenait. Quand elle posa le café devant Vick, avec deux tartines grillées, elle ne put plus se taire.

— Tu n'en as pas marre, de remuer la merde, ma chérie ? Quel rapport pourrait-il bien y avoir entre cette vieille photo et les meurtres de Martial et de Germaine ? Tu es brillante, ma Vick, mais tout ton drame, c'est de te poser trop de questions. Tu aurais dû faire chirurgienne comme je t'avais dit, pas psymachin…

— Psychiatre, Raymonde.

— Oui, c'est ça. Bref, tu m'as comprise.

Dick reprit le fil de ses pensées, comme si de rien n'était.

— La question, c'est *pourquoi* cette photo était cachée là. Et *qui* l'a cachée là. Peut-être que ça n'a aucun lien avec le schmilblick, mais, pour l'instant, je crains que ce ne soit notre seule piste. Maman, ça te parle ?

Raymonde Burgaud alluma elle aussi une cigarette, en levant les yeux au ciel.

— Pourquoi veux-tu que ça me parle ? J'en sais rien, moi ! C'est la plus belle demeure du village, alors bien entendu que les Boches ont dû mettre la main dessus. Comme sur à peu près tout ce qui était beau ici. Ah ça, ils avaient du goût, ces salauds. Donc, ça n'a rien d'incroyable de trouver une photo d'un Boche dans la maison…

— Mais tu l'as déjà vu, ce nazi-là ? dit Vick en sortant la photo de son film plastique.

Raymonde ne la considéra que quelques secondes, puis détourna le regard.

— Non. Tu sais, à l'époque, on n'avait pas envie de les regarder de trop près, ça pouvait coûter cher. Je n'ai aucun souvenir de leurs visages depuis leur départ en 44.

— Et la fille dont on a découpé la tête ? Tu vois qui ça peut être ? continua Dick.

Raymonde tapa du poing sur la table.

— Mais enfin ! hurla-t-elle. Vous commencez à m'emmerder, tous les deux ! Je vous dis que j'en sais rien. Vous allez me foutre la paix ? De toute manière, j'ai rendez-vous chez le coiffeur et je suis en retard.

La porte claqua, et Vick et Dick se retrouvèrent face à face.

— Elle n'a pas changé, ta mère. Toujours aussi soupe au lait…

— Oui. Tu sais que, dans la famille, on n'aime pas remuer le passé.

— C'est bizarre, quand même. Pourquoi se met-elle dans une telle colère pour de simples questions ? murmura Vick comme à elle-même. Maman était partie quand je me suis levée ; il faudrait que je la cuisine à nouveau.

Vick laissa passer un moment. Ses pensées cheminaient.

— En même temps, ta mère n'a pas totalement tort : le château a dû être préempté par les nazis pendant la guerre, c'est logique. Mais ce que je ne m'explique pas, c'est pourquoi maman ne m'en a jamais parlé.

— Par ailleurs, poursuivit Dick, Germaine était résistante. Elle a peut-être gardé cette photo parce qu'elle connaissait cet Allemand. Et on ne sait pas qui a arraché la tête. Il faut que j'aille voir le vieux Jean et que je le fasse parler. Mais ça n'explique toujours pas le rapport avec Martial. Car, quand bien même ça aurait quelque chose à voir avec la guerre, je veux bien qu'on tue Germaine… Mais pourquoi Martial ?

Il se leva en faisant grincer sa chaise sur le sol et saisit son blouson.

— Bon, je file voir le vieux !

— Tu ne veux pas que je t'accompagne ?

— Non. Je vais le faire à ma manière.

— Dick…

— Ça reste moi, le boss de cette enquête, Vick, ne l'oublie pas.

Et Vick se tut. Car elle sentit qu'à cet instant, elle ne pourrait aller plus loin sans risquer de le mettre en colère.

— Très bien, fais comme tu le sens. Mais appelle-moi après, je serai à mon cabinet.

24

Il est des phrases qui vous poursuivent et vous enchaînent, qui frappent dans votre tête sans que vous le vouliez. Tout simplement parce qu'elles disent de vous une vérité crue que vous ne voudriez surtout pas entendre.

Pour Vick, cette phrase était issue des *Antimémoires* d'André Malraux ; elle disait : « L'homme est ce qu'il cache, un misérable petit tas de secrets. »

Depuis la mort de Martial, il se produisait pour Vick un étrange phénomène : elle ne parvenait plus à écouter ses patients. Elle qui auparavant était capable d'encaisser des heures d'histoires de vie sans manquer un mot ou un geste, qui ne prenait pas de notes, elle se retrouvait soudain parasitée, *infectée* par la déconcentration. Et après avoir quitté Dick et Raymonde ce matin-là, la phrase de Malraux résonnait en elle de façon obsessionnelle, en même temps que des bruits à l'étage du dessus. Qu'étaient donc ces sons étranges ? S'agissait-il de Françoise ? Elle devait dormir, à cette heure, et ça ne semblait pas venir de sa chambre.

Les bruissements reprirent. Cela venait-il de l'étage supérieur ou d'ailleurs ? C'étaient à la fois de petits crissements, comme des frôlements de bêtes, et par instant des craquements secs. Vick finit par ne plus entendre que cela et se décida à faire ce qu'elle n'avait jamais fait auparavant : interrompre une séance pour aller voir ce qui se passait. Dans le couloir, elle manqua être renversée par Françoise, qui déboulait telle une folle, cheveux hirsutes, rollers aux pieds, sortant du petit appentis qui jouxtait la grande pièce au divan et où Yvette stockait l'aspirateur et les produits de ménage.

Françoise claqua la porte, et tout ce qui trouvait dans le réduit s'écroula dans un fracas à réveiller un mort. Vick y entra, étudia du regard la petite pièce à l'odeur de moisi et à la peinture craquelée par l'humidité qui y régnait l'hiver. Un détail la frappa. Une petite trappe qui semblait encastrée dans le mur. Elle l'ouvrit. Une autre trappe lui succédait. Et une grille rouillée. À cet instant, avec les deux trappes ouvertes, elle entendit, aussi distinctement que si elle était dans son fauteuil, la toux de son patient, malade ce matin-là, et ses murmures d'impatience, se demandant ce que le docteur pouvait bien *foutre.*

— Ah, elle va m'entendre, cette petite espionne ! grommela Vick avant de retourner à son divan.

Non sans avoir pris le temps de refermer toutes les ouvertures.

À l'heure du déjeuner, Yvette revint avec Marguerite, et Vick demanda à sa mère si elle était au courant que Françoise écoutait en cachette ses consultations. Yvette posa un doigt sur sa bouche.

— J'ai promis de ne rien dire.

— Il y a d'autres choses que tu me caches ?

— Écoute, ma chérie, il faut bien que Françoise puisse parler en confiance à quelqu'un dans cette maison. Et à part moi, il n'y a plus personne. Tu préfères qu'on la perde complètement ? Qu'elle passe ses nuits à la rivière et qu'elle devienne une fille de mauvaise vie ?

Vick leva les yeux au ciel.

— Crois-moi, quand elle va revenir, je vais avoir une bonne discussion avec elle !

— Tu es allée voir ton père, ce matin ?

— Comme tous les matins, maman.

— C'est bien, ma petite, va.

25

Le téléphone sonna à 15 heures au château, et, à la fin de la séance de Vick, Yvette débarqua en courant dans le cabinet pour lui dire de faire attendre son patient suivant. Dick avait appelé, c'était une urgence. Vick sauta dans sa Porsche et prit la rue de la Perrine aussi vite qu'elle le put. Elle se gara devant chez Germaine Saxe sans même se rendre compte qu'elle s'était roussi les fesses sur le siège en cuir brûlant. Églantine l'accueillit, en sueur, la respiration saccadée de sanglots.

— Ils sont dans la chambre de monsieur Jean. Vous devez arrêter ça, docteur ! Je vous en supplie. Il va finir par le tuer.

C'était la première fois de sa vie qu'Églantine Birtoud appelait Vick « docteur » ; celle-ci comprit que le mot « urgence » n'était pas galvaudé.

Vick pénétra dans la chambre sombre de Jean, au rez-de-chaussée. Face à Dick, il suffoquait tandis que le flic le secouait.

— Je ne sais pas ce qu'il a, dit Dick. On dirait qu'il n'arrive plus à respirer. Ça sent la comédie.

— Lâche-le, Dick ! Jean, vous avez mal quelque part ? Au bras ? À la tête ?

Il fit non de la tête.

— Bon, alors, vous allez vous calmer. Respirez doucement, dit-elle en posant ses mains sur ses épaules. Je suis là, je suis avec vous. Tout va aller bien, maintenant. Quoi ? Qu'est-ce que vous dites ? Je crois qu'il veut que tu sortes, Dick... Oui, il va sortir. On va rester tous les deux, et vous allez continuer à bien respirer. Voilà, comme ça. Je crois que vous aimez beaucoup votre jardin, alors vous allez imaginer que nous sommes ce soir, à la fraîche, que vous y êtes installé, tranquille, que vous êtes bien. Ça va mieux ?

Vick vit la main du vieux Jean, jusque-là crispée sur le pommeau de sa canne puis sur l'accoudoir de son fauteuil, se détendre. Il desserra la mâchoire ; son haleine sentait le vin blanc. Peu à peu, sa respiration reprit un rythme normal. Vick procéda aux vérifications d'usage en prenant sa température et son pouls. Puis le laissa se reposer. Il s'endormit instantanément.

Elle retrouva Dick sur le palier.

— Il a fait une attaque de panique, lui expliqua-t-elle.

— Quoi ?

— Une sorte de gigantesque crise d'angoisse. Tout le reste est normal ; ce n'est ni un infarctus, ni un AVC.

— Ah bah, ça m'étonne pas ! s'exclama Églantine Birtoud en pointant Dick d'un air accusateur, laissant voir de larges auréoles sous ses bras. Il est fou, ce capitaine ! Il hurlait, il le secouait, il le menaçait. Il allait le tuer…

— Mais non, la rassura Dick en habitué. Je ne suis pas psy, c'est tout. J'ai mes méthodes, et, pour obtenir des informations, il faut parfois y aller de manière un peu musclée. On n'obtient rien par l'écoute bienveillante, dans mon travail, dit-il en regardant Vick.

— Pourquoi tu m'as fait venir, alors ? Tu sais que j'ai annulé un patient ? Et excuse-moi, mais ta méthode, là, c'est un échec complet…

— Je plaisante, lâcha Dick en lui posant une main ferme sur l'épaule. Je voudrais que tu essaies, toi, dès qu'il sera en état. Qu'il te parle de la photo. Moi, il n'a rien voulu me dire.

— Tiens, dit Vick à Églantine en lui tendant une ordonnance. Cela devrait l'apaiser. Tu peux aller lui acheter cela, et tu le lui fais avaler dès que possible. Il y a aussi mon numéro. Appelle-moi en cas de problème. Je reviendrai le voir demain.

— Merci, docteur, répondit Églantine.

Et on crut qu'elle allait lui baiser la main.

En refermant la porte, elle mitrailla Dick du regard. Ils furent accueillis par une forêt de micros et de caméras.

26

Françoise filait sur la nationale de la montagne, celle qui longeait la rivière et qui menait à Nîmes, sa musique à fond dans les oreilles. Whitney Houston chantait « Saving All My Love for You », et les larmes coulaient sur les joues de la jeune fille, aussitôt séchées par le vent brûlant de l'été. Françoise se sentait si humiliée qu'elle n'avait pas eu le courage de descendre à la rivière pour retrouver les copains et se baigner. Elle avait erré à rollers sur les routes, immortalisé sa peine avec son jetable, et elle collerait la photo dans la cuisine du château.

Comment avouer que, depuis des mois à présent, elle espionnait les séances de sa mère ? En particulier celles de Martial, le boulanger, qu'elle trouvait fort beau. Sa mère lui ferait une de ses leçons de morale dont elle avait le secret, les mêmes qu'elle professait dans ses livres idiots. Elle ne tenterait pas de la comprendre. Que savait-elle encore d'elle, de toute manière ? Sa piètre appréhension de sa fille ne s'appuyait que sur des vestiges, ceux de l'enfant qu'elle avait été. Aujourd'hui, Françoise se sentait transparente aux yeux de Vick, qui ne connaissait ni les noms de ses amis de la rivière, ni ceux de ses petits copains, qui ignorait bien entendu qu'elle avait fait l'amour pour la première fois au printemps, qui ne savait ni quelles musiques elle préférait, ni que Prince était son dieu sur terre, ni ce qu'elle lisait (*Anna Karénine*, son idole), qui ne connaissait pas ses projets d'avenir – elle voulait devenir romancière, comme Sagan. Comment sa mère pouvait-elle gagner sa vie à écouter des inconnus et si peu connaître sa propre progéniture ?

Les voitures la dépassaient, la frôlaient, la klaxonnaient. « Si je mourais là, tout de suite, elle n'en aurait rien à foutre. Elle continuerait à voir ses fichus patients », se disait Françoise.

Et puis, comment Vick pouvait-elle se figurer que l'on puisse, à dix-sept ans, vivre sans rien connaître de son père ? Qui avait décidé à sa place qu'elle ne le rencontrerait jamais ? De quel monstre pouvait-elle bien être le fruit, elle, Françoise, pour qu'il ne soit même pas permis d'en rien savoir ? « C'est pour te protéger », répétait Vick. Pourtant, elle n'était plus une petite fille ! N'était-ce pas à *elle* de statuer sur ce dont elle devait se protéger ? De toute façon, sa mère n'avait cessé, depuis sa naissance, de lui enlever les hommes qui auraient pu être présents pour elle. Toujours le même char – l'amour fou les premiers mois, puis l'usure. Le travail – la drogue de sa mère. L'homme qui se lasse. L'homme qui fuit. Il y avait eu son père, sans aucun doute, il y avait eu Dick, peut-être, et puis tant d'autres…

« Ses conneries de *compulsion de répétition* dont elle parle si bien, elle ne comprend pas que c'est exactement ce qu'elle fait ? »

Avec la naissance de Marguerite, Françoise avait cru que « le dernier », comme elle le nommait, resterait et offrirait enfin un peu de stabilité à leur foyer. Désormais, elle était décidée à ne plus accorder sa confiance à aucun homme de plus de dix-sept ans. Ni, bien entendu, à sa mère. Au fond, il lui plaisait bien, ce « meurtrier invisible ». Et une seconde, elle s'imagina assassinant toute sa famille, à commencer par Vick.

« Moi, je vais faire péter leur système, aux deux vieilles », se dit-elle. Car Yvette aussi la mettait hors d'elle, parfois ; par son culte rendu à ce mari mort, son grand-père, qu'il fallait honorer au cimetière chaque semaine. Encore plus casse-pieds que l'église, où Yvette se rendait désormais seule avec Marguerite, le dimanche, car ni Vick ni Françoise ne voulaient plus y aller. Pourquoi Yvette s'était-elle sacrifiée de la sorte ? Pourquoi n'avait-elle pas rencontré un autre homme ? Pourquoi leur avait-elle infligé ce deuil permanent et insupportable ? Pourquoi faisait-elle tout pour Vick ? C'était aussi pour ça que sa mère ne se rendait compte de rien : Yvette était là pour remédier à sa nullité et à son absence…

« J'en peux plus, de vivre dans cette maison hantée ! J'en peux plus de cette chaleur ! J'en peux plus de ce village… »

Françoise avait si chaud qu'elle ôta ses rollers et décida finalement de descendre jusqu'à la rivière pour se rafraîchir, non sans s'être assurée qu'elle serait seule. Les copains avaient pour habitude de se baigner plus loin, au niveau du pont du Gard. Elle se mit nue et se jeta dans l'eau, qui lui parut glacée. Et elle hurla de toutes ses forces, comme une bête blessée, encore et encore; c'était si bon de pouvoir le faire sans limites, en étant certaine de ne pas être entendue.

À 15 heures, elle revint au château, les mollets en sang, des ampoules plein les pieds, le visage défait. C'était l'heure de la sieste, et Marguerite devait dormir, mais elle toqua à la porte d'Yvette, qui, sans rien dire, l'emmena dans la cuisine pour la soigner. Elle désinfecta ses plaies, lui appliqua de la Biafine sur le corps, lui prépara un plat de coquillettes au jambon. Après que Françoise eut fini de manger, elle s'effondra dans ses bras familiers.

Quand elle eut repris des forces, elle but un Coca et, fixant sa grand-mère dans les yeux, finit par se lancer.

— C'est qui, mon père ?

— Je ne sais pas, mon trésor.

— Si, tu sais !

— Non, je ne sais rien.

— Tu sais, mamie. Et que vous le vouliez ou pas, maman et toi, je découvrirai la vérité.

— Quelle vérité, ma chérie ?

— Sur tout. Sur cette maison, sur mon père. Sur tout. Vous ne pourrez pas m'arrêter.

Entendant Marguerite qui venait de se réveiller de sa sieste, elle ajouta :

— Moi, j'ai plus deux ans.

À cet instant, Vick débarqua, Marguerite dans les bras.

— Ah, tu es là ? Ça tombe bien, il faut qu'on discute.

— Va te faire foutre ! murmura Françoise.

— Je t'interdis de me parler comme ça.

— T'as rien à m'interdire, je ne suis pas une de tes adeptes. Je me casse. Restez entre vieilles folles.

Alors que le soleil dessinait, en l'ourlant d'un perlé lumineux, la perspective du jardin à la française, Françoise se leva, chaussa ses rollers et claqua la porte.

27

Vick l'avait dit à Dick. S'il voulait son aide, il devait la laisser travailler avec ses propres armes. Dick avait consenti à lui accorder quelques jours, guère plus. À 8 heures, alors qu'un léger souvenir de fraîcheur persistait de la nuit, elle marchait vers le domicile du vieux Jean, ayant annulé tous ses rendez-vous du matin, cette semaine-là. Elle savait d'expérience que rien ne pouvait résister à une écoute pleine, entière et empathique. Vick avait une conviction chevillée à l'âme, la même qu'avec ses patients : le vieux Jean finirait par se livrer à elle. Son intuition le lui répétait encore et encore : il en savait plus qu'il ne voulait bien le dire, et il connaissait cette photo.

En atteignant le jardin en face de la piscine municipale, Vick fut frappée par l'effervescence qui y régnait. Depuis le début de cette affaire, elle avait observé la presse se comporter comme une nuée de guêpes et de frelons agités. Durant l'été, ils n'émergeaient pas avant 9 ou 10 heures, mais, ce jour-là, ils étaient déjà présents en nombre, une vingtaine d'entre eux, caméras ancrées sur leurs épaules, micros prêts à enregistrer et stylos impatients d'en découdre.

Vick tenta de se frayer un chemin vers la porte. Un bourdonnement de flashs et des cris retentirent. Les journalistes se bousculaient pour mieux voir. Des gendarmes sortirent. Vick reconnut Dick, la main sur la tête chauve du vieux Jean qui était menotté. Un flot d'éclairs, d'apostrophes, puis les trois véhicules partirent en direction de la brigade, gyrophares hurlants, suivis par des dizaines de motos et de voitures.

Qu'est-ce que c'était que cette pagaille ? Les questions se bousculaient dans sa tête : pourquoi Dick ne lui avait-il rien dit ? Pourquoi avait-il choisi de la mettre à l'écart de manière aussi brutale ? Et, surtout, qu'est-ce qui pouvait bien justifier l'interpellation du vieux Jean ?

Vick attendit quelques instants que l'essaim se clairsème pour toquer à la porte. Églantine Birtoud lui ouvrit, en larmes et ne parvenant pas à articuler un mot en réponse aux interrogations pressantes de Vick. La maison avait été retournée. Vick sentit une colère incontrôlable monter en elle, comme face à tout ce qu'elle ne comprenait pas ou ce à quoi elle ne parvenait pas à donner de sens.

Elle se dirigea aussi vite que possible vers la brigade et retrouva les mêmes journalistes qui faisaient le pied de grue devant. Elle tenta de pénétrer à l'accueil, mais fut refoulée par trois gendarmes, et elle eut beau arguer qu'elle connaissait Burgaud, tenter de le faire appeler, rien n'y fit. Les appels depuis la cabine téléphonique de la place aux Herbes non plus. Un bleu à la voix d'automate lui répondit que « le capitaine » ne serait pas disponible avant vingt-quatre heures. Groggy, Vick s'installa au Suisse d'Alger. Qu'allait-elle faire des deux heures qu'elle avait devant elle, celles qu'elle avait prévu de consacrer à Jean ? Aucun patient ne l'attendait.

Elle commanda un whisky. Quel pouvait être le lien entre les messages secrets du meurtrier invisible et le vieux Jean ? Aurait-il pu assassiner et découper son propre fils et sa propre femme, puis cacher leurs corps ? Le pauvre homme ne semblait présenter aucun des traits d'un psychotique, ni ceux d'un pervers. Ou bien c'était elle, Vick Vickensen, qui était bonne à jeter à la casse. Comme avec les hommes. Aucune nouvelle du père de Marguerite. Elle ne savait même pas où il pouvait être à cette heure. Il y a une semaine, ils partageaient encore le même lit. Elle n'était vouée qu'à cela, pensa-t-elle, englobant Dick dans ses ruminations : l'abandon des hommes. Aider les autres à vivre tout en ratant sa propre vie.

« Si seulement je pouvais aimer les femmes », pensa-t-elle en écrasant sa Winston.

Et Françoise qui écoutait ses consultations depuis des mois. Elle se sentait trahie. Sa fille avait violé une règle d'or. Vick repensa à tous ses patients, à Martial, à ce que Françoise avait pu entendre. Comment avaient-elles pu en arriver là, à n'être que des étrangères l'une pour l'autre ?

« Françoise, ma fille, ma toute petite fille, où es-tu ? » murmura-t-elle d'une voix éteinte. « Le monde est stone » se mit à retentir dans sa tête, comme cette fois – quasi unique fois dans sa vie – où elle avait pleuré, au spectacle de *Starmania* à Paris, en 1979, avec Yvette. Une discussion qui se tenait à la table d'à côté la sauva de ses pensées dépressives. Deux journalistes qui couvraient l'affaire. L'un gras et chauve, l'autre mince et aux cheveux longs.

— Ils connaissent pas Burgaud, ces Parisiens, dit le gros. Non seulement c'est un taiseux, mais en plus il sortira pas du trou avant vingt-quatre heures ! C'est sa marque. Il a fait pareil dans l'affaire des tueuses de vieilles dames. Il va l'essorer jusqu'à la moelle, le vieux, jusqu'à ce que le gars n'ait plus l'énergie de respirer. Comme il faisait quand il chassait le cerf. On peut dire ce qu'on veut, mais il a des couilles, ce Burgaud. Quand tu penses que le vieux faisait semblant d'être en chaise roulante toutes ces années…

L'autre afficha une mine circonspecte.

— T'as bien vu, ce matin, il marchait comme un jeune homme. Mais c'est pas ça, le plus important. Ce qu'il faut pour choper la une du canard demain matin, c'est obtenir confirmation du motif de l'arrestation. Apparemment, Burgaud est revenu l'interroger très tard hier soir. Le vieux avait ses pantoufles.

— Et ? demanda l'autre.

— Et les pantoufles étaient tachées de sang.

28

— … Françoise Dolto, que, vous le savez, j'admire beaucoup, a cette phrase que je voudrais vous citer dans ma conclusion : « Ce qui tue à la première génération, la deuxième le porte dans son corps. L'idée de loyauté invisible accompagne ce processus. » Alors, qu'est-ce, en fin de compte, que la psychogénéalogie, et plus largement le domaine que l'on désigne aujourd'hui par le terme « transgénérationnel », que j'explore dans mon ouvrage et que je considère comme le fil conducteur de mon travail ? C'est, en essence, l'exploration de cette notion de « loyauté invisible ». C'est l'idée que notre destin peut être guidée par l'histoire des générations antérieures. Plus concrètement, cela signifie qu'un événement vécu par un ancêtre, qu'il se soit produit cinquante ou soixante ans auparavant – et pourquoi pas mille ans en arrière ! –, peut exercer une influence, peut orienter nos choix de vie, déterminer nos vocations, déclencher des maladies, voire provoquer des accidents. Je tiens à préciser qu'il n'y a rien de génétiquement transmissible dans cette approche, je vous rassure. La transmission s'effectue par l'esprit, non par les gènes. Je veux dire par là que les non-dits, les traumatismes et les secrets peuvent, par le biais de la psyché, devenir destructeurs bien au-delà de l'individu directement concerné. Prendre conscience de cela, pour les générations futures, offre la chance, la possibilité de rompre enfin avec cette répétition mortifère. Sans oublier une information vitale qui fera office de conclusion, et dont nous pourrons discuter ensemble : le don du bonheur aussi est un héritage…

Les applaudissements retentirent dans la petite librairie de la place aux Herbes. Vick l'avait dit à son éditeur : une librairie et une télévision. Rien de plus. Pas question de s'éloigner de ses patients et de Marguerite. Elle irait à *Apostrophes* à la rentrée – elle aimait bien Pivot –, mais ce serait tout. La promotion était pour elle le pire des exercices, car les lecteurs finissaient toujours par essayer de l'interroger sur sa propre vie.

Si son éditeur acceptait ses conditions, c'était parce que ses livres n'avaient pas besoin d'elle pour se vendre. Le Dr Vick Vickensen était devenu une marque, un personnage – un « monstre », pensa-t-elle malgré elle. Une « gourou », disait Françoise pour la mettre en colère.

« Pourquoi n'ai-je pas annulé cette séance ? » maugréa Vick alors qu'elle signait à la pelle ses exemplaires d'*Entendre nos fantômes*, tout en distribuant des sourires automatiques. Elle reconnut les habitués qui venaient des quatre coins de la France, les mêmes qui tentaient chaque semaine d'obtenir un rendez-vous avec elle mais repartaient bredouilles, faute de place dans son agenda. Elle reconnut aussi les habitants du village qui la détestaient, et qui ne venaient que pour pouvoir la critiquer. Et cette fois-ci, bien sûr, les journalistes qui, l'ayant vue avec Dick Burgaud, tentaient d'obtenir une information de sa part en se faisant signer un livre.

Vick étouffait dans la chaleur tropicale de la librairie en cette fin de journée, à en avoir mal à la tête. Elle demanda un verre d'eau fraîche au libraire et le but d'une traite. Yvette apparut avec Marguerite. Raymonde l'observait de loin, une coupe de champagne à la main. Mais Vick ne vit pas d'amis. Elle se souvint d'un de ses professeurs qui, un jour, l'avait mise en garde : le plus grand danger, pour un psychiatre, était de s'oublier, et de penser que parler avec ses patients suffisait à la vie.

À cet instant, une voix grave tonna entre les rayonnages, et une apparition surgit, digne d'un film d'horreur. Un homme en noir, capuche sur la tête, qu'on n'avait pas vu entrer. Son élocution était hachée, mais il hurlait, comme un crieur de rue.

— Écoutez-moi bien, les journalistes ! Le meurtrier invisible a un scoop pour vous. Pour découvrir pourquoi Martial a été tué, interrogez l'héritière du fou au divan viennois. Oui, Mesdames, oui, Messieurs, vous avez là devant vous le Dr Vick Vickensen, psychiatre de Martial Saxe. Le jour de sa mort, elle l'attendait pour sa séance… Au revoir.

Un silence de quelques secondes s'abattit, suivi d'un brouhaha incompréhensible. Vick se leva, renversant une pile de livres, bouscula ceux qui étaient sur son passage pour se lancer à la poursuite de l'individu, qui semblait avoir tétanisé l'assemblée. Tous se regardaient, mais on le laissait partir sans réagir. Elle n'avait pas couru depuis longtemps, mais elle sentit en elle une force décuplée. L'homme à la capuche s'arrêta une seconde à la fontaine, se retourna et, voyant Vick à sa suite, reprit sa course. Il s'élança dans la rue Saint-Étienne, prit à droite la rue de la Grande-Bourgade. Puis ce furent la place de la Tour-du-Roi et la rue du même nom. Vick était hors d'haleine. Elle pensa aux cigarettes, à l'alcool, imagina mourir là, dans cette rue, d'un infarctus foudroyant. Le type, lui, ne ralentissait pas ; ce devait être un jeune, pensa Vick. Comment faisait-il, par cette chaleur ? Rue des Capucins-Vieux. Au bout, ce serait l'avenue Georges-Pompidou. Elle n'aurait plus de forces. Elle ne pourrait plus le rattraper. Un crissement de pneus qui évoquait un freinage brusque déchira ses tympans, et elle entendit des insultes. Au coin de l'avenue, une mobylette était renversée, et l'homme à la capuche, à terre. Vick ne pouvait plus respirer, sa poitrine sifflait ; elle s'arrêta net. Le type immobile sur l'asphalte collant. Sans réfléchir, elle s'approcha de lui, prit son pouls. Un vieux monsieur ramassa la mobylette en grommelant que ces jeunes étaient insupportables, à ne jamais regarder où ils traversaient. Vick baissa la capuche du môme. Lui mit une petite claque. Il ouvrit les yeux. À part une égratignure au genou, il n'avait rien.

— Sa tête n'a pas tapé, dit le vieux. Heureusement que je n'allais pas vite. La mobylette est aussi vieille que moi, elle en a vu d'autres.

— C'est bon, allez-y. Je suis médecin.

L'autre restait mutique. L'air terrifié. Il avait encore des boutons d'acné sur le visage. Ce n'était qu'un gamin. Grand et chétif.

— Tu es qui, toi ? Tu as quel âge ?

— Quatorze ans.

— Pourquoi tu as fait ça ?

— C'est pas ma faute, commença-t-il à sangloter, je voulais rien faire de mal. C'est ce type…

— Quel type ?

— J'en sais rien, il avait une cagoule !

— Une cagoule ?

— Oui, comme les gangsters. On voyait que ses yeux.

— De quelle couleur étaient ses yeux ?

— Je sais pas, c'est allé vite. Il m'a donné un billet de 500 balles, l'adresse, l'heure, la tenue, ce que je devais dire. Et il a disparu.

— Mais c'était où ? cria Vick.

— Cette nuit, sur la place aux Herbes, sous les arcades.

— À quelle heure ?

— Mais je sais pas ! pleurnicha-t-il. J'étais bourré, je fumais une clope…

— Ah bon, tu fumes et tu bois ? À ton âge ?

— Pitié, le dites pas à mes parents…

— D'accord, mais dis-m'en plus, alors. Sa voix ? Elle était comment, sa voix ?

— Je sais plus. Grave. Enfin, c'était bizarre. Je sais pas.

— Quoi, *je sais pas* ? Fais un effort, bordel !

— Il la forçait pour qu'elle soit très grave.

— Tu es sûr que c'était un homme ?

— Oui, enfin, je sais pas.

Cette fois, le gamin partit dans des sanglots incontrôlables, comme ceux d'un nouveau-né, et Vick comprit qu'elle n'obtiendrait rien d'autre de lui.

— Tu es le fils d'Alain, le glacier, non ? Je te reconnais.

Il fit oui de la tête.

— Alors, fiche le camp. Et ne recommence pas ce genre de conneries ! Sinon, je dis tout à ton père. Pour tes sorties nocturnes, l'alcool, la clope. Quant aux 500 balles, tu les mets de côté pour tes études plus tard, c'est d'accord ? Tu sais qui je suis ?

Il fit encore oui de la tête, son nez coulait, plein de morve.

— Si jamais tu revois ce type ou s'il te recontacte, tu m'appelles au château. Ou tu vas voir directement le capitaine Burgaud. C'est bien compris ? Je veux t'entendre le dire.

— Oui, c'est compris. Merci, Madame. Merci.

— File, morveux.

29

Le lendemain matin, un titre barrait la une du *Midi libre* : « Vick Vickensen : la psy de Martial ». Yvette était plongée dans sa lecture, la mine austère, tandis que Marguerite sirotait son biberon sur sa chaise haute. Le papier révélait la durée de la thérapie, le nombre de séances… Qui avait bien pu donner toutes ces informations ? Il fourmillait aussi d'inexactitudes. On y lisait que c'était le meurtrier invisible lui-même qui était venu à la librairie, que Vick lui avait couru après. Et les critiques adressées à la gendarmerie se multipliaient, avec une question qui bruissait dans tout le village : comment Dick Burgaud pouvait-il perdre son temps à interroger un vieillard alors que le meurtrier invisible errait en toute liberté dans les rues ? Qui protégeait nos enfants ? La chute de l'« enquête » était destinée à Vick, avec une interrogation digne du venin d'un serpent : « Même si, bien sûr, il convient de ne pas inverser les responsabilités (et si le présumé coupable reste le "meurtrier invisible"), l'honnête citoyen pourra légitimement se demander si la grande Vick Vickensen n'aurait pas pu éviter cela, si elle n'a pas failli dans l'accompagnement de Martial Saxe, si elle n'aurait pas pu, à un moment donné, pressentir ou identifier le danger qui menaçait son patient. »

Vick n'avait nul besoin de lire les journaux pour savoir ce qui l'attendait. Devant le portail du château étaient garés une dizaine de véhicules. Chaque heure, on frappait à sa porte. Et des journalistes commencèrent à se faire passer pour des patients afin d'avoir accès à elle.

Quand on sonna pour la énième fois, Yvette pesta en trempant sa tartine dans son thé au lait.

— Je n'y vais plus, ma chérie !

— Je vais annuler mes patients pour la journée. Je n'arriverai à écouter personne, de toute manière.

Yvette fit la moue.

— Tu ne veux pas parler à tes patients du passage secret par le jardin ? Tu sais, celui par lequel est entrée la pute, ce matin, pour nourrir ses cochons.

— Maman ! Raymonde – pas la p… ! Marguerite t'écoute. Tu imagines si cette horreur que tu répètes est le premier mot qu'elle prononce ? Et non, j'annule pour aujourd'hui, c'est mieux. Ces journalistes sont capables d'aller interroger mes patients quand ils arriveront au cabinet.

— Comme tu veux, ma fille, va. Tant qu'ils ne t'empêchent pas d'aller voir ton père. Je t'avais bien dit de ne pas écrire ces livres, de ne pas croire à tous ces mirages parisiens… Tu vois où cela te mène ?

Ce fou ne t'aurait jamais atteinte comme ça, si tu n'avais pas fait cette signature et si…

— Ne t'inquiète pas, maman, ça va se calmer, l'interrompit Vick.

À cet instant, le téléphone sonna. Pas celui du cabinet. Celui de la cuisine, qu'utilisait Yvette. Très peu de personnes le connaissaient. Elle décrocha.

— Allô ? dit-elle en tortillant le fil autour de ses doigts. C'est pour toi.

Elle tendit le combiné vers sa fille. Dick était à l'autre bout. Voix blanche.

— Je suis désolé de ce qui t'arrive, Vick. Vraiment.

— Et ? C'est pour ça que tu m'appelles ?

— Non. Enfin, pas que… C'était pour te dire que la garde à vue du vieux Jean était levée. Ça ne peut pas être lui. Le sang sur ses pantoufles date d'un mois. Il s'était coupé en marchant sur une bouteille, dans le jardin. Et il a deux alibis, confirmés par deux voisins différents. Il était ivre. Les deux fois. On l'a entendu crier. En fait, il est alcoolisé en permanence. Il avait les mains qui tremblaient à la fin de la GAV.

— Alcoolique, donc, mais pas meurtrier, lui dit Vick. Par ailleurs, concernant le jeune qui m'a dénoncée, apparemment, c'est la nuit précédente que le meurtrier invisible lui a confié sa mission.

— Et la nuit précédente, j'étais avec le vieux Jean, en train de l'interroger…

— Voilà.

— Et puis, continua Dick, c'est trop gros. Certes, il faisait semblant d'être en chaise roulante. Mais ça n'empêche qu'il n'a pas la capacité physique de tuer un jeune homme comme Martial ni de découper des corps.

— C'est ce que je t'aurais dit, si tu ne m'avais pas évincée.

— Je suis désolé, Vick. Quand j'ai vu les traces de sang sur les pantoufles, quand j'ai compris son mensonge sur son infirmité… Je ne pouvais pas faire autrement, il fallait aller vite… Tu ne veux plus m'aider ?

— Si. Mais seulement si tu ne me fais plus jamais ce coup-là. Compris ?

— Compris.

— Si tu recommences, tout est terminé. Tu te débrouilles tout seul.

Il ne put s'empêcher de laisser échapper un petit rire.

— C'est pas une blague, Dick.

— D'accord.

— Tu te rends compte de tout ce que je sacrifie pour toi et cette enquête ? Tout ce que j'ai sacrifié pour toi, ajouta-t-elle. Tu sais qu'il y a à peu près quatre cents journalistes devant chez moi, à l'heure où on se parle ? Et que j'ai dû débrancher le téléphone du cabinet, qui n'arrête pas de sonner ?

— Je sais, je sais, répéta-t-il. Et pardon. Quatre cents, tu exagères peut-être un peu…

— Il faut que je voie Jean. Et comment on va faire pour se parler, maintenant que j'ai tous les journaleux de France aux fesses ?

— Je peux passer par le passage secret…

— Tu t'en souviens ?

Vick s'adoucit.

— Comment veux-tu que je l'oublie ?

— Comme avant… Sinon, si ces chiens finissent par le découvrir, on se retrouvera au cimetière, là où tu sais. J'y suis chaque matin tôt, et chaque soir tard.

30

Il était heureux que Vick connût mieux que personne les chemins qui traversaient le village et qui, moyennant l'escalade de quelques murets, lui permirent de gagner la maison du vieux Jean sans que les journalistes se doutent une seconde qu'elle avait quitté son cabinet.

Églantine Birtoud l'accueillit d'un grand sourire, côté jardin. La maison était propre et sentait le jasmin. Plus aucune trace de la perquisition ou d'un meurtre qui aurait été commis ici.

— J'ai tout nettoyé de fond en comble, expliqua Églantine, laissant voir ses dents jaunies par la cigarette, tandis que la voix de Johnny Hallyday résonnait dans le transistor. Il n'est pas là, le flic fada ?

À cet instant, des cris de bébé retentirent dans la maison.

— Oh non, le petit est réveillé ! J'espérais qu'il dorme plus longtemps... Sa mère dort aussi, et ce n'est pas monsieur Jean qui va... Enfin, il se porte mieux, cela dit, vous allez voir. Et il marche, c'est incroyable. Ah mais oui, vous semblez surprise, je ne vous ai pas parlé du bébé et de la mère… La belle-fille de Jean est venue s'installer ici. Elle n'y arrivait plus, chez eux, au-dessus de la boulangerie. Et elle savait que dame Églantine allait l'aider, avec le petit. J'adore les bébés ! Si vous saviez comme j'aurais aimé en avoir un…

— Je peux parler à Jean ? la coupa Vick.

L'œil d'Églantine frisa.

— Ah, les docteurs, toujours pressés, hein. Il va arriver.

Les pleurs du bébé redoublèrent.

— Depuis qu'il est arrivé, ça n'arrête pas. Ouin, ouin… La mère dit qu'il est constipé, depuis la mort de son père. M'enfin ! Elle-même n'arrête pas de pleurer. Alors, vous pensez bien que ce pauvre gamin doit pas bien avoir envie de rire ! C'est ce que vous dites, dans vos livres, non ? Les trucs qui se transmettent de génération en génération, le trans-machinchouette…

Elle avait dit cela en levant les yeux et en ouvrant la bouche comme un poisson.

— Ah, ça vous étonne que dame Églantine vous ait lue, hein ? Hein ? Hein ?

Et elle éclata de rire.

— Non. Je te remercie, Églantine.

Églantine Birtoud eut l'air satisfaite d'elle-même. Et elle disparut une minute dans la chambre du fond, celle qui jouxtait la salle à manger, pour en revenir avec un bébé d'environ cinq mois, hurlant et cramoisi.

— Sa maman et moi, on lui a fait une jolie chambre. Mais rien n'y fait. Il pleure tout le temps. Je crois vraiment que c'est ce truc de constipation… Trois jours déjà qu'il n'a rien fait.

Le vieux Jean descendit l'escalier, et il sembla à Vick, en le voyant, qu'il avait rajeuni. Pas tant physiquement (vingt-quatre heures de garde à vue avaient tiré ses traits, et ses yeux semblaient cernés par de la chair bleue), mais dans sa tenue vestimentaire. Il arborait un jean, des Converse, un large sourire, et, surtout, il marchait avec aisance.

— Qu'est-ce que vous fichez ici, la dame du flic ? Vous êtes venue tenter ce qu'il a raté ? C'est lui qui vous envoie ?

Vick savait l'importance de tolérer le transfert négatif, comme avec ses patients. Il suffisait d'y survivre, de l'écouter passer. C'était lorsqu'on surmontait l'épreuve que le travail pouvait commencer.

— Vous êtes en colère. Je le comprends, Jean. C'est honteux, ce que Dick vous a fait. S'il m'avait consultée, je l'en aurais dissuadé. Je suis absolument convaincue que vous n'êtes pour rien dans ces horribles meurtres.

Le visage de Jean se détendit. Il invita Vick à s'asseoir autour de la table à manger.

— Je vous sers un whisky ?

— Oui, avec plaisir.

— Dites, Églantine, je n'en peux plus, de ce bonhomme qui pleure ! Vous voulez pas l'emmener juste quelques minutes dans le jardin ?

Églantine s'exécuta en soufflant, tandis que le bébé se contorsionnait dans ses bras. Alors que les cris s'éloignaient, le vieux Jean se retourna vers Vick, qui reprit la parole.

— Vous savez, Jean, je sais beaucoup de choses, et je ne suis pas ici pour vous piéger. Ce que je veux, c'est que vous puissiez m'aider à arrêter ce dingue. Pour ça, il faudrait que vous puissiez vous libérer. Que vous acceptiez de parler. Je sens qu'il y a des choses cruciales que vous gardez pour vous…

Vick fit silence quelques secondes. Le temps que ses paroles infusent dans la tête du vieux. Elle reprit.

— Mais je sais aussi, ou plutôt je tente d'imaginer, le drame intime que vous vivez. Le fait d'avoir vu partir en deux jours votre fils, puis votre femme. Et, pire encore, d'être soupçonné d'avoir commis les meurtres.

Nouvelle pause. Jean, sans répondre, s'occupait à prendre des verres et avait sorti une bouteille du meuble.

— Vous ne croyez pas, Jean, que quelque part vous n'avez plus rien à perdre, et qu'il est temps de dire ce que vous savez ? Pas aux gendarmes… À moi.

Vick avait sorti de son sac le cliché de l'Allemand et de la femme à la tête déchirée.

— Cette photo ne vous dit rien ?

Jean fit non de la tête.

— Vous n'avez aucune idée de comment elle a pu se retrouver ici ? Chez vous, cachée sous une soupière ? Ça ne peut pas avoir de lien avec les activités de Germaine pendant la guerre ?

— Je vous l'ai dit, je n'étais pas là, à cette époque. Je n'ai rencontré ma femme que plus tard. Moi, j'étais dans le Nord. Je ne suis pas un Uzétien ! Et c'est bien pour ça qu'on ne m'a jamais aimé, et que le capitaine me soupçonne. Je suis fatigué. Je n'ai rien à vous dire d'autre. Je préfère qu'on en reste là.

La porte s'ouvrit, et Églantine apparut, le bébé en pleurs dans les bras.

— Je crois qu'il a vraiment mal au ventre.

— Donnez-le-moi une seconde, je voudrais tenter quelque chose.

Vick éteignit sa cigarette et prit l'enfant. Elle se mit à le bercer et à lui parler.

— Bébé, moi, je comprends quelque chose, quand je t'écoute… C'est que tu es triste parce que ton papa est mort. Et c'est très dur, à ton âge, de se rendre compte qu'il ne va jamais revenir. C'est la vérité, pourtant ; il vaut mieux que tu le saches.

Le petit continuait à geindre, mais il commença à cesser de se débattre. Vick témoignait d'un calme surprenant, alors que les cris de l'enfant mettaient les nerfs de tous à vif. Elle poursuivit.

— Ce que je vois aussi, c'est que tu as très mal au ventre. Alors, je voudrais te dire quelque chose… Tu vois, la nourriture qui entre par ta bouche, quand tu manges, après, elle passe de l'autre côté, par ton anus, tes fesses. Mais elle ne s'arrête pas. Ce n'est pas parce qu'elle sort de ton anus qu'elle meurt. En fait, elle continue à vivre, elle est recyclée. Mon enfant, ce que tu dois comprendre, c'est que ton caca, il participe au cycle de la nature, aux arbres, à l'herbe de ton jardin, à la vie des animaux. Ça veut dire que, quand tu fais caca, eh bien, ton caca disparaît mais revit en même temps. Et alors il fait vivre le monde, car il le nourrit. Il n'est plus dans tes fesses, il n'est plus dans ta couche, tu ne le vois plus, mais il continue à vivre. Tu peux donc faire caca tranquille...

Le vieux Jean et Églantine assistaient à la scène, les yeux écarquillés.

— Et puis, tu sais, quand les gens qu'on aime meurent, c'est un peu pareil. On ne les voit plus devant nous, mais ils continuent à vivre autour de nous, et partout, à chaque regard qu'on pose sur le monde.

Le petit cessa de pleurer. Tandis que Vick continuait de le bercer, à l'étage, ils entendirent le parquet grincer, puis le silence revint, comme si quelqu'un avait hésité à se lever avant de se raviser.

— C'est la première fois que ce bébé arrête de pleurer depuis que je suis ici, murmura Églantine.

Au-dessus, le raclement d'une chaise.

Puis des pas se firent entendre dans l'escalier, des pas lents, des pas lourds. Qui glissèrent sur le parquet du rez-de-chaussée. Une femme rousse au teint d'albâtre, d'une extrême maigreur dans son ample chemise de nuit blanche, apparut.

— C'est vous qui avez réussi à faire que Sacha arrête de pleurer ?

La veuve de Martial regarda son bébé avec tendresse et l'embrassa. Pour la première fois depuis la mort de son papa et de sa grand-mère, celui-ci souriait.

31

En ce matin de la fin juillet 1986, un camion s'engouffra dans la rue de la Perrine. Tout autre se serait retrouvé coincé par l'étroitesse de la ruelle – pas celui-ci. L'habitude, sans doute : c'était la troisième fois depuis le début de l'été qu'il empruntait cet itinéraire. L'arrière du véhicule était protégé par une bâche, pour la chaleur. Des grognements se firent entendre. Le chauffeur, un jeune homme à catogan blond, tee-shirt Queen sur le dos, aperçut au loin une dame qui lui faisait de grands signes; il reconnut Raymonde Burgaud, foulard Vuitton sur la tête et pantalon de toile blanc. Freinant devant elle, il lui indiqua qu'il ne pourrait pas passer, avec toutes ces voitures de journalistes, et lui demanda si elle pourrait lui rendre un service. Raymonde Burgaud s'approcha alors de la meute. Depuis son habitacle, le conducteur l'observait. D'abord calme, puis proférant des noms d'oiseaux d'une voix tranchante, la vieille dame parvint à ses fins en moins de temps qu'il n'en fallait pour le dire. En quelques minutes, les voitures des journalistes s'écartèrent, une par une, et Raymonde Burgaud revint, le teint rougi par la colère.

— Quelle bande de cons ! Ils reviendront, mais vous avez au moins le temps de débarquer.

Elle ouvrit le portail du château, et le camion entra en marche arrière pour venir se positionner quelques mètres plus loin, devant les marches de la petite maison de Raymonde. Le jeune homme ôta son tee-shirt et se mit au travail. Son dos était écarlate.

— On fait comme les autres fois : vous passez par la pièce principale. Pas d'autre moyen d'accéder au jardin de mes bébés.

Le jeune homme fit sortir les porcs du véhicule un par un et les guida, *via* le « salon » de la maisonnette, vers le jardin qui serait leur résidence. Dix minutes plus tard, le torse trempé, il revint.

— Voilà, M'dame Raymonde. Ça vous en fait dix.

— Oui, c'est parfait, une vraie petite famille. On va pouvoir s'arrêter là. Enfin, pour l'instant. Tenez Victor, dit-elle en lui tendant un chèque.

— Merci. Ça va aller, pour vous ?

— Oui, très bien, je passe de plus en plus de temps avec eux. Je me sens mieux, apaisée, en leur présence. Surtout, refermez bien la porte en partant. Il ne s'agirait pas de laisser entrer le loup dans la bergerie... conclut-elle en riant.

De retour de chez Jean, Vick ne fut pas surprise de voir le camion ; elle s'approcha pour embrasser Raymonde.

— Ne me dis pas que tu as recommencé...

— Si, mais ce sont les derniers, promis.

— Tu sais que le peu de fois où je vais fumer une cigarette là-haut, je n'entends que tes cochons ? Dix dans ce petit jardin, ça commence à faire du boucan…

— Tu n'as qu'à arrêter de fumer !

— Tu fais ce que tu veux, c'est chez toi.

Raymonde acquiesça.

— Je te prépare un café ? De toute façon, c'est tout ce que j'ai, ici. Une vieille cafetière.

— D'accord.

Elles passèrent le pas de la porte et goûtèrent l'ombre fraîche.

— Alors ? dit Raymonde en servant dans une petite tasse ébréchée une rasade du café de 7 heures. Quand en aurez-vous fini, avec ce fichu meurtrier invisible ? Que l'on puisse reprendre une vie normale… Je te le demande à toi, car tu imagines bien que Dick ne me dit pas grand-chose.

— Tu sais que même à toi je ne peux pas en parler. Dick est très strict sur ce point, répondit Vick en buvant le café âcre et tiédasse.

— Je sais, ma petite… Mais enfin, ça m'inquiète pour toi, tout ce raffut. Ce n'est pas une bonne idée. Pourquoi tu n'es pas au travail, aujourd'hui, mais là à traîner ?

— J'ai annulé mes patients. Ce n'était pas possible, avec tous ces journalistes devant.

— Vick…

— Je sais ce que tu penses.

— N'oublie jamais ce que disait le Dr Grégoire, que je t'ai présenté, celui qui t'a donné envie de faire médecine… Il disait qu'être médecin, c'est l'être toujours, quels que soient les événements. Et qu'à moins d'être mort, il n'était pas question d'annuler un patient….

Elle fit un geste pour effacer de sa manche une tache imaginaire sur la table.

— Vick, si tu tiens tant à enquêter avec Dick, à remuer toute cette merde, c'est ton problème. Mais ne sacrifie pas ta vocation. Ta vie, c'est ce travail. Tu comprends ?

— Oui, demain je reprends.

— Et puis, tu as vu ? Grâce à tata Raymonde, ils ont vite déguerpi, ces cancrelats !

— Oui, mais ils sont déjà en train de revenir.

Raymonde avait réussi à arracher un demi-sourire à Vick.

— Qu'importe ! Tu fais passer tes patients par le jardin, tu te débrouilles. Mais tu continues ce pour quoi tu es née. La médecine.

— La psychiatrie, Raymonde.

— La médecine. Tu as fini ton café ? Viens donc voir comme ils sont beaux, mes bébés !

Elle la prit par la main et l'entraîna vers le jardin à l'herbe jaunie par le soleil. Kurt, Céline et Yvette étaient en pleine sieste, affalés, apparemment pas dérangés le moins du monde par les nouveaux arrivants.

— Les sept autres sont tous noirs ! C'est tellement beau, les cochons noirs. Je vais te les faire de droite à gauche – car chacun a son petit nom ! Alister, Magda,

René, Babar, Adolf, Benito, Philippe. Voilà, tu as les sept.

Elle gratifia chacun des cochons d'une tape affectueuse sur le dos.

— Tu veux les caresser ? demanda Raymonde, tandis que l'un des cochons se roulait par terre, semblant sourire.

Vick déclina, mais, en observant les trois petits derniers, Adolf, Benito et Philippe, elle éprouva de l'empathie pour ces pauvres bêtes à qui l'on demandait de charrier sur leur dos le difficile poids de l'Histoire.

32

La chandelle à la main, et une voix qui l'appelle à nouveau ; une autre voix, pas celle de l'Allemand ; plutôt celle d'une femme, une vieille femme. *Viens, mon enfant, viens, ne crains rien.* De longs couloirs, des chemins dont elle ignorait jusqu'à l'existence. *Viens, mon tout-petit, viens à moi, je vais te montrer, tout te montrer.* Une porte fermée. Une autre voix, comme en écho. *Ne l'écoute pas, c'est un piège. C'est moi que tu dois écouter. Si tu l'écoutes, elle, tu vas mourir. Ouvre cette porte et tu vas mourir.*

Viens, mon enfant, tu peux avoir confiance. De l'autre côté, il y a toutes les réponses. Toutes. Je t'attends.

Un bras fripé s'approche d'elle, prend sa main, ouvre la porte. Derrière, tout est sombre. Odeur de moisi. Quelqu'un dans son dos, qui la pousse.

Néons jaunes à s'en éblouir, elle se cache les yeux. On s'approche d'elle. La lumière s'éteint, se rallume. Une vieille au visage flétri lui apparaît ; un flash ; des vers sortent de ses yeux verdâtres, elle hurle, elle court, c'est une pièce gigantesque. Une pièce sans fin. Le château semble aussi grand que le village. Hors d'haleine, Vick s'arrête au bout, face à un grand trou ; un homme arrive en uniforme allemand et en chaise roulante ; il se lève face à la fosse, sort un flingue, tire Vick par la manche et l'emporte avec lui. Au dernier moment, alors qu'elle bascule dans le vide, Vick reconnaît les yeux révulsés du vieux Jean.

33

Un antique appareil vacillant posé à même le sol projetait des images en noir et blanc. Un manège, des chevaux de bois et deux enfants. L'image se brouillait, s'arrêtait, revenait sur la petite fille. Puis sur les enfants vêtus de manteaux de laine et de bottes fourrées qui riaient, faisant mine de donner de la cravache à leur cheval pour qu'il aille plus vite. À la caisse, un homme moustachu envoyait des baisers à la caméra. Le manège tournait, encore, encore, encore, comme en boucle.

La pièce était éclairée par une unique bougie noire, dont la lueur tremblante projetait des ombres dansantes sur les murs et semblait sur le point de s'éteindre. Sur une table basse, disposés de manière symétrique sur des linges blancs, reposaient une scie à main, une découpeuse électrique, un couteau de cuisine, de l'eau de Javel et des sacs-poubelles de cent litres. Dans une cage, sur une étagère, les gémissements de trois rats qui se disputaient un bout de cadavre de souris venaient troubler le silence.

34

Vick n'avait pas dormi de la nuit, cherchant et cherchant encore, élaborant des hypothèses, reprenant les indices, les tournant dans tous les sens. N'en pouvant plus, elle avait fini par se réfugier au cimetière.

Elle regarda la tombe de son père, Bob Vickensen, et savoura la caresse du soleil encore doux qui se posait sur son visage. Un autre lieu de ses rencontres secrètes de jeunesse avec Dick. Là où Vick se rendait lorsque Yvette lui interdisait de voir ce garçon qu'elle trouvait depuis le début de l'adolescence peu fréquentable, avec ses mobylettes et ses blousons de cuir, et qui ne passait pas un samedi soir sans se bagarrer dans un bar du village. Vick n'avait plus jamais été si amoureuse ; mais elle savait, au fond d'elle, et elle l'avait compris ensuite grâce à son travail, que l'être humain avait une fâcheuse tendance à aller vers ce qu'il connaissait. Or Vick n'avait connu, depuis la mort de son père, que l'abandon et la solitude. Son attirance pour Dick avait été le fruit de cela : elle avait voulu, inconsciemment, un homme qui ne pourrait que la décevoir, l'abandonner. Qui ne lui donnerait pas l'amour et la sécurité dont elle avait besoin. Et c'est ce que Dick lui avait permis de vérifier, en disparaissant du jour au lendemain.

Cela ne permettait pas d'être « heureuse », mais le comprendre apaisait Vick. Elle se souvenait de son départ, ou plutôt de leurs derniers moments tous les deux, et de ce premier baiser qu'elle avait gardé en elle comme on conserve un trésor. C'était après, juste après, que Dick avait disparu. Leur dernier échange n'avait pas été un mot, mais un baiser. Dix ans avant de le revoir dans cette boulangerie après le meurtre de Martial. Comment était-ce possible, d'avoir passé presque quinze ans à grandir ensemble pour disparaître dans le silence ?

35

Vick devait lui parler le plus vite possible, il fallait protéger le vieux Jean.

Elle entendit avec soulagement la moto de Dick, puis ses boots sur le gravier du cimetière. Elle ne se retourna pas et garda les yeux fixés sur le nom de son père. Dick posa sa tête sur son épaule, elle sentit son parfum.

— Ça y est, dit-il, un de mes hommes est posté devant chez Jean. Si ta nouvelle prémonition se vérifie, on va le choper, ce salopard.

— Moi, j'ai avancé, et j'ai des billes pour toi.

— Pourquoi tu ne me l'as pas dit avant ?

— Parce qu'un capitaine idiot qui pense toujours qu'il a la plus grosse m'a virée pour mettre en garde à vue un innocent, se ridiculisant ainsi devant toute la presse française réunie à Uzès.

— D'accord. Pardon. « Pardon dans les yeux », concéda-t-il en lui faisant face, avec cette expression qui avait été celle de toute leur jeunesse.

— J'ai repris les indices, un par un, reprit Vick d'un air tout à fait neutre.

Et Dick sut alors qu'il l'avait touchée au cœur. Sur la pierre tombale était posé un grand cahier Moleskine noir, où l'on pouvait à peine déchiffrer une écriture fine et tourmentée.

— Tu sais que j'écris la nuit, dans le noir, alors, désolée pour le côté illisible…

Vick s'assit et se mit à lire.

— Le premier : *Je te dis bouc, que me réponds-tu ?…* J'ai tourné ça dans tous les sens.

— C'est juste un dingue ! Un provocateur. Ça n'a aucun sens, Vick…

— Non, je suis désolée : quand on prend la peine de laisser un mot sur la scène du crime que l'on vient de commettre, ça a *forcément* un sens. Écoute bien les mots : *Je te dis bouc. Je te dis bouc. Je te dis bouc.*

Vick posa son index sur son oreille.

— Alors, tu n'entends rien ?

— Non, rien.

— *Je te dis bouc !*

— Accouche, putain ! J'ai une enquête à mener, moi ! J'ai pas que ça à faire, d'écouter tes élucubrations sur la tombe de ton père !

— *DIS BOUC*, Dick !

— Mais quoi, *Dick, dis bouc* ?

— Dans la tradition kabbalistique, un dibbouk, c'est l'esprit de quelqu'un qui prend le corps et l'âme de quelqu'un d'autre.

— Et donc ?

— Et donc, dans la mythologie juive et kabbalistique, c'est un esprit ou un démon qui habite le corps d'un individu auquel il reste attaché. J'ai trouvé des trucs là-dessus, dans ma bibliothèque… J'ai lu qu'un dibbouk peut être exorcisé. C'est un esprit malin, habituellement l'âme d'une personne décédée, qui pénètre dans une personne vivante. Un démon qui prend possession de quelqu'un et le rend fou, irrationnel, vicieux, corrompu.

La jambe de Dick battait d'impatience, il alluma une cigarette.

— Viens-en au fait, Vick, s'il te plaît. En quoi ça fait avancer l'enquête ?

— Eh bien, par ce premier indice, le meurtrier invisible s'adresse directement à quelqu'un. Il lui dit qu'il est habité par quelque chose de terrible, une forme de malédiction, par un mort qui l'empêche de vivre ; et qu'il n'a trouvé que ces meurtres pour s'en sortir. Il demande à cette personne à laquelle il s'adresse si elle souffre du même mal que lui. Si un dibbouk la hante aussi. D'où la question : *Que me réponds-tu ?* Reste à trouver à qui il s'adresse…

— Admettons que tu aies raison, reprit Dick. Je ne vois pas du tout le rapport avec le deuxième indice.

— Si, tu vas voir.

Vick ouvrit une autre page de son carnet noir.

— Le deuxième indique : *Je vous hanterai comme vous m'avez détruit. Ange de la mort. Sans sépulture à tout jamais. Pire que leur mort ce sera, et alors ILS seront vengés. Les parents ont mangé des raisins trop verts, et les enfants en ont eu les dents agacées…* Certes, je t'avais parlé du début quand tu es revenu me voir au château, la première fois. Cela s'adressait à ceux qu'il veut éliminer. Mais le plus important, la phrase à côté de laquelle nous sommes complètement passés… c'est la fin. *Les parents ont mangé des raisins trop verts, et les enfants en ont eu les dents agacées.*

Elle entreprit la lecture de la page suivante.

— « *Les Raisins verts*, ou *On récolte ce que l'on sème* » dans la Bible. Cité dans le livre de Jérémie, mais aussi dans celui d'Ézéchiel, chapitre XVIII, versets 1 à 4. « La parole de l'Éternel me fut adressée, en ces mots : Pourquoi dites-vous ce proverbe dans le pays d'Israël : Les pères ont mangé des raisins verts, et les dents des enfants en ont été agacées ? Je suis vivant ! dit le Seigneur, l'Éternel, vous n'aurez plus lieu de dire ce proverbe en Israël. Voici, toutes les âmes sont à moi ; l'âme du fils comme l'âme du père, l'une et l'autre sont à moi ; l'âme qui pèche, c'est celle qui mourra… »

— Pardon, Vick, mais je ne vois toujours pas le rapport.

— C'est le message de notre inconnu, en lien direct avec le *Je dis bouc.* Lui nous écrit que *les* parents *ont mangé des raisins verts* : or c'est *pères,* le mot dans la Bible, pas *parents.*

— Et donc ?

— Donc, le lien avec *Je dis bouc,* c'est à nouveau cette idée de malédiction, avec ces *raisins verts* qui seraient comme du poison. Quelque chose qui serait parti de ses parents, qui lui aurait été transmis… Et de nouveau, il s'adresse à quelqu'un pour lui dire :

Tu n'es pas seul, ce sont eux, nos parents, qui ont ingéré le poison ; il nous a été transmis, et il nous empêche de vivre.

Ils restèrent quelques secondes en silence. Le concert des cigales emplissait à présent le cimetière, et on entendait un peu plus loin la ville commencer de battre son plein.

— En fait, reprit Vick, et c'est peut-être une faiblesse à exploiter chez l'homme que nous cherchons à identifier, je pense qu'il souffre de solitude. Qu'il cherche désespérément quelqu'un qu'il a perdu, et dont il pense qu'il a une histoire similaire à la sienne…

— Donc, d'après toi, le type ferait tout ça, il aurait déjà tué à deux reprises, simplement pour s'adresser à un mystérieux individu dont on ne sait qui il est ?

— Oui. Mais il n'y a pas que ça, dans ce verset de la Bible qu'il cite.

Dick avait cessé de s'impatienter. Il semblait à présent captivé par l'analyse qu'elle déroulait en même temps que son intelligence se déployait, là, dans ce lieu d'ordinaire réservé au recueillement – ni à une enquête policière, ni à une psychanalyse.

— Écoute bien, monsieur le capitaine. Je continue à citer, il y a donc cette idée de punition divine : « L'âme qui pèche, c'est celle qui mourra. » C'est un gars – ou une femme ! – qui est dans la toute-puissance, qui se prend pour Dieu. On peut imaginer qu'il estime que nul au monde, à part lui-même, ni la justice, ni même les flics, ne peut rétablir la justice !

— Très intéressant, la coupa Dick. Mais à ce stade subsistent deux problèmes majeurs, Vick. Pardon de me répéter. Un, on ne sait pas *à qui* il s'adresse, et *pourquoi* il n'aurait pas d'autre moyen de s'adresser à cette personne que de lui envoyer des messages codés en tuant des gens. Deux, en admettant que ce soient les Saxe que ce meurtrier veut punir, ce serait pour quel péché, d'après toi ?

Elle prit une cigarette et chercha son briquet. Dick lui tendit le sien et approcha la flamme de son visage. Elle tira une grande bouffée et expira par le nez un long trait de fumée.

— Je ne sais pas. Mais à mon avis une partie de la réponse se trouve dans la photo de l'Allemand. Il va falloir que le vieux Jean parle…

— Et ? Tu as l'espoir d'y arriver en moins de quinze ans de psychanalyse avec lui ?

— Très drôle ! Tu serais surpris par le pouvoir de l'écoute, si tu t'y intéressais un peu.

Dick leva les yeux au ciel.

— Par ailleurs, dans tes petites déductions, que fais-tu de sa signature principale ?

— Sa signature principale ?

— Le fait de ne laisser qu'un doigt à chaque fois et de faire disparaître les corps.

— Là, je sèche… Un doigt, pourquoi un doigt ? Peut-être toujours dans cette idée de montrer le chemin de la justice ? De mettre en lumière ce qui a pu gâcher sa vie ? On peut aussi en revenir à la mégalomanie, et sans doute à une grande fragilité. Il est à la une de tous les journaux, il est l'objet de toutes les spéculations, de toutes les questions. Et puis il y a ce surnom, « meurtrier invisible », et cet imaginaire macabre… Quoi de mieux, pour faire flamber l'angoisse ambiante et pour qu'on parle de lui, que de faire disparaître les corps et de ne laisser qu'un doigt à chaque fois ? Pour moi, c'est un as de la mise en scène qui a terriblement besoin d'être au centre de tout ; comme si quelque chose, dans son développement, s'était fixé, enrayé. C'est peut-être un gros bébé à qui sa maman n'a jamais dit qu'il existait des limites, et qui sans doute n'a pas eu de père.

Soudain, elle se figea et regarda Dick dans les yeux, comme si elle avait eu une révélation.

— Et si c'était à son père, qu'il s'adressait ?

— Mais ils nous emmerdent, les pères, Vick ! Allez, je dois filer, siffla-t-il en écrasant sa cigarette sur la tombe de Bob Vickensen.

— T'es devenu dingue ?

— Calmos, je plaisante, dit-il en reprenant son mégot. Et il s'en fout, ton père. Il est mort depuis bien longtemps, ce sacré Bob, et les morts ne sont plus là, tu sais. J'espère que l'ancêtre va te parler. Moi, j'ai rendez-vous avec la femme de Martial ; j'espère qu'elle aura des choses intéressantes à dire. Tu es très belle, aujourd'hui.

La Goldwing démarra. Vick attrapa la bouteille de vinaigre de ménage qu'Yvette cachait à l'ombre, derrière la tombe, et se mit à frotter de toutes ses forces pour effacer la trace de la cigarette sur le nom de son père.

36

Les journalistes n'avaient pas lâché le cas du Dr Vickensen, bien au contraire. Sa célébrité, son travail, sa réputation dans le village – tout concourait à ce qu'elle devienne et reste l'un des personnages principaux de l'histoire qu'ils voulaient raconter. Du côté de l'enquête, la presse n'avait pas grand-chose à se mettre sous la dent : le meurtrier invisible demeurait introuvable, et Dick Burgaud ainsi que ses collègues restaient muets. De nombreuses maisons avaient été fouillées, tous les anciens criminels de la région avaient été interrogés (respectant ici l'adage de Burgaud, qui lui avait permis de coffrer le tueur des vieilles dames : « Le criminel reste un suspect à perpétuité »). Mais cela n'avait rien donné, à part entretenir la peur, à Uzès, à coups d'articles titrés : « Où se cache le meurtrier invisible ? » ou : « Qui sera la prochaine victime du MI ? », comme le nommait désormais la presse.

Il fallait bien cependant continuer de vendre du papier, et qu'*il se passe quelque chose.* Alors, chaque jour apportait son lot de *révélations*, de préférence sur Vick Vickensen. Ici, on apprenait que Martial Saxe n'avait pas pu défendre sa peau face au meurtrier invisible, car sa psychiatre le gavait d'antidépresseurs. Là, que Vick Vickensen n'écrivait pas ses livres. Ailleurs, qu'elle était, bien entendu, une mère abominable qui ne s'occupait pas de ses filles et ne pensait qu'au travail, exploitant sans culpabilité sa pauvre vieille mère. Ou encore qu'elle était si riche qu'elle portait non pas une, mais *deux* Rolex au poignet; qu'elle dormait dans une chambre en marbre blanc; ou que Dick Burgaud était son amant. C'était d'ailleurs à cause d'elle que le grand Dick n'arrivait à rien sur cette enquête : Vickensen prétendait lui faire utiliser la psychanalyse pour arrêter le meurtrier invisible. N'importe quoi! La presse réclamait de l'action, des arrestations, des interrogatoires, pas des théories fumeuses et du bla-bla. « On n'attrape pas les mouches avec du vinaigre. » Et il s'agissait d'arrêter enfin, en cet été 1986, un tueur sanguinaire qui n'avait même pas la décence de laisser les corps aux familles pour qu'elles puissent leur offrir une sépulture…

Vick avait décidé de faire comme si tout cela n'existait pas. Elle avait repris sa file active de patients, et peu d'entre eux avaient renoncé à venir à cause des journalistes qui campaient devant chez elle ou à cause des horreurs qu'on racontait sur leur psy. Pour quitter le château assiégé, Vick empruntait de son côté ses chemins de traverse secrets. Il n'y avait guère que quand elle avait besoin de se véhiculer qu'elle devait affronter la meute. Mais elle se faisait alors un malin plaisir de faire vrombir sa Porsche Targa orange, Winston rouge au bec, « Ohio » d'Adjani à fond dans le radio-cassette, manquant chaque fois renverser les journalistes qui l'insultaient ou les photographes qui la mitraillaient. On retrouvait alors, dès le lendemain, le récit de sa sortie – ou plutôt les fantasmes des journalistes. Car Vick parvenait sans mal à les semer sur les petites routes de campagne.

37

Sous la lumière vacillante d'un plafonnier d'hôpital, il sentit l'eau ruisseler le long de son dos. Il la régla plus chaude encore, jusqu'à ce qu'elle soit brûlante. Il faisait cela depuis son enfance : une façon de tester ses limites. Ensuite, il ouvrit en grand le robinet froid. C'était le contraste, qui était jouissif. Le chaud, le froid. La vie, la mort.

La salle de douche était exiguë et humide, sans lumière. Elle évoquait les vieux centres sportifs, ou les prisons. Une odeur de moisi s'en dégageait. Il se frictionna avec vigueur en vidant quasiment le tube de gel douche sur son corps, parfum noix de coco. La laideur de son gourbi contrastait avec le soin mis à sa toilette. Il sortit de la douche, s'essuya avec application les pieds sur un tapis de bain blanc et se sécha avec une serviette tout aussi immaculée, qui sentait bon la lavande.

Il avait chaussé des tongs brésiliennes, car il ne voulait pas se salir les pieds. Sur le canapé, troué et décrépit, son attirail était disposé. Sa cagoule, sa capuche, sa combinaison noire, ses bottes, sa scie électrique et son couteau de cuisine étaient disposés sur la table. Une fois habillé, il vérifia ses doses de Propofol, ses seringues. Tout semblait aller pour le mieux. Il avait pour lui la confiance de ceux qui réussissent. Deux meurtres parfaits. Bientôt le troisième. Et on ne parlait que de lui. Que demander de plus ? Jusqu'à présent, son plan se déroulait de manière idéale. À vrai dire, il n'aurait pu rêver mieux. Encore deux étapes, et le but serait atteint. La justice serait rétablie pour toujours.

Il alluma une Gitane et toussa, puis se servit un Martini blanc. Puis un deuxième, et encore un. Juste assez pour se donner du courage, mais pas trop, pour conserver toutes ses facultés. Il entendit un frôlement. Une petite langue râpeuse lui lécha le doigt, puis l'animal se hissa à côté de lui.

— Mon bonhomme, dit-il en lui jetant un bout de viande qui traînait sur une assiette.

Le rat se jeta dessus, le déchiquetant de ses seize dents (dont quatre incisives, aimait-il à dire), et, dans la demi-obscurité, il vit ses yeux rouges qui scintillaient. C'était son préféré – le rat albinos.

38

Arnaud Birtoud était un jeune homme de vingt-deux ans, tout juste entré dans les forces de l'ordre. Il avait un physique de rugbyman, massif, ténébreux, mais il ressemblait à sa tante Églantine dans le sens où il ne pouvait s'empêcher de dire tout ce qui lui traversait l'esprit, sans réfléchir. Dick avait pensé à lui pour cette délicate mission qui consistait à passer ses journées et ses nuits devant le domicile des Saxe. Cela rassurerait Églantine, la nouvelle maîtresse de maison, et le capitaine tablait sur la complicité entre eux deux : la vieille fille lâcherait avec plus de facilité une information au gamin qu'à un inconnu. Dick avait toute confiance en Arnaud, aux yeux de qui il incarnait à peu près l'égal d'un demi-dieu, et dont il rêvait un jour d'imiter le parcours en résolvant une grande énigme criminelle.

Le jeune planton fumait une cigarette devant la porte où il était posté chaque jour de 16 heures à 4 heures du matin, relayé par un collègue. À 22 h 30, la nuit étant tombée, l'ambiance était légère avenue

Maxime-Pascal. Il jetait, de loin, un regard amusé aux ados installés à la terrasse de la piscine municipale, bien qu'elle fût fermée à cette heure – que faisaient-ils de mal, après tout ? Ils riaient et buvaient de la bière. Quelques années plus tôt, c'était lui qui était là, à braver sans malignité l'interdit ; il n'allait pas lâcher son poste pour leur rappeler la loi, la gendarmerie avait bien d'autres chats à fouetter.

Des filles passèrent à bord d'une vieille Fiat 500 rouge, s'arrêtèrent à sa hauteur pour lui demander du feu, lui sourirent, puis lui proposèrent de venir boire un verre, place aux Herbes. Arnaud sentit une chaleur lui envahir le bas-ventre, mais le devoir avant tout. Et puis Dick l'assassinerait s'il apprenait qu'il avait déserté son poste pour s'encanailler… Il refusa avec politesse.

— Peut-être plus tard, dit-il. Je finis à 4 heures du matin.

D'autres fêtards passèrent. C'était l'été, il arrivait que la fièvre s'empare du village, et on avait alors le sentiment que seule offre la nuit – celui que tout est possible.

Églantine sortit sur le perron, un verre de vin à la main.

— Ça va, mon poulet ? Tu veux une autre bière ?

— Non merci, tata. Je dois assurer.

— C'est vrai. Mais enfin, te fais pas trop de mouron ! C'était la Germaine, qu'il voulait. La résistante. Nous, il s'en fout. On est des figurants, pour lui… C'est une histoire de la guerre, ça n'a rien à voir avec nous.

— C'est un ordre du capitaine Burgaud.

— OK, je n'insiste pas, et je ne te propose pas de venir jouer au Scrabble.

Églantine déposa un baiser sur la joue de son « petit » et regagna l'intérieur. Elle éteignit les lumières, s'allongea sur le canapé et s'assoupit bientôt devant les actualités de la nuit d'Antenne 2. Le vieux Jean, lui, dormait depuis longtemps ; sa belle-fille et le bébé aussi. Il ne restait plus, au loin devant la piscine municipale, que la musique de Bob Marley qui résonnait dans les effluves de hashish adolescent de l'été 1986.

Arnaud Birtoud repensa aux jeunes filles de la Fiat 500 et rêva à ce moment, un peu avant 5 heures du matin, où il irait traîner place aux Herbes, espérant qu'elles seraient encore là et que l'une d'entre elles lui proposerait de venir chez elle, ou bien même de baiser à l'arrière de la 500… Arnaud Birtoud observa la lune, qui était pleine ce soir-là, et c'est à cet instant qu'il entendit quelque chose, ou plutôt quelqu'un atterrir à quelques pas de lui, qu'il sentit un foulard mouillé lui enserrer la bouche et le nez, et qu'il perdit conscience.

39

Son ombre apparut sur le mur suintant d'une eau croupissante, tagué de slogans soixante-huitards. « Les murs ont la parole. » « L'imagination au pouvoir. » « Il est interdit d'interdire. » «Je ne veux pas perdre ma vie à la gagner. »

Personne ne descendait plus ici, depuis ces années-là, dix-huit ans plutôt. Au bord de l'eau immonde qui défilait sous ses yeux, il se baissa et ouvrit la poche de son manteau ; trois rats en sortirent et bondirent à terre.

Il enleva la cagoule, les bottes ; tout, à l'exception de son caleçon. Et les jeta dans l'eau. Derrière lui, juste à côté d'une plaque d'égout qui ouvrait vers la surface, il poussa une trappe ressemblant à un petit placard et en tira un tas de vêtements propres qu'il enfila, ainsi qu'une paire de baskets. Il se sentit les aisselles. Il puait. Il attrapa un spray déodorant dont il s'aspergea.

— À plus tard, les petits, dit-il à ses rats qui s'éparpillèrent dans les couloirs. Seul un s'arrêta au bas de l'échelle, comme pour patienter jusqu'à son retour. Un gros rat blanc.

Quelques minutes plus tard, d'un pas tranquille, il déambulait au milieu des ultimes fêtards d'Uzès, qui profitaient des dernières heures presque fraîches de la nuit.

40

Un instant plus tôt, Vick avait cru entendre un coup de feu. Mais ce fut le moteur de la Goldwing de Dick qui la réveilla vraiment. Elle s'était assoupie sur son divan et, se levant en sursaut, brisa son verre à whisky et son cendrier dans lequel s'amoncelaient des mégots de Winston. Dick tambourina à la porte. Il avait des traces de sang au niveau de la bouche, du nez et du cuir chevelu, et ses mains étaient écorchées. Son tee-shirt aussi était taché de sang, laissant deviner des plaies au niveau du ventre.

— Rien de grave, on s'est battus, c'est superficiel, dit-il sans la laisser l'interroger. Mais Vick, je l'ai vu ! J'ai failli le choper, j'étais à ça ! La prochaine fois, c'est la bonne.

Vick l'interrompit d'un doigt sur la bouche. Il ressemblait à ces enfants qui rentrent du parc d'attractions et qui ont tant de choses à raconter qu'ils n'arrivent plus à parler.

— Il ne t'a pas raté, dis donc. Laisse-moi nettoyer tout ça. Et après, tu me racontes.

Elle revint avec sa mallette de secours, lui demanda d'ôter son tee-shirt et commença à désinfecter ses plaies.

— Moi non plus, je ne l'ai pas raté. C'est Églantine qui m'a appelé à minuit et demi, parce qu'elle avait entendu du bruit au rez-de-chaussée et qu'elle ne voyait plus Arnaud. J'ai rappliqué. Quand je suis arrivé, le vieux Jean était étrangement amorphe dans sa chambre. Églantine, la belle-fille et le bébé s'étaient réfugiés dans la leur, comme je le leur avais conseillé en cas d'intrusion.

— Dick, l'arrêta Vick. Tu es blanc. Et tu saignes aussi de la jambe.

— Mais non, j'ai fait un bandage chez le vieux…

— Le sang coule, putain ! Ça va pas du tout. Je t'emmène à l'hôpital tout de suite.

Dans la Porsche Targa orange, mitraillé par les journalistes de la nuit – les plus extrêmes, ceux qui ne rentraient même pas à l'hôtel et qui dormaient devant le portail du château –, Dick se sentit faiblir. Il s'évanouit peu avant d'arriver à l'hôpital de Nîmes, en appelant sa mère.

41

Dick refusa de rester à l'hôpital pour la nuit, comme les médecins le lui conseillaient. Une fois ses mollets soignés, sa jambe recousue et après qu'on lui eut expliqué le traitement antibiotique qu'il allait devoir suivre les dix prochains jours, il insista auprès de Vick pour retourner chez les Saxe. Depuis le téléphone de l'hôpital, sitôt qu'on lui eut fait ses points de suture, il avait donné ses instructions à ses équipes et vérifié qu'Arnaud Birtoud allait bien. On lui confirma que celui-ci avait d'abord été étourdi par un chiffon d'éther, puis qu'il avait reçu une injection de Propofol suffisante pour le faire dormir jusqu'au lendemain matin. Il était couché dans la chambre de Germaine, veillé par sa tante. Il s'en était fallu de peu pour que le vieux Jean ne subisse le même sort. Le « MI » n'avait réussi qu'à l'endormir lui aussi avec un chiffon d'éther, mais Dick était arrivé avant qu'il puisse aller plus loin. Le vieux Jean n'avait rien eu le temps de voir. Pas de visage, tout juste le souvenir d'une ombre, et l'odeur de l'éther.

Devant le portail des Saxe, les journalistes avaient reconstitué leur horde. Vick gara la Porsche Targa tout près de la porte, et ils sortirent de la voiture, à nouveau assaillis de questions.

— Alors, il a encore frappé ?

— Vous l'avez vu ?

— Vous vous êtes battu, capitaine ?

— Pourquoi vous n'avez pas réussi à l'arrêter ?

— Il paraît qu'il parle aux rats, on dit que les rats vous ont mordu ?

— Est-ce que c'est vous, docteur, qui lui avez appris à parler aux rats ?

En arrivant dans la maison qui était passée au peigne fin par les gendarmes, Dick hurla.

— C'est quoi ce bordel, les gars ? Vous y allez et vous me montez un périmètre de sécurité sur un kilomètre et tout le parc du Duché ! S'il le faut, vous appelez l'armée, mais je ne veux plus *personne* devant cette piaule cette nuit ! C'est compris ? Et pourquoi ils savent déjà tout ? Comment ils ont appris pour les rats ? L'un de vous leur a parlé ? Je vous préviens, si je découvre qu'il y a des commères parmi mes hommes, ça va mal se passer.

Dehors, les plaintes des journalistes résonnèrent en chœur, mais, quelques minutes plus tard, le calme complet de la nuit enveloppa de nouveau la demeure et ses alentours. La pleine lune jetait sur le paysage une lueur étrange, tandis que les gyrophares de la gendarmerie exécutaient un ballet déplacé.

— Viens, je vais te montrer, dit Dick à l'adresse de

Vick en l'entraînant vers le parc. Suivez-nous, ajouta-t-il en se tournant vers deux membres de son équipe.

Vick regarda sa montre et vit 4 heures du matin. Bientôt, le jour s'annoncerait dans un coin du ciel.

Il n'y avait plus un bruit. Même les jeunes de la piscine étaient partis se coucher.

— C'était là, regarde. Brigadier, fit-il en direction de son collègue, lumière.

L'un des hommes éclaira le sol là où Dick pointait son doigt, et où il se souvenait que la bataille avait eu lieu. Par endroits, on devinait que la terre avait été remuée, l'herbe, arrachée. Ils trouvèrent un bout du jean ensanglanté de Dick.

Il se mit à raconter.

Tout était allé vite. Quand le meurtrier l'avait vu, il avait filé par le jardin. Il avait escaladé le muret et filé par la garrigue, de manière furtive. Dick s'était lancé à sa poursuite. En haut des marches qui se découvraient à sa vue, il avait pris à droite, au bout de la forêt « interdite », et avait continué jusqu'au chemin de ronde. Dick avait commencé à ne plus avoir de souffle et s'était souvenu de ce que disait son prof en première année d'école : « Tenir ou crever. » Il avait fait le tour de la sente, puis retraversé la route, passé les terrains de tennis, et il s'était retrouvé dans le parc du Duché. Le capitaine, son arme à la main, avait scruté les alentours. Mais il ne voyait que des formes, au loin les lumières du village. C'était calme, presque beau, et une seconde il avait pensé à l'été, il y avait quinze ans, quand ils allaient là-bas toutes les nuits…

Dick avait commencé à reprendre son souffle – de toute manière, le type s'était échappé. C'est là qu'il avait perçu de petits bruits. Des petits bruits étranges. Puis qu'il avait vu des rats s'approcher, comme s'ils voulaient l'attaquer. Il les avait repoussés du bout des pieds, mais avait soudain senti un coup violent sur sa tête, à tel point qu'il s'était évanoui quelques secondes. Quand il était revenu à lui, l'homme était là.

Des coups de poing, des coups de pied. Et les rats qui semblaient attendre de pouvoir fondre sur lui. Il avait vu leurs petits yeux brillants dans l'obscurité, car même la pleine lune était cachée par les arbres. C'était comme si l'inconnu avait choisi ce lieu pour qu'il ne puisse rien voir. Dick se souvenait d'ombres floues, d'un long manteau volant derrière le MI comme une cape et d'une cagoule ne laissant voir que ses yeux, et puis des bruissements des rats, de sa force. Ce type avait une puissance physique, une vigueur dans les coups, une agilité…

— Pourquoi tu n'as pas tiré ? demanda Vick.

— Parce que, tant qu'on se battait à mains nues, je me disais que j'avais une chance de l'arrêter, de le faire parler. Mais il a fini par sortir un couteau de cuisine, qu'il maniait comme un sabre. Je l'ai mis en joue. Là, il a jeté son arme, levé les bras. J'ai cru que c'était fini. Et puis il a fait quelque chose de très étrange. Quelque chose que je n'avais jamais vu. Sa bouche a émis un bruit, une sorte de sifflement strident, comme des ultrasons. Et j'ai senti une douleur atroce dans le mollet. J'ai lâché mon arme, tellement ça me faisait mal. Et je me suis rendu compte qu'un rat était en train de me mordre. J'ai hurlé. J'ai essayé de me dégager et je l'ai aperçu quelques secondes, le rat. Un foutu rat blanc, je n'en avais jamais croisé des comme ça. Là, le type a balancé une bombe de fumigène, et je n'ai plus rien vu. J'ai couru, j'avais l'impression d'avoir des rats accrochés à mes mollets, à mon cou, dans mes cheveux. Puis les fumées se sont dissipées. Je suis sorti de sous les arbres, et la pleine lune éclairait le parc d'une lumière crue. J'ai fait le tour, il n'y avait plus rien. J'ai appelé les collègues avec le téléphone des Saxe, et les secours, pour vérifier que le vieux Jean et Arnaud allaient bien. Mais *a priori* il leur a juste fait des piqûres d'anesthésiant, comme au bloc opératoire, mais... ce que je ne comprends pas, c'est comment il a réussi à fuir si facilement après !

— Peut-être qu'il y a une raison pour laquelle il t'a amené ici. Peut-être qu'il *savait* qu'il pourrait disparaître vite. Et aussi qu'il n'y aurait pas de témoins.

— Regardez, chef ! cria l'un des gendarmes, qui tenait quelque chose de brillant entre ses doigts. J'ai trouvé ça.

— Le couteau, souffla Dick. Il l'a oublié dans sa fuite.

— Oublié ? Tu crois ? Ce type semble tout contrôler.

— Il n'avait pas prévu que je le surprendrais. Merci, brigadier. Mettez le couteau au chaud, on verra ce qu'on trouve dessus, conclut Dick en donnant une tape sur l'épaule de son homme.

— Est-ce que tu te souviens, Dick, où tu étais précisément, quand les rats t'ont attaqué et qu'il a balancé sa fumée ?

Il tourna sur lui-même et finit par s'arrêter sous les feuillages épais des arbres.

— De ce côté-là, je crois.

— OK, donc tu étais dos à l'entrée du parc et à l'avenue Camille-Pascal. Je pense qu'il savait qu'il ne pourrait plus sortir par la rue de la maison des Saxe, car tes collègues seraient arrivés, prévenus par Églantine. Ce qui veut dire qu'il n'a pu partir que par l'autre côté. Brigadier, vous voulez bien continuer à nous éclairer ?

Ils marchèrent quelques minutes vers l'Alzon, là où jadis ils aimaient tant venir siroter des bières, près de l'eau, les soirs de canicule. Les soirs comme celui-ci. Et Vick fut prise d'une irrésistible envie de boisson fraîche et de cigarettes. Elle n'avait pas les siennes.

— Qu'est-ce qu'on cherche, chef? demanda le brigadier à la lampe de poche.

— Un indice pour comprendre comment il a pu se tirer d'ici.

— T'as pas une clope ? demanda Vick.

— Tiens.

Ils tournaient en rond; ils ne trouvaient rien. Une aube bleue se dessinait dans les plis du ciel. Ils s'arrêtèrent devant la rivière, dont les eaux semblaient glisser comme un murmure. Un court instant, Vick rêva de pouvoir retourner à leurs vingt ans. *Insouciance de la jeunesse* résonna en elle; et une autre pensée lui vint dans le même temps. Celle des rats. Des rats et des égouts. Qui étaient à peu près les deux seules choses au monde qui lui répugnaient de façon épidermique.

Et ce fut comme un éclair, une image qui l'envahit.

— Dick, je sais par où il est parti ! Tu te souviens de la plaque d'égout qui me faisait tellement peur parce qu'un jour un rat en était sorti ? Elle était où ?

— Mais oui ! fit Dick avec une admiration forcée pour dissimuler son agacement – comment avait-il pu ne pas y penser avant elle ? Elle est juste là, regarde ! Près du pont de pierre.

Ils s'approchèrent ; la plaque d'égout était bien là. Légèrement déplacée. En la soulevant, ils contemplèrent le trou béant qui s'enfonçait dans les égouts.

— Qu'est-ce qu'on fait, maintenant? interrogea Vick.

— Je ne vois qu'une solution : descendre et aller voir, pour en avoir le cœur net.

— Mais chef, intervint le brigadier, vous voulez pas d'abord qu'on étudie le plan des égouts pour être sûrs que…

— Être sûrs de quoi? Si on étudie vos plans à la con, le type a mille fois le temps de disparaître !

42

Il leur fallut cinq bonnes minutes pour descendre et parvenir au niveau de l'eau. Un froid inhabituel les saisit, et Vick frissonna, car elle ne portait qu'une robe blanche d'été. À moins que ce ne fût son aversion, qu'elle tentait de maîtriser... Le brigadier les éclairait d'une main mal assurée. Sur la droite, un étroit chemin longeait la mince rigole noirâtre. Vick mobilisa toute son énergie pour ne pas prêter attention aux bruits qu'elle entendait ou croyait entendre. Dick sembla deviner ses pensées. Il prit son bras.

— Vous espérez découvrir quoi ?

— Sa planque. Un endroit qu'on ne peut pas trouver en ratissant les maisons du village.

Une odeur nauséabonde saturait l'air. Vick commença à avoir envie de vomir. Les gouttes d'eau qui suintaient du plafond tombaient sur ses cheveux. Elle scruta le chemin, imaginant le MI en train de le parcourir. Comment ce type avait pu en arriver là ? Devenir lui-même une sorte de rat d'égout, puis mettre une cape et tuer des gens ? Était-ce ici, dans ce cloaque, qu'il cachait les corps ? Tout en longeant les parois humides, Vick repensait aux messages retrouvés sur les scènes de crime et se demanda quelle énigme il aurait laissée, s'il avait réussi à tuer le vieux Jean...

À l'image de leur étrange cheminement dans ces conduits glauques, plus Vick progressait dans l'enquête, plus le brouillard devenait opaque, et moins elle saisissait le sens de cette affaire. Même si elle ne voulait pas se l'avouer, elle ne savait plus quelle direction emprunter et quelle piste privilégier. Elle ne parvenait plus à tisser de liens entre le profil du tueur, les rats, les meurtres, la disparition des corps, les indices. Alors, elle pensa à ce que disait son maître Lacan : « Méfiez-vous de comprendre. » Et elle accepta qu'elle était perdue, que la solution ne viendrait pas en s'obstinant à réfléchir et à tout contrôler.

— On est où, Dick ?

— Je pense qu'on est au niveau de la place aux Herbes.

— Chef, moi, je vois pas vraiment comment ça pourrait mener à une planque, les égouts...

— Ne pense pas trop, obéis, s'exclama Dick en lui mettant une grande tape sur l'épaule, et le jeune homme baissa les yeux. Voilà, monte là-haut ! dit-il en désignant une échelle qui semblait mener à une bouche d'égout, plusieurs dizaines de mètres au-dessus d'eux.

Quelques minutes plus tard, le gamin redescendit et confirma qu'ils étaient bien au centre du village.

Les égouts épousaient la forme de la place en suivant son contour.

Vick se bouchait les oreilles en marchant ; mais elle parvenait de moins en moins à étouffer les clapotis, qu'elle identifiait comme des mouvements de pattes ou de nageoires. Mais pourquoi avait-elle accepté de venir ? Quand elle vit soudain un gros rat ramper de l'eau vers le haut du mur, auquel il s'accrochait par ses grandes griffes, et passer à quelques centimètres d'elle, elle ne put se retenir de hurler.

— Putain, regardez ! beugla à son tour le brigadier. Là, y a une trappe ! Y a quelque chose.

— Tu vois que ce n'était pas si con de chercher dans les égouts ! Tu sais quoi, puisque tu l'as trouvée, c'est toi qui vas y aller et qui vas nous dire si on peut monter. Prends ton flingue. T'as déjà tiré ?

— Oui, enfin, à l'école…

— Tu te tiens prêt. Tu lui tires dessus que si, vraiment, tu peux pas faire autrement. Tu le menaces d'abord. Tu dois pas avoir peur. Sinon, il va le sentir. Au pire, tu lui tires dans la jambe, mais tu le tues pas. Je veux qu'il parle. T'as compris ? Si tu le butes, c'est moi qui te bute après.

— D'accord, chef.

Et, les jambes tremblantes, le jeune homme monta à l'échelle, plus courte que les autres, qui menait vers la trappe. Il dut la forcer, mais il parvint à l'ouvrir et, après un dernier regard inquiet vers ses deux acolytes, il disparut.

— Ça va ? demanda Dick.

Elle se retenait de fondre en larmes, elle ne pensait plus qu'à ce rat abominable.

— Tu te souviens de ce que je te disais, quand tu avais peur, quand on descendait dans la cave ?

— Oui, je m'en souviens.

— Ça vaut toujours. Si un gros méchant rat t'attaque, je te protégerai.

Ils entendirent le brigadier hurler.

— Venez, faut que vous voyiez ça !

Alors, à leur tour, ils grimpèrent.

Ils émergèrent dans ce qui ressemblait à un sous-sol, mais un sous-sol très profond. À côté de la trappe, une autre, plus petite, à clapet, avait été installée. Un couloir menait à une porte à demi ouverte. Avec sa torche, le brigadier illuminait le sol jonché de crottes de rat et de bouts d'os.

Ils passèrent la porte et pénétrèrent dans une grande pièce. Un interrupteur était fixé sur une des parois. Vick alluma un néon d'hôpital. Un canapé décati apparut au centre. Une cage était posée en haut d'un meuble. Sur une petite table, une scie électrique. Et au mur, un plan d'Uzès, avec une croix griffonnée au niveau de la boulangerie, une autre sur la maison des Saxe.

Et une dernière sur le château.

43

Quand la moitié de la brigade débarqua dans ce sous-sol sordide, Vick s'aperçut que Dick perdait à nouveau du sang, et elle l'obligea à remonter à la surface. Il accepta de mauvaise grâce, contre l'assurance de pouvoir redescendre dès qu'il serait pansé.

— Ils te l'avaient dit que tu devais te reposer. Tu aurais mieux fait d'envoyer tes hommes, dans les égouts.

Il fit la moue. Il n'aimait pas déléguer ses responsabilités, et son pouvoir auprès de ses hommes s'était bâti sur cette réputation. Cela n'allait pas changer pour une petite blessure.

Enfant, Dick était le même, pensa Vick en défaisant ses bandages. Elle avait tant de fois soigné ses plaies. Il était de ces gamins qui se battent sans arrêt et qui s'écorchent le corps sans que cela questionne les adultes qui devraient prendre soin d'eux.

Dans le parc du château, l'été, ils aimaient partir à la chasse aux sauterelles. Une fois, voulant surprendre un gros spécimen à ventre vert, Dick avait sauté d'un muret et s'était éraflé le genou. Quelques instants plus tard, il reprenait la chasse, et Raymonde ironisait sur son fils qui ne ressentait pas la douleur. « Un vrai petit homme. » Dont le sang derrière lui laissait comme de petits cailloux. Les pauvres sauterelles capturées étaient enfermées dans des bocaux dont les couvercles étaient troués. Vick et Dick les repéraient au claquement de leurs élytres et espéraient qu'emprisonnées, elles *chanteraient* encore. Yvette le leur répétait, pourtant : les sauterelles aiment la liberté, si on les enferme, plus de stridulations, elles deviennent muettes.

Lors de leurs après-midi de chasse, le temps paraissait sans limites, et l'immensité du château leur donnait l'illusion d'une complète liberté. Yvette le lui avait écrit un jour, pour son anniversaire : jamais elle ne retrouverait cette sensation. Jamais. L'enfance était dès son achèvement un paradis perdu. À l'image de ce parc maintenant jauni et abandonné.

44

Quand le capitaine Burgaud réapparut dans la planque humide du MI, suivi du Dr Vick Vickensen, un silence pesant s'abattit, et ses hommes attendirent, un peu penauds, sa réaction. C'est le brigadier les ayant accompagnés dans les égouts qui s'était dévoué pour annoncer d'une petite voix au capitaine qu'ils n'avaient *rien trouvé*.

Pendant ce temps, Vick refit défiler, en désordre, tous les indices dans sa tête. Les doigts de la main, le dibbouk, les morts sans sépulture, les enfants aux dents agacées par le raisin vert mangé par les pères, plutôt que par les parents. Les rats – pourquoi les rats ? Quelle était cette capacité surnaturelle qu'il semblait avoir de leur donner l'ordre d'attaquer ? Mais ce qui la chiffonnait le plus, c'était que ce meurtrier invisible, qui, depuis le début, paraissait avoir tout prévu dans les moindres détails et n'avait commis aucune erreur, s'était laissé surprendre par Dick. Comment un individu capable de faire disparaître deux corps sans qu'on en retrouve la trace pouvait-il se laisser avoir aussi simplement ? Ou bien voulait-il qu'on le découvre ? Était-ce une ruse pour les berner de nouveau ? Ou pour les emmener sur une fausse piste ? Ou pour faire encore parler de lui dans les journaux.

— Est-ce que vous avez exploré les toilettes ?

Vick avait interrompu la gueulante de Dick, et les hommes regardèrent d'un air admiratif cette femme qui avait le pouvoir de couper leur chef sans qu'il s'en offusque. Mais les toilettes dans les égouts, ils ne les avaient pas étudiées en détail...

Le brigadier devint tout rouge.

— Vous ne les avez pas vues ? tempêta Dick. Bon Dieu, mais qui m'a donné une telle équipe de bras cassés ?

— Chef, on l'a fait, c'est juste que...

— Je ne sais pas si on peut appeler ça des toilettes, continua Vick comme pour lui venir en aide. Je crois n'avoir jamais rien vu de plus immonde. Mets quelque chose devant ta bouche.

Dick pénétra dans un minuscule réduit qui se trouvait à l'entrée du premier couloir, mais dont la porte n'était pas visible dans l'obscurité.

— Lampe de poche, brigadier !

Il ouvrit, et une insoutenable odeur s'imposa à eux. Vick pressa son foulard sur son nez. Le sol était jonché de crottes de rat et de détritus. Les murs étaient striés de traces brunes. Et l'intérieur de la cuvette était bouché.

— Attends, éclaire bien, derrière… murmura Vick. On dirait… Regarde, c'est une dent, Dick !

Mais le capitaine ne l'écoutait plus, cette fois. Il était parti vomir.

45

— Je ne te savais pas si sensible, Dickou, se moqua Vick quand ils se retrouvèrent à 6 h 30 au Suisse d'Alger.

Elle ne l'avait pas appelé ainsi depuis dix ans.

— T'es marrante, c'était vraiment dégueulasse… Comment tu fais, toi ?

— Je te rappelle que j'ai une certaine expérience, avec l'hôpital psychiatrique ; et qu'il m'est déjà arrivé de faire face à des malades qui avaient maculé leurs murs de merde. Il en faut plus pour m'impressionner. Tu crois que c'est lui qui a fait ça ?

— Je ne sais pas. Si ça se trouve, c'est un lieu abandonné depuis très longtemps, qu'il n'a utilisé que pour se cacher quelque temps. Peut-être que c'est aussi un repaire où les clodos viennent chier.

— En tout cas, si c'est lui, ce serait intéressant d'en saisir le sens, et le message caché. Ça voudrait dire aussi que quelque chose en ce MI est resté bloqué à la phase anale.

Dick ne put s'empêcher de rire et se brûla les lèvres avec son café noir, qu'il renversa en partie sur la table.

— La phase anale, n'importe quoi !

Elle lui asséna une petite tape sur la joue et il se reprit.

— OK, OK. On va voir ce que donnera l'analyse de la dent. Si ça se trouve, ça n'a rien à voir avec notre histoire.

— Ça va, ta jambe ?

— C'est oublié.

— Tu devrais aller dormir un peu, Dick.

— Pas question. Je ferai une sieste à 13 heures. Et toi, t'as pas dormi de la nuit non plus.

— Ne n'inquiète pas, j'irai faire un petit somme avant mon premier patient de 10 heures. En espérant que ces idiots de journalistes me fichent la paix. Tu as quelque chose, là, dit-elle en lui enlevant un cil sur la joue. Fais un vœu.

Dick ferma les yeux, puis déposa un baiser furtif sur la joue de Vick.

— Dick, pourquoi tu es parti ?

Son visage se ferma.

— Pourquoi tu es parti juste après qu'on s'est embrassés la première fois ? Je ne comprends pas. Je n'ai jamais compris. Et j'ai besoin de comprendre.

— Vick, ce n'est ni le moment, ni le lieu.

— Mais ce n'est jamais le moment, depuis ton retour. Et puis cette enquête qui prend tellement de place… Pourquoi tu ne m'as pas parlé, avant de partir ? Je sais bien que parler, ce n'est pas ton fort, mais j'ai toujours été celle à qui tu te confiais…

— Tu m'emmerdes, Vick. Tu veux toujours tout comprendre, tout contrôler, donner du sens à tout. Y a des choses qu'on ne peut pas expliquer. C'est tout. Je dois retourner à la brigade. Et toi, il faut que tu ailles voir le vieux Jean. Il doit être sacrément secoué. Mais ça va peut-être lui délier la langue.

46

Elle débarqua dans la cuisine du château. Yvette, Marguerite et Françoise étaient attablées pour le petit-déjeuner. Dès qu'elle vit sa mère, Françoise quitta la pièce. Vick tenta de la rattraper sans succès.

— Françoise… murmura-t-elle, impuissante.

Marguerite, au contraire, lui adressa un magnifique sourire, et elle courut dans ses bras. Elle riait aux éclats.

— Tu veux un autre biberon, ma princesse ? Une tartine ?

Marguerite fit oui de la tête, et Vick s'affaira. Le regard noir d'Yvette ne lui échappa pas.

— À part la petite, tout le monde me fait la gueule, dans cette maison ?

Yvette se dérida légèrement.

— Je te fais pas la gueule, ma fille, va… Mais je m'inquiète. Tu étais où encore, cette nuit ?

— Ce serait trop long à t'expliquer maintenant.

— Tu ne dors plus, tu vas tomber comme une mouche. Et tes patients, comment tu vas faire ? Et puis ton pauvre père, tu n'es même pas allée le voir, ce matin.

— Maman, arrête de t'inquiéter ! Je gère.

— Mais tu gères quoi ? Tu passes tes nuits dehors, on ne sait où, tu débarques… Et puis tu sens pas très bon, va prendre une douche !

Vick comprit à cet instant que cette odeur d'égout qui lui était restée dans le nez était en réalité la sienne.

— Tu as raison. Mais c'est cette enquête. Dick a besoin de moi.

— Dick, celui qui est parti il y a dix ans sans un mot ? Pas à moi, ma chérie, pas à moi ! À d'autres, mais pas à moi.

Vick éleva la voix.

— Mais, maman, il y a un mec invisible qui est en train de décimer une famille, je ne peux pas rester sans rien faire !

À cet instant précis, on sonna au grand portail du château.

— C'est mon patient.

— C'est bon, souffla Yvette, je vais ouvrir et je le fais patienter dans la salle d'attente. Toi, va prendre ta douche, je te prépare un café. Ah, et si tu croises l'autre pute de Raymonde, tu pourras lui dire que ses cochons, il faut les nourrir tous les jours. Ils font un raffut infernal quand ils ont faim. C'est moi qui ai dû y aller, hier. Je sais pas ce qu'elle fout.

— OK, je lui dirai.

— File te laver, petite cochonne, va ! répéta Yvette.

Ce qui arracha un sourire à Vick, car c'est ce qu'elle lui disait quand elle était enfant; mais cela fit surtout éclater de rire Marguerite, qui, du haut de sa chaise haute, sirotait son deuxième biberon.

Quand elle fut seule dans la cuisine, deux mots sortirent de sa bouche, très distincts, qu'elle prononça d'un air espiègle.

« Petite cochonne. »

47

Vick jeta dans la corbeille à papiers les journaux qui étaient posés sur la table de l'entrée. Elle traversa le jardin d'un pas vif en direction de la maison des Saxe. Elle n'avait pas dormi, pas mangé, et avait vu trois patients. Elle ne déjeunerait pas avant de reprendre ses consultations, tant pis. Elle devait parler au vieux Jean le plus vite possible.

Par ses petits chemins habituels, elle parvint de nouveau à éviter les journalistes ; mais elle comprit, au regard d'Églantine Birtoud et aux rideaux fermés, qu'ils étaient de retour devant la demeure des Saxe. Depuis la tentative de meurtre de la nuit précédente, les rédactions avaient doublé leurs effectifs sur place.

— Comment va ton neveu, Églantine ?

— Beaucoup mieux, merci, docteur. Il est encore un peu patraque, mais ça va. Faut dire que le taré lui a mis une dose de cheval de Propofol, de ce qu'ils ont dit, vos collègues.

— Merci, Églantine. Je peux voir Jean ?

— Je sais pas si c'est une bonne idée. Il va pas bien. De toute façon, tout le monde va très mal, ici. La gamine est enfermée avec son bébé et ne veut plus sortir… Je m'occupe d'elle toute la journée. C'est plus une maison, c'est un hôpital. En même temps, je peux pas dire que ça allait beaucoup mieux du temps de madame Germaine… Mais ça se voyait moins.

— Qu'est-ce qui se voyait moins ? demanda Vick en s'allumant une Winston.

— Bah, vous savez, continua-t-elle à mi-voix, ça fait longtemps que ses bras, le vieux Jean se les… fit-elle en mimant des scarifications. Et madame Germaine, elle, c'était l'anorexie… Elle se faisait vomir tout le temps, elle pesait tout ce qu'elle mangeait. Elle disait que c'était à cause de la guerre.

— Oui, c'est vrai, se souvint Vick, d'autant que c'était elle qui avait livré ces informations à Dick qui n'en avait rien fait. Je peux voir Jean ?

— Peut-être qu'avec vous… Il vous aime bien, depuis que vous avez réussi à faire que le bébé arrête de pleurer. Mais il est très choqué, depuis hier soir. Il ne bouge plus. Il ne dit plus un mot. Et il ne veut plus marcher. Il dit qu'il ne faut pas qu'il dorme. Vous pourriez pas lui prescrire un petit quelque chose en plus, docteur ? Parce que, du coup, moi non plus je ne peux plus dormir de la nuit.

— Je vais voir, Églantine. Je peux ?

Églantine lui désigna la chambre du vieux Jean et s'effaça.

48

Cela sentait un mélange de vieux cigarillo et de parfum à la violette, celui d'Églantine. Vick imagina qu'elle avait utilisé celui-ci pour masquer l'atmosphère saturée de la chambre, qu'on ne pouvait guère aérer du fait de la chaleur et de la présence des journalistes.

— Bonjour, Jean, dit Vick en se raclant la gorge. Je peux m'asseoir à côté de vous ?

Le vieux fit oui de la tête.

— Comment allez-vous ? Ça vous ennuie si j'éclaire un petit peu ? On ne voit rien, ici.

Lorsque la lampe années trente fut allumée, le visage de Jean apparut à Vick comme celui d'un spectre, ou un masque de plâtre. On eût dit qu'il avait vieilli de vingt ans. Sa lèvre inférieure tremblait sans arrêt, de même que sa main droite. Des poches sous les yeux lui donnaient des airs de l'empereur dans *Star Wars.* De sa main gauche, celle qui ne tremblait pas, le vieux Jean alluma le cigarillo dont il ne restait qu'un demi-bout humide dans le cendrier et qui, pendant de sa lèvre, rendait l'atmosphère de la pièce encore plus irrespirable. Alors, Vick, sans réfléchir, sentit émerger en elle un lien, ou plutôt une question : qu'est-ce qui, pour Jean, était devenu si étouffant qu'il en était venu à transformer cette pièce en étuve à s'asphyxier ? Il ne cachait même plus ses bras.

— Vous permettez que je regarde, Jean ? Ce n'est pas beau à voir…

Ses bras ressemblaient à un charnier. Aux scarifications anciennes, qu'il cachait depuis si longtemps, s'en étaient ajouté de nouvelles, du matin même sans doute, après l'intrusion du MI.

— Jean, ça va s'infecter, je ne peux pas vous laisser comme ça. Églantine ?

Celle-ci apparut comme si elle avait été avec eux dans la pièce.

— Apporte-moi des pansements et du désinfectant, s'il te plaît.

— Oui, docteur. Mais croyez pas que je m'occupe mal de lui ! Il hurlait, quand j'ai voulu le soigner.

— Je ne t'accuse de rien, Églantine.

Une minute plus tard, elle revint avec le nécessaire. Jean n'eut pas la moindre réaction pendant qu'elle lui prodiguait les soins. Mais, quand elle eut fini, il lui adressa un demi-sourire, presque imperceptible.

Vick prit une longue inspiration, comme lorsqu'elle s'apprêtait à livrer une interprétation à un patient.

— Jean, je sens à quel point vous souffrez. Je ne dis pas que cela ferait revenir Germaine et votre fils, mais je crois que cela vous ferait du bien de parler. De lâcher tout ça. Je vois qu'il y a quelque chose, Jean.

Je ne sais pas quel pacte vous aviez pu nouer avec Germaine de son vivant, mais elle n'est plus là, à présent. Vous n'êtes plus tenu à votre promesse.

Elle lui laissa le temps de digérer et de réfléchir. Mais il restait les yeux dans le vague, muet.

— Votre monde a changé ; il a changé à tout jamais. Vous alléger de ce fardeau vous permettrait peut-être de vivre. En tout cas d'être là pour votre petit-fils et votre belle-fille, car ils n'ont plus que vous. Ils ont besoin de vous. Vous savez, Jean, je comprends que vivre ou *dire* vous paraisse impossible ou insupportable, mais là n'est pas la vraie douleur. La vraie douleur, ce n'est pas de vivre ou de dire. La vraie douleur, c'est de *ne pas* vivre et de *ne pas* dire. Ça, c'est l'enfer. C'est la prison à vie. Ce n'est pas moi qui le dis, c'est Albert Camus.

Elle ménagea une nouvelle interruption. On entendait en arrière-fond le bourdonnement des journalistes et des gendarmes qui montaient la garde. Lui ne disait rien.

— Quand je pense à cette photo de l'Allemand qu'on a trouvée ici, quand je vois vos bras, et si je considère ces meurtres, je me dis que c'est comme si vous aviez vécu en prison à perpétuité. Moi, aujourd'hui, je suis là pour vous dire qu'il y a une clé à cette prison de chagrin, et que je peux vous écouter.

À ces mots, une larme perla dans l'œil du vieux Jean, puis une deuxième. Des pleurs qui semblaient centenaires. Vick s'approcha, le prit dans ses bras et le serra. Et un chagrin infini se déversa sur l'épaule nue de Vick, puis sur sa robe d'été.

Au bout d'une dizaine de minutes, Jean demanda d'autres mouchoirs, puis un whisky. La bouteille était sur la table de chevet ; elle lui servit un verre. Enfin, la voix atone du vieil homme, faible, résonna dans la pièce.

— Fermez la porte…

Vick s'exécuta au nez d'Églantine, qui faisait mine de faire le ménage dans le couloir.

— Vous pouvez m'allumer une de vos cigarettes ? Je tremble trop.

Elle sortit son briquet en or et une cigarette. Il tira dessus comme un forcené désespéré et fut pris d'une quinte de toux terrible. Il écrasa la cigarette et recommença à parler.

— Vous avez raison. De toute manière, il va nous avoir, ce fou, il va nous avoir…

— Qu'est-ce que vous voulez dire ?

— Il va nous avoir, il va nous avoir – c'est tout. C'est fini, on va tous crever, comme ma Germaine, comme mon Martial. Oh, mon tout petit Martial. C'est ce que l'autre avait dit, oui, il l'avait dit. Les péchés…

— Jean, je ne comprends pas, de quoi parlez-vous ?

— Je ne suis pas celui que vous croyez, Vick. Je ne suis pas l'homme que les gens croient connaître ici. Personne ne me connaissait, à part ma Germaine. Moi aussi, j'étais un grand résistant, mais personne ne le sait. C'est pour *ça* qu'on les a tués. C'est pour ça, c'est pour ça. On va tous crever, *tous*, même le bébé. Tous.

Sur ces mots, il commença à s'étouffer, et son souffle devint sifflant. Vick attrapa la carafe sur la table de nuit et lui servit un verre d'eau qu'il but d'une traite.

— Jean, vous vous souvenez de l'autre fois ? Vous allez respirer profondément, vous allez penser à votre jardin, à vos fleurs, à un bon verre de whisky… Vous allez penser à tout cela et, tout doucement, ensemble, on va vous aider à respirer normalement. Voilà. Voilà. Voilà, Jean. Maintenant, je vais vous laisser cinq minutes avec Églantine, le temps de rédiger une ordonnance. Puis elle ira à la pharmacie. Et je vais vous donner quelque chose qui vous permettra de dormir. Vous avez besoin de repos.

Quand Églantine revint avec un petit sac en papier de la pharmacie, Vick tendit à Jean un nouveau verre d'eau avec des comprimés. Il avait repris sa respiration. Et Vick sut que les limites du temps psychique avaient été outrepassées, et qu'à vouloir hâter la confession du vieux Jean, elle risquait de le perdre.

— Ça va aller mieux. Églantine, je sais que le capitaine interdit d'ouvrir la fenêtre la journée, à cause des journalistes ; mais il faut le changer de pièce. C'est irrespirable, ici ; et malsain. Installe-lui un matelas dans le jardin, à l'ombre. C'est son lieu préféré. Les brigadiers n'auront qu'à se répartir pour l'avoir sous les yeux en permanence.

— Mais le capitaine, docteur ? Il va être furieux !

— J'en fais mon affaire, de Dick. Laissons-le dormir, maintenant. Appelle-moi toutes les heures pour me donner de ses nouvelles.

Au moment où Vick allait partir, Jean lui agrippa le bras.

— Il faut vous reposer, pour l'instant.

— Demain… Je l'ai fait. Monstrueux. Je suis un monstre. Les pauvres petits, les pauvres petits. L'innocente. Ils vont nous tuer, on va tous mourir… Payer, nous allons payer… pour nos péchés. Ma petite fille, revenez… Demain…

Jean s'endormit sur ces murmures, la bouche ouverte. Deux minutes après, il ronflait.

— Où est le téléphone, Églantine ? demanda Vick. Je dois absolument joindre le capitaine.

49

Ils se retrouvèrent sur le chemin de ronde qui ceignait le château. Vick avait couru, le cœur battant d'excitation. Et puis, en fumant sa cigarette d'une main fébrile, elle avait attendu le bruit de la moto. Dick ne pouvait plus se déplacer à pied sans être harcelé de questions. Face à la vallée, le soleil de la fin de journée était encore si puissant qu'ils durent s'abriter sous un olivier, et Vick s'assit par terre, en tailleur.

— C'était notre arbre, susurra Dick. C'est le même olivier ?

— Le même. À part moi, tu sais, il n'y a pas grand-chose qui a changé, ici.

— Alors, reprit Dick, en esquissant un léger sourire qui disparut presque aussitôt, alors bravo ! Je dois reconnaître que tu es forte, d'avoir réussi à faire parler le vieux.

— Je crois qu'on peut surtout remercier l'angoisse de mort. Avoir cru qu'on allait mourir, il n'y a rien de mieux pour libérer la parole. Est-ce que ça te dit quelque chose, cette histoire de Résistance ?

— À moi, non. Mais j'ai demandé à maman. Et elle se souvient d'une histoire qui pourrait coller à propos d'un de ses très vieux copains.

Il sortit lui aussi son paquet de cigarettes et tapota dessus pour en extraire une.

— Juste après la Libération, autour d'août 44, une des figures de la Résistance locale a disparu. Du jour au lendemain. Il paraît qu'on en a pas mal parlé, à l'époque, au village. Personne ne sait ce qui lui est arrivé. Est-ce qu'un ancien membre de la Milice l'a tué pour se venger ? Un rôdeur ? Une disparition volontaire ? Reste que personne n'a jamais retrouvé sa trace.

— Il n'avait pas de famille ? Pas d'amis ?

— De la famille, non. Il était orphelin, ses parents étaient morts dans les années vingt.

— Raymonde connaît son nom ?

— Oui. Je te dis qu'elle était copine avec lui. Peut-être plus, d'ailleurs, mais elle ne veut justement pas en dire davantage…

— OK. Son nom ?

— Bertrand Olmiou.

— Et la police n'a rien fait, à l'époque ?

— On a passé l'après-midi dessus, avec mes gars. On a cherché dans nos archives. Un de ses camarades était venu signaler sa disparition. Mais il était majeur et vacciné ! Et il n'y avait aucun signe que quelqu'un lui ait fait du mal. Ils n'ont pas cherché. Faut dire aussi… Tu imagines bien que les forces de l'ordre, en août 1944, c'était un sacré bordel. Ils avaient autre chose à faire.

— Il n'avait pas de petite copine non plus ?

— C'est là que ça devient intéressant... D'après ma mère, il a eu pendant la guerre une relation amoureuse suivie et très intense dans le maquis avec, je te le donne en mille, une certaine Germaine Saxe.

— Non ?

— Et justement, Germaine Saxe, après la guerre, tu te souviens qu'elle a quitté le village ? C'était un peu plus tard, en décembre 1945. On disait qu'Uzès lui rappelait trop Bertrand. Elle n'est revenue qu'en 75, c'est-à-dire trente ans plus tard... avec Martial qui était déjà ado, puisqu'il avait quinze ans. Et avec un homme que personne ne connaissait... Un type qui avait déjà l'air d'être centenaire... Qui était en chaise roulante et qui passait ses journées à ne rien faire dans son jardin.

— Le vieux Jean.

— Très bien, tu suis.

— Et ensuite ?

— Eh bien, ça m'a mis la puce à l'oreille, tu vois. Et j'ai sorti une photo du vieux Jean tel qu'on le connaît. Et une photo du résistant disparu, Bertrand Olmiou, que maman a retrouvée. La coquine ! Je te disais, ça ne m'étonnerait pas qu'elle aussi elle ait eu une petite histoire...

En même temps qu'il parlait, Dick sortit de la poche de son blouson une photo de format carré dont les bords étaient dentelés.

— Celle du résistant est un peu vieille et en noir et blanc, mais regarde bien... Il n'y a rien qui te frappe ?

— Comme ça, non. Ils n'ont rien à voir...

— À première vue, non. Mais regarde bien. Essaie d'oublier qu'il y a quarante ans de différence entre ces deux photos... Qu'il n'a plus de cheveux, que d'un côté il y a un fringant résistant, de l'autre, un néo-vieillard gâteux...

— Oui, c'est vrai, au niveau du nez, des yeux... Du regard, plutôt.

— Et pour cause, Vick ! Mon hypothèse, c'est que le vieux Jean et Bertrand Olmiou sont un seul et même homme.

Elle se détourna un instant, essayant de masquer son agacement de ne pas l'avoir compris plus tôt. Bien sûr, ça tombait sous le sens !

— Admettons, Dick. Mais pourquoi, en ce cas, changer d'identité ? Disparaître et revenir en faisant croire qu'on est quelqu'un d'autre ? Pourquoi ? S'il avait été collabo, je veux bien. Mais grand résistant... Tu avoueras que c'est un peu baroque, non, de vouloir quitter le monde...

— Peut-être parce que le vieux Jean – ou plutôt Bertrand Olmiou – a fait pendant la guerre quelque chose qui était si terrible que cela nécessitait qu'il disparaisse ?

— Oui. Mais pourquoi revenir, alors, trente ans après ? Là, je ne comprends pas.

— Parce que la mère de Germaine était morte. Et qu'il fallait reprendre la boulangerie. Parce qu'ils n'avaient plus un sou, d'après maman. Et puis l'apparence de Bertrand-Jean avait profondément changé... Ça expliquerait aussi le choix qu'ils ont fait : ce personnage de vieux avant l'heure qui ne bouge pas de chez lui. Quand Germaine est revenue, elle sortait toujours seule, d'après ma mère. Et personne ne comprenait ce qu'elle faisait avec ce type qu'elle avait rencontré au Brésil, là où elle était partie vivre pendant toutes ces années... Et puis tu penses bien aussi que, trente ans après, tout le monde avait oublié Bertrand Olmiou. Même maman.

— Tu lui as montré les deux photos ?

— Oui. Mais elle me dit qu'elle ne l'aurait jamais reconnu.

— Remarque, dit Vick qui semblait commencer à suivre une nouvelle piste, ce truc terrible qu'il aurait fait, cela donnerait du sens à la culpabilité... L'anorexie de Germaine, les scarifications et l'alcoolisme de Jean...

Des associations commençaient à se faire dans son esprit, comme si une machine venait de se mettre en route. Puis elle revint.

— Mais, même s'il avait changé d'apparence, vieilli, je trouve mystérieux le fait que, dans une petite ville comme Uzès, il n'y ait pas *au moins* une personne qui ait pu le reconnaître depuis dix ans.

— Il sortait très peu. Et puis qui imaginerait que ce spectre d'homme a pu être Bertrand Olmiou ? Tu remarqueras que sa première sortie publique depuis leur retour en 75, c'était peut-être là, à la remise de prix de Germaine, il y a quelques jours. Pourquoi ? Parce que, à part elle, il n'y avait plus de résistants en vie à Uzès. Je le sais parce que c'est ma mère qui a fait la liste des invités. La moitié sont morts, l'autre moitié ne vit plus ici. Les résistants qui se sont déplacés pour la cérémonie, ce sont ceux de Nîmes, qui n'ont pas connu directement, ou très peu, Bertrand Olmiou.

— Très bien. Mais alors, quel est le lien avec la photo de l'Allemand au château ? Ça nous éclaire en quoi sur les messages laissés par le meurtrier, sur le fait de ne laisser qu'un doigt de la victime et de faire disparaître les corps ?

— Eh bien, ça, c'est ce que nous allons trouver. Mais les mots qu'il a prononcés avec toi, le secret, le *péché, monstre, monstrueux, on va payer* : tout cela colle avec cette chose horrible que Jean aurait pu commettre.

— Oui, la culpabilité. Qui tourne. Qui tourne. Qui tourne. Et si on fait le lien avec les indices, le dibbouk, les *enfants aux dents agacées*, et si on trouve quelle est cette chose terrible que le vieux Jean aurait pu commettre, alors on a une chance de choper le MI…

Dick opina du chef.

— Y a plus qu'à !

Mais Vick suivait son raisonnement.

— … Si on revient au dibbouk et à la Bible… On peut faire l'hypothèse qu'il se verrait en quelque sorte comme le représentant sur Terre de Dieu. Venu rétablir une justice qui n'a pu être rendue du fait de la disparition de Bertrand-Jean.

— Restent deux énigmes, murmura Dick en regardant les vignes au loin. Pourquoi maintenant ? Et si c'est bien le vieux Jean le responsable, alors, pourquoi commencer par assassiner son fils et sa femme, et pas lui en premier ?

Vick se tut un instant en écoutant les cigales et s'alluma une Winston ; c'était comme si quelque chose s'était éclairé d'un coup.

— Pour le faire souffrir. Faire souffrir comme lui-même a dû souffrir. Pour que Jean assiste, impuissant, à la mort des êtres qu'il aime le plus au monde, sans pouvoir les pleurer ni les enterrer. Sans pouvoir se recueillir. Pour lui infliger pire que la mort...

Dick hocha la tête sans rien dire, signe qu'il admirait la puissance intellectuelle de Vick, sa supériorité, sans pour autant pouvoir les lui reconnaître explicitement.

— En tout cas, conclut-il, tout cela veut dire qu'on va devoir réinterroger fissa le vieux. Et que, cette fois, il ne s'en sortira pas.

— Il dort, Dick. Il est au bout de sa vie. Il ne faudrait pas qu'il meure avant.

— N'importe quoi !

— Je ne plaisante pas, il est très faible.

— D'accord, d'accord. Il se repose cette nuit, et demain à la première heure, on est chez lui. Tu fais ce que tu veux, tu te débrouilles, tu le drogues, mais je le veux sur pied ! Et d'ici là, je vais doubler le nombre de mes hommes chez les Saxe. Si le MI veut retenter sa chance, il ne pourra pas nous échapper.

50

De retour au château, Vick s'entendit annoncer par Yvette, d'une voix lugubre, que ses deux derniers patients de la journée avaient annulé.

— Ils ont donné une raison ? demanda Vick.

— Regarde les journaux…

— Je les ai jetés.

— Qu'est-ce que tu veux que je te dise, ma petite ? Si tu ne veux pas voir, alors tu ne veux pas voir, va !

— Je vais donner le bain à Marguerite et la faire dîner.

— Tu veux que je reste avec toi ?

— Non, maman. J'aimerais être seule avec ma fille.

Yvette quitta la pièce. « Vieille chouette ! » maugréa Vick.

Une fois le bain achevé et Marguerite rassasiée, en ayant beaucoup ri comme à son habitude, mais sans avoir prononcé le moindre mot, sa mère la coucha, et la petite s'endormit aussitôt. Vick annonça en passant à Yvette qu'elle allait au cimetière, mais celle-ci ne lui répondit pas.

La tombe de son père restait un des derniers endroits du village que les journalistes n'avaient pas osé coloniser. L'ultime barrière morale, qui ne tarderait pas à céder, se dit-elle en s'asseyant à terre devant la tombe de Bob Vickensen, sur le sol encore chaud de la longue journée de cagnard. Que penserait son père de tout cela, s'il était en vie ? Que lui conseillerait-il ? De tout arrêter ? De quitter le village ? De lâcher cette folle enquête qui commençait à la détruire, qui abîmerait sans doute sa carrière, sa famille ? Ou au contraire de foncer, de suivre son instinct, son intuition ?

— Tu ne peux pas dire quelque chose, pour une fois ? C'est bien facile, d'être là-dessous et de te cacher... Qu'est-ce qui t'a pris de mourir ? Quel besoin avais-tu de faire de la moto ? Oh et puis, si ça se trouve, t'étais un gros con. Moi, j'en sais rien, je te connais pas...

À cet instant, deux bras vinrent envelopper Vick, les bras de quelqu'un qu'elle n'avait pas entendu arriver, mais qu'elle reconnut aussitôt.

— Maman...

C'était la voix de Françoise, son odeur aussi. Son odeur de pêche, comme lorsqu'elle était petite.

— Ma chérie...

— Maman, je suis désolée.

— Désolée de quoi ?

— Désolée de tout ce que je t'ai dit. Désolée de t'avoir espionnée avec tes patients.

— Ce n'est rien, ma chérie. Ça n'a plus d'importance.

— Maman, tu ne vas pas te suicider ?

— Mais pourquoi veux-tu que je me suicide, ma chérie ?

— Les journaux. Regarde les journaux de ce matin… Ils racontent que tu es la *gourou d'Uzès*. Ils te présentent comme une folle avec sa secte. Ils me citent même comme source, alors que je ne leur ai jamais parlé, maman ! Je suis désolée, tellement désolée… Je n'aurais jamais dû être aussi méchante avec toi…

— Je sais bien, ma chérie, que tu ne leur as pas parlé, à ces journalistes. Mais tout le monde parle, dans ce village. Et il suffit que ce soit quelqu'un qu'on connaît de près ou de loin, qui nous a entendues nous disputer. C'est vrai que parfois tu m'appelles comme ça. Mais je sais que tu ne le penses pas.

Françoise se mit à rire, un rire mêlé de larmes.

— Maman, tu m'énerves souvent, mais… Alors c'est sûr, tu ne vas pas te suicider ?

— Mais non, promis, je ne me suicide pas !

— Parce que, attends, il n'y a pas que ça. Y a aussi le type que tu vois de temps en temps…

L'adolescente hésita à poursuivre.

— Quel type ? demanda Vick.

— Le type, là, le jeune…

— Théo ?

— Oui, Théo. Il s'est fait payer par un tabloïd britannique et a raconté que tu faisais appel à des prostitués. Et même votre dernière rencontre, avec tous les détails. Les journaux français ont condamné la méthode, mais ils ont tout repris.

Le visage de Vick s'affaissa. Elle alluma une cigarette. Elle se sentait prête à encaisser tous les coups, mais celui-là était plus puissant que les autres, et imaginer que sa propre fille avait pu lire le détail de ses ébats sexuels avec un prostitué... Ils étaient donc capables d'aller jusque-là.

Vick rassembla ses forces. Elle ne pouvait pas craquer devant sa fille. Pas là, pas maintenant, pas devant cette tombe. Elle craquerait plus tard, quand le meurtrier serait arrêté.

— Maman, je vois que ça te touche, continua Françoise. C'est horrible, ce qu'ils font. *Tout* ce qu'ils font. C'est tellement injuste. Moi, je sais que tu es quelqu'un de bien. Et puis, à la fin, on a l'impression qu'ils disent plus de mal de toi que du meurtrier invisible... Ce monde me dégoûte ! Je peux te prendre une cigarette, maman ?

— Non, ma chérie.

— Et je sais que ce n'est pas ta faute, si l'autre il est parti. Je n'aurais pas dû t'en vouloir à toi. C'est lui, le bâtard ! C'est lui qui a abandonné Marguerite. Qui nous a abandonnées sans rien dire, qui n'a pas laissé d'adresse. C'est *les hommes*, qui ne savent pas parler. Pas dire, pas communiquer. Moi, j'en ai marre de me sentir coupable à leur place. De ne pas vivre, d'attendre tout le temps qu'ils reviennent, puis d'avoir peur qu'ils repartent. Moi, maman, les hommes, ils me fatiguent avec leurs grosses couilles et leurs tout petits cœurs ! Et maintenant, j'ai envie qu'on soit heureuses ensemble, et...

— Françoise.

— Je t'aime très fort, maman, tu sais ? Tu te souviens que je te disais ça quand j'étais petite, avant de dormir ? Et toi aussi.

Cette fois, Vick dut rassembler le peu de forces qui lui restaient pour réprimer cette chose, c'était le mot, qui lui déchirait l'âme. Ne pas tomber à terre et se laisser submerger. Elle articula avec une douceur infinie.

— Moi aussi, ma chérie, je t'aime très fort.

— Alors, tu ne vas pas te suicider, maman ?

— Non, définitivement non.

— Tu ne veux pas qu'on rentre à la maison ? C'est glauque, ici, à la fin. D'ailleurs, je ne comprends pas pourquoi tu t'obliges à venir aussi souvent, franchement. Je ne sais pas s'il le mérite. Tu ne t'es jamais demandé pourquoi tu venais voir ce type tous les jours alors que tu ne l'as presque pas connu ? Tu avais quel âge, quand il est mort ?

— Je ne sais plus. Deux ou trois ans.

— Voilà, on s'en fout. C'est comme si le père de Marguerite crevait là et qu'on passait ensuite le restant de notre vie à aller nous prosterner sur sa tombe. Allez, viens, maman. On rentre.

Vick sentit monter en elle un épuisement profond, et le fait même de marcher était une épreuve qui lui parut insurmontable. Françoise lui tint le bras tout le long, et Vick comprit que la question posée par Françoise, le sens que cela avait, d'aller tous les jours sur cette tombe, cette question-là, quelque chose en elle ne s'était jamais autorisé à la poser.

Pourquoi ?

51

En cet été diabolique comme Uzès n'en avait pas connu depuis la guerre, à la gendarmerie, les hommes de Dick Burgaud s'étaient habitués à craindre davantage le retour du capitaine que les agissements du MI. On ne pouvait pas prévoir quand il débarquerait, ni de quelle humeur. Depuis la tentative de meurtre sur le vieux Jean, le MI restant introuvable, il entrait au pas de charge, aboyant, claquant les portes, rudoyant ses équipes. Ses hommes disaient que c'était à cause du procureur, qui lui mettait la pression, lui-même harcelé par le ministre de l'Intérieur, qui ne pouvait tolérer qu'un homme seul, masqué et qui parlait aux rats soit capable de balader une armée de gendarmes et de les ridiculiser devant la presse locale, nationale et mondiale. Comment était-ce possible ? Les équipes de Burgaud avaient ainsi pris le pli de rester vingt-quatre heures sur vingt-quatre disponibles, en particulier la nuit, car on savait que le capitaine était capable de débouler à 3 heures du matin pour exiger un point sur l'enquête.

Dans la salle principale de la brigade de gendarmerie située non loin de la place aux Herbes, il avait fait accrocher des cartes du village, des égouts, avait noté sur de grandes feuilles toutes les actions du MI, les endroits où on l'avait aperçu, le château, punaisé les coupures de presse… Si bien que plus un pan de mur n'était blanc. Les hommes (en son absence!) blaguaient entre eux sur la possible entrée en folie du chef, certains allant même jusqu'à l'appeler *le schizo*, tant il ne respirait plus et ne vivait plus que pour l'enquête.

On racontait qu'il arpentait seul les égouts, qu'il traînait la nuit dans les ruelles sombres du village, à la recherche du moindre indice qui pourrait enfin permettre d'arrêter le MI. La vérité était que Dick Burgaud ne supportait pas d'être ainsi berné. Le procureur avait attendu de lui qu'il arrête le meurtrier en quelques jours. Mais deux semaines avaient passé, et la tension, à l'image de la chaleur qui chaque jour augmentait, semblait à son comble.

Dick Burgaud n'était pas revenu pour ça. Et puis ces journalistes qui passaient leur temps à écrire que le capitaine était sous l'influence de la psychanalyste… Il avait des envies de meurtre, lui aussi. À toute heure, il ordonnait des rondes dans les égouts et dans le parc du Duché. Malgré tout, rien n'y faisait. Le MI restait introuvable.

52

En rentrant au château, Françoise proposa à sa mère une soirée western spaghetti. *Il était une fois dans l'Ouest*, dans la chambre de Vick, avec des carbonaras ; leur rituel. Elles firent bouillir de l'eau salée dans le vieux faitout, pendant que Marguerite finissait de manger son repas avec Yvette, qui n'adressa pas un mot à sa fille. Quand il fut l'heure de coucher la petite, Vick s'éclipsa un instant, non sans rappeler à Françoise de faire revenir les lardons à sec dans la poêle, jusqu'à ce qu'ils soient bien dorés.

— Ensuite, tu baisses le feu, tu incorpores la crème fraîche, tu sales légèrement, tu poivres généreusement...

— Et j'ajoute les jaunes d'œufs en fouettant, pour qu'ils ne cuisent pas, compléta Françoise. Ne t'inquiète pas, maman, je gère. Bonne nuit, petite sœur ! dit-elle en embrassant Marguerite sur le front. Et bonne nuit, mamie, ajouta-t-elle cette fois à l'adresse d'Yvette, qui quittait la table en maugréant qu'elle allait se coucher.

— Je crois qu'elle s'inquiète pour toi, maman. Mais comme moi elle ne sait pas trop comment te le dire…

— Ça lui passera. Je couche ta sœur, et ensuite c'est notre soirée !

Quand Vick revint de la chambre, Françoise parlait d'un ton sec à quelqu'un au téléphone, en lui répétant : « Maman n'est pas disponible, je te dis ! »

— C'est qui ? demanda Vick.

— Le grand con.

Vick sut tout de suite que Françoise parlait de Dick.

— Une seconde, je te promets. Pas plus.

— Je t'attends, mais pas plus de cinq minutes. Sinon, je mange tout.

Françoise prit un grand plateau sur lequel elle avait disposé les assiettes, et elle s'engagea dans le couloir qui menait au salon télé.

— Oui, Dick. Qu'est-ce qui se passe ?

— L'analyse de la dent retrouvée dans la planque des égouts est terminée.

— Et ?

— Et elle appartient bien à Martial. Pour l'instant, on n'a rien retrouvé d'autre. Et pas de trace du MI. Il s'est de nouveau volatilisé.

— Tu as une voix de mort-vivant, Dick.

— Oui, je suis crevé. Je vais essayer de dormir un peu. On se retrouve demain à 7 heures chez le vieux Jean ? Apparemment, il dort toujours. J'ai prévenu Birtoud qu'on ne pourrait pas attendre plus. Sinon, je le refous en garde à vue.

— Est-ce que tu es sûr que cette fois…

— Oui, ne t'inquiète pas. Il y a mes hommes partout autour. Aucune chance que le MI réussisse à entrer. Et le vieux ne risque pas de sortir boire un verre. Demain matin, on ne va pas le louper.

— C'est entendu. Alors, à demain ?

— Oui… Une dernière chose, Vick. Tu en penses quoi, de cette histoire de dent… En tant que psychiatre, je veux dire, ajouta-t-il d'une voix monocorde.

— Parce que ça t'intéresse, mon expertise de psychiatre, maintenant ? Première nouvelle !

— C'est juste comme ça.

— Franchement, je ne sais pas, Dick. Il nous laisse un doigt à chaque meurtre. Maintenant, on apprend qu'il garde une dent en souvenir, et on ne sait pas ce qu'il fait du reste du corps. Je t'avoue que je n'ai plus de jus pour penser. Et puis ma fille m'attend. Nous nous sommes réconciliées, et je lui ai promis une soirée à deux. Je dors là-dessus, et on en reparle demain. D'accord ?

— D'accord. À demain. Vick ?

— Oui…

— Je t'embrasse.

53

Dans la fraîcheur de la chambre de Vick, mère et fille étaient installées sur le grand lit blanc dans lequel Vick n'avait pas dormi depuis le départ du père de Marguerite. En dessert, Françoise était allée chercher au congélateur de la glace vanille-noix de pécan.

Sentant le sommeil venir, Vick embrassa Françoise et passa aux toilettes. Ce n'était pas la peine de mettre la VHS en pause, car elle connaissait le film par cœur. En s'asseyant sur les W.-C. de la salle de bains, Vick ressentit pour la première fois depuis le meurtre de Martial une forme d'apaisement. Ses yeux se fermèrent, elle aurait pu s'endormir ici même.

Elle prenait une feuille de papier toilette quand elle entendit un clapotis dans l'eau. Ce fut un bruit d'abord léger, puis continu, et elle crut percevoir comme une respiration. « Ça y est, je décompense, se dit-elle. J'entends des choses qui n'existent pas. » Elle se leva, regarda dans la cuvette.

Les yeux rouges d'un rat la dévisageaient.

54

Vick poussa un hurlement. Un hurlement si puissant qu'il se fit entendre dans tout le château. Françoise se précipita dans la salle de bains. Sa mère ne pouvait articuler un mot. Elle avait la bouche sèche, un nœud dans la gorge, sa langue était paralysée. En une fraction de seconde, un rat trempé sortit des toilettes, s'ébroua, mouillant les pieds de Vick et disparut au coin du couloir à une vitesse phénoménale. On entendit encore ses pattes cliqueter sur le sol, puis dans un escalier, comme s'il montait quelque part. Et plus rien.

Vick tremblait, Françoise la prit dans ses bras.

— Tu en as vu d'autres ? Tu sais où ils sont ? dit-elle, le souffle court.

— Oui, maman, je crois que je sais où il est allé. Où il va. Où ils sont tous.

— Comment ça ?

Françoise sembla hésiter.

— Dis-moi !

— J'espère que tu ne vas pas être à nouveau fâchée contre moi. Mais tu sais, quand je t'écoutais depuis le réduit, quand tu étais dans ton bureau…

— Quoi, Françoise ?

— Eh bien, je t'ai entendue parler de la photo avec l'Allemand, celle qui a été prise dans ton cabinet, avec la personne à côté de lui, la personne au visage arraché.

— Oui…

— Bon, on ne se parlait plus, et je ne voulais donc pas te le dire, mais j'avais envie de t'aider à découvrir la vérité…

— M'aider ? Mais comment ?

— La zone interdite, maman.

— Quoi, la zone interdite ?

— Eh bien, le troisième étage du château. Tu sais, l'endroit où on ne va jamais.

— Oui, on n'y va pas et je t'ai expliqué pourquoi mille fois ! C'est dangereux, il y a des trous partout et…

— *Il faudrait faire de très gros travaux et on n'a pas les sous…* Je sais, maman. C'est ce que vous me répétez, mamie et toi, depuis ma naissance.

— Et c'est ce qu'elle me disait à moi aussi.

— Mais tu n'y es jamais allée, maman ? Je veux dire, tu ne t'es même jamais posé la question de ce qu'on pouvait trouver là-bas ?

Vick marqua une pause. Les mots d'Yvette lui revenaient, comme des mantras d'enfance. Les premières interdictions, les premières limites. Pour elle, ne pas aller au troisième étage, c'était un peu comme ne pas voler au marché ou ne pas parler à un inconnu. C'était normal.

— Non, répondit-elle à Françoise. Non, jamais.

Françoise hésita encore à poursuivre. Vick eut le sentiment que sa fille marchait sur un fil. Les choses allaient tout juste mieux entre elles…

— Oh, et puis merde ! lâcha Françoise. Ça suffit, maintenant. Tant pis si tu m'en veux, maman. Au moins je t'aurai dit la vérité. Quand je t'ai entendu parler de cette photo, je suis montée au troisième étage.

— Et ?

— Et ce n'est pas dangereux du tout. C'est juste très vieux et poussiéreux… Et aussi plein de vieilles boîtes de conserve.

Vick sentit l'impatience monter en elle.

— Mais quoi ? C'est quoi, ce troisième étage ? Et tu veux vraiment que j'y aille avec tous ces rats et…

— Maman, je crois vraiment que ça pourrait faire avancer ton enquête !

— C'est quoi, Françoise ? Qu'est-ce ce que tu veux me dire ?

— Je crois qu'il faut que tu voies de tes yeux. Ça ne se décrit pas, ce qu'il y a là-haut. Ça se vit. Prends ma main, maman. Viens.

55

Au pied de la porte de la zone interdite gisaient des barreaux de bois – ceux qui avaient servi à condamner l'étage. Françoise actionna un interrupteur hors d'âge, et une lumière lugubre envahit la pièce. Du plafond suintaient des gouttelettes d'humidité, des ombres obscures s'étiraient jusque dans les coins de la salle. Le néon clignota comme s'il allait s'éteindre.

Françoise s'était munie d'une lampe de poche.

Une odeur de moisi semblait couvrir la pièce d'un voile. Il y avait là plusieurs éviers pleins de tartre, des cages, des planches, des lits de camp, de vieilles valises grises… et des dizaines d'affiches de propagande nazie. Des barres et des chaînes protégeaient les portes et les fenêtres.

— Je pense que ça a été muré après leur départ, continua Françoise.

Des bruits, des frôlements, comme si on rampait autour d'eux. Vick se demanda si ce n'était pas un de ses cauchemars. Françoise éclaira un placard éventré. Un sentiment de terreur raidit Vick de la tête aux pieds. Au moins vingt rats étaient là, mangeant dans ce qui ressemblait à d'antiques boîtes de conserve. Seuls quelques-uns prirent la fuite à la vue de la lumière ; les autres n'y prêtèrent aucune attention.

— C'est rempli de leurs excréments. C'est tout ce que tu vois qui est noir foncé, dit Françoise en éclairant le sol. J'ai lu qu'ils émettent une odeur de musc et d'ammoniac. C'est un peu comme des aliments en décomposition. C'est pour ça que ça pue…

— Mais pourquoi il y en a autant ?

— C'est un peu ma faute, maman. Le placard était verrouillé, et je l'ai forcé pour voir ce qu'il y avait dedans. Et j'ai trouvé toutes ces boîtes de conserve… Sauf que je n'ai pas refermé en partant. Le lendemain, ils étaient tous là. Il paraît qu'ils sont hyper-intelligents. Tu savais qu'en fait, les rats ne pouvaient pas vivre sans nous ? Sans nous, ils ne pourraient pas manger. Ce n'est pas un animal qui vit seul. Et puis…

— Françoise, je crois que je vais vomir, si tu continues.

— Pardon, maman, c'était pour te rassurer.

— C'est réussi, tu vois.

— Viens voir plus loin. Cette pièce-là, je pense que c'était une sorte d'entrée, ou de salle à manger, ou une cuisine. Mais ce qui nous intéresse, c'est après. La porte était elle aussi condamnée, c'est encore moi qui l'ai forcée.

Cette fois, aucun néon ne fonctionnait, et il n'y avait plus que la lampe de poche pour leur permettre de s'orienter.

— C'est assez incroyable, tu vas voir, continua Françoise. On dirait que cette pièce est restée figée dans un autre temps.

Elle éclaira le mur qui se trouvait derrière un grand bureau en bois blanc.

— Regarde en dessous. Il a dû tomber, et le verre s'est cassé, mais c'est un portrait d'Hitler.

Vick se baissa. Hitler était en uniforme kaki, brassard rouge à croix gammée, cravate brune, moustache. Le dictateur donnait l'impression de regarder derrière son épaule. Il semblait perdu.

Partout à terre, des papiers déchirés, jetés, à moitié brûlés ; une cheminée bourrée elle aussi de toutes sortes de documents classés secret, à en-tête du Troisième Reich.

— Dans les cartons, y a plein de drapeaux, des affiches de propagande… Ça ressemble à une fuite précipitée, non ?

Vick sourit à Françoise.

— Tu ne veux pas ouvrir ? On étouffe, ici.

Elle s'exécuta, arrachant facilement les barreaux en bois qui n'obstruaient qu'à moitié les fenêtres, ouvrit les volets, et la pâle lueur de la lune vint donner un autre visage à la pièce, en même temps que de l'air s'y engouffra.

— Ça doit faire quarante ans qu'on n'a pas respiré ici, ça fait du bien.

Françoise continuait à balayer l'espace du faisceau de sa lampe torche.

— C'est une vraie caverne d'Ali Baba ! Il y a aussi beaucoup de vieux cendriers avec des mégots, la personne qui bossait là devait beaucoup cloper. Et ce sont des anglaises. À mon avis, le type était un haut gradé.

— Tu as bossé, dis donc !

Françoise poursuivit.

— Dans le tiroir du bureau, y a pas mal de photos. On les voit entre soldats sur le front, au bar, en train de se baigner au lac… Et une chose est certaine, l'un d'eux est l'homme que tu as trouvé chez le vieux Jean !

Vick se mit à compulser les clichés ; ils dataient de la guerre et, pourtant, les soldats qu'on y distinguait avaient l'air heureux. On les voyait dans la forêt, sur leurs panzers. Puis, sans doute à l'été 40, à Paris, défilant sur les Champs-Élysées. À Uzès aussi, bien sûr. Les visages changeaient, mais restait comme fil rouge cet homme au physique mussolinien. Grand, le crâne rasé, un beau sourire devant une bouche d'acier.

— Qui peux-tu bien être, monsieur le nazi ? murmura Vick.

Machinalement, elle prit le tiroir vide dans sa main, comme si le fait de le toucher pouvait la connecter au mystérieux homme.

— Tu ne sens pas quelque chose de bizarre ? dit-elle à Françoise. Comme si le tiroir n'était pas vide…

Françoise soupesa l'objet, le secoua.

— Tu as raison, on dirait qu'il y a un double fond…

La jeune fille fit pivoter la planche du fond, et un autre espace, complètement invisible à l'œil nu, apparut en effet. Elle l'ouvrit. Il y avait là une enveloppe non cachetée, qui contenait d'autres photos.

Vick les sortit une par une.

— Je comprends mieux pourquoi il voulait les cacher, celles-là…

Toutes avaient été prises au château. Vick reconnut chaque pièce de la maison – son boudoir, son divan. Des soldats hilares, bouteilles de vin à la main, entourés de jeunes filles nues, s'affichaient de cliché en cliché. Parfois, l'été sans doute, cela se passait dans le jardin.

— Bon, ma chérie, tu n'as pas besoin de voir ça.

— Maman, je ne suis plus une gamine, j'ai un petit copain et…

— Oh, regarde celle-là ! l'interrompit Vick, grisée par l'excitation. Ça ne te rappelle pas quelque chose ?

— Si, la photo chez le vieux Jean !

— Oui, c'est quasiment la même… Sauf que la tête n'est pas arrachée, là. On voit la fille.

Vick secoua l'enveloppe pour être certaine qu'elle était vide. Un petit objet en tomba. Un ticket de manège. Pendant ce temps, Françoise avait repéré un panneau en bois, à terre, devant la porte. Elle le retourna. Une inscription en rouge et en lettres majuscules affichait : « *BELEGT* ».

56

Quand Vick et Françoise redescendirent, les lumières du couloir de la cuisine étaient allumées. Yvette était assise à la table à manger, en robe de chambre. Un masque de rage semblait avoir recouvert son visage, d'habitude si doux.

— C'était quoi, ce boucan, les filles ? Vous êtes devenues fadas, ou quoi ? Et puis vous avez les mains pleines de poussière... Vous étiez où ?

— On est allées au troisième. On a tout vu, maman.

— *Tout vu* quoi ? En plus, tu es montée là-bas avec Françoise. Mais tu es irresponsable, ma fille ! Tu l'as mise en danger !

— C'est moi qui y suis allée la première, mamie, répondit à son tour l'adolescente. Il n'y a rien de dangereux. Juste des rats qui bouffent des conserves et un musée nazi.

Yvette devint livide.

— Maman, continua Vick, pourquoi il y a des portraits d'Hitler, des photos de soldats ? Qu'est-ce que c'était, ce château, pendant la guerre ?

La voix de sa mère commença à faillir.

— Mais rien, ma petite. Strictement rien, va ! Ce qui me sidère, c'est que vous ayez pu me désobéir à ce point. Comment avez-vous pu prendre un tel risque ? Vick, je ne te comprends pas ; c'est *toi*, l'adulte. Comment as-tu pu…

— Maman, il faut que tu arrêtes de mentir, maintenant. Dis-moi ce qui s'est passé là-haut.

— Tu es en train de devenir folle, ma pauvre petite. Ces livres, cette enquête, ce connard de Burgaud… Tu es train de perdre la tête.

Yvette se leva, se servit un Martini blanc et le but d'une traite. Elle partait dans les aigus.

— Comment peux-tu m'accuser de mentir, Vick ? Moi qui ai *tout* donné pour toi. Moi qui ai sacrifié ma vie entière pour toi…

— Maman, c'est juste que je veux savoir. J'ai *besoin* de savoir. Pourquoi nous as-tu interdit cette zone ? Qu'est-ce qui s'est passé, dans cette maison, à la fin ? C'est évident, maintenant, que les crimes du meurtrier invisible ont un lien direct avec le château et son histoire.

— Tais-toi ! cria Yvette. Et pour une fois, écoute-moi, va. J'aurais peut-être dû plus te parler et te recadrer avant ; ça nous aurait sûrement évité tout ça. Car maintenant tu te crois tout permis, et il est temps que je te rappelle que je suis ta mère ! Tu te penses si intelligente, hein, avec tes études de médecine ? Tu penses que ça permet de tout savoir ? De ne pas s'occuper de ses enfants ? De ne faire que travailler ? Tu crois que tu ressembles à quoi, avec ta Porsche et ton Vuitton ?

Je vais te le dire, moi. À une petite fille qui se déguise ! T'es encore belle, oui, ma petite. Parce que, bien sûr, ton budget, c'est pas pour partir en vacances avec tes enfants ! Tu les verrais trop ! Mais pour contrôler ton apparence… Et encore, on se demande à quoi ça sert, vu que tu payes les hommes pour coucher avec toi. Comment ils disent, les psys comme toi ? Ah, oui, tu es trop *narcissique.* Aimer, ce n'est pas ça ! Tu ne t'aimes pas, tu ne t'es *jamais* aimée, ma petite. Et tu n'aimes *personne.* Tu crois que, quand tu vas à Paris, ils ne s'en rendent pas compte, que tu n'es pas de chez eux ? Tu crois qu'arriver avec un chauffeur à ton rendez-vous au Café de Flore, ça fait oublier que t'es qu'une péquenaude et que tu viens de ce trou, comme ta mère, comme nous tous ? Tu crois qu'être psychiatre ou médecin, ça rend bourgeois, pour les gens de Paris ?

On ne pouvait plus l'arrêter. Vick et Françoise, face à elle, restaient comme sidérées.

— Ta mère… Tu l'as vue, ta mère ? La *grosse Yvette…* Réveille-toi, ma beauté ! Je suis pas Simone de Beauvoir. Tu crois que mon rêve, c'était de faire la bouffe pour les mioches ? D'aller à l'école matin et soir, et maintenant de torcher ta dernière que tu délaisses ? T'as jamais remarqué son odeur, à ta mère ? À Paris, y sentent tous le parfum ; moi – approche-toi, approche-toi, je te dis ! Moi, je sens la maison de campagne ! C'est ce qu'elle dit, la pute de Raymonde.

Vick avait fait un pas en avant, et ses lèvres avaient amorcé une réponse, mais sa mère ne lui en laissa pas le temps.

— Ah bon, tu ne savais pas ? Oui, elle répète ça à tout le monde. Que je sens *la maison de campagne.* Tu sais ce qu'ils pensent, les Parisiens, quand ils sentent l'odeur de la maison de campagne ? Ils ne disent rien, mais ils sourient entre eux. C'est pire. Toi, tu crois que ton *N° 5* de Chanel, ça suffit pour enlever l'odeur de ta campagne ? Elle est greffée à ta peau, ma pauvre chérie ! C'est ton talisman. Ça s'enlève jamais, un talisman. Et le fait que tu n'aies toujours pas de mari, t'as jamais compris ? Ils t'appelaient *la fada,* les gars du village, y a quinze ans. Maintenant, ils sont tous pris, et puis toi, tu te paies un prostitué de temps à autre... Et tu te racontes que c'est ça, être libre ? C'est pathétique, Vick ! Toi, tu aurais pu avoir une vie heureuse, si tu m'avais écoutée. Un mari aimant, une existence apaisée... Mais tu es prisonnière, maintenant. C'est comme si t'étais enfermée à la cave de ta vie, et que tu criais, mais que c'était un cri silencieux que plus personne ne pouvait entendre... Allez, va-t'en, ma petite. Je suis épuisée. Et puis j'ai pas envie de te faire pleurer, va.

Yvette n'était pas psychiatre, mais elle avait appris une chose de la vie : mieux valait parfois blesser quelqu'un qu'on aime plutôt que de répondre à ses interrogations. Et il y avait une règle universelle en la matière : plus la blessure était violente, moins l'être aimé continuait à poser des questions.

57

Églantine Birtoud était une femme de bonne composition, et ce soir-là n'avait pas dérogé à la règle; après s'être assurée que tout le monde dormait bien, que le vieux Jean était en sécurité, que les flics étaient à leur poste, elle avait rempli d'eau la bouilloire blanche qu'elle avait apportée de son petit appartement au-dessus du Suisse d'Alger et avait préparé son infusion rituelle, « Nuit douce ». Sa préférée, la même depuis toujours. Elle l'aimait tant qu'elle achetait les paquets par quatre à l'hyper de l'entrée du village, lorsqu'elle faisait les courses une fois par mois.

Au fond, Églantine n'avait jamais apprécié Germaine Saxe. Pour elle, cette « héroïne » était mauvaise, et elle n'avait pas été si perturbée par sa mort – c'était à vrai dire le contraire, même si elle n'osait le reconnaître. En assassinant sa patronne, finalement, le MI lui avait rendu service… C'est ainsi qu'elle avait trouvé sa place, celle qu'elle avait cherchée toute sa vie. Bien sûr, un *meurtrier invisible* rôdait dans les égouts; bien sûr, Églantine s'était mise à craindre pour la vie des habitants de « sa » maison et pour la sienne, mais quelque chose en elle remerciait le MI. Il avait rallumé son existence. Il l'avait justifiée. Elle n'avait plus à se poser de questions. Dès son lever, tout était clair. Elle était sur cette Terre pour qu'ils survivent. Le vieux Jean, le bébé, la femme de Martial. Elle devait tenir pour eux et avec eux. Remplir le réfrigérateur, acheter les couches, le lait – depuis la mort de Martial, les seins de sa femme avaient cessé d'en donner –, cuisiner de bons petits plats afin de s'assurer que tout le monde se nourrisse. Car, comme le disait sa mère : « En temps de guerre, il n'y a que la bouffe qui compte. »

Et puis Églantine n'avait jamais cru qu'en deux institutions, dans sa vie : Michel Drucker et les forces de l'ordre. Aussi faisait-elle confiance à son neveu, aux gendarmes et au son rassurant de la télévision pour les protéger. D'ailleurs, comme le capitaine Burgaud le lui avait affirmé ce matin-là, un tueur en série ne faisait jamais deux fois le même coup. Dès lors que son jeu avait été dévoilé, il renversait la table. Adolf Hitler, en 1940, n'aurait pas attaqué par les Ardennes s'il n'avait été certain de l'effet de surprise. Ce MI ne pouvait pas être pire que le Führer, auquel Uzès avait survécu.

Églantine avait absorbé la dernière goutte de son infusion devenue tiède, éteint le téléviseur et *Champs-Élysées*, souhaitant à Michel Drucker une bonne nuit. Elle allait se glisser sous le mince drap qu'elle laissait sur le lit, malgré la chaleur, bercée par la quiétude rassurante de la nuit…

Avait-elle entendu que l'on tirait le rideau, puis ces pas feutrés sur les tomettes fraîches, aussi légers que ceux d'un rat ? Avait-elle senti cette matraque s'effondrer sur son crâne ? Ce couteau, lui trancher la gorge, laissant son sang s'écouler sur le drap blanc, puis se planter dans son cœur ? Avait-elle su, à cet instant précis, qu'elle était morte ?

58

Vick porta la main à sa gorge, tenta de reprendre son souffle et fit ce qu'elle conseillait à ses patients en pareil cas : regarder la ligne d'horizon et respirer. Sans y parvenir.

Elle se vit comme face à une digue, la dernière digue, qui venait de sauter, la laissant livrée à un flot d'eau intarissable qui l'emportait. Son soutien le plus fort, le plus ancien, le plus inconditionnel, l'abandonnait. Le cerveau de Vick était paralysé par une tristesse incontrôlable qui la submergeait. Elle s'assit par terre, alluma une cigarette d'une main brûlante. Elle était comme une petite fille inconsolable que personne ne viendrait chercher.

Quand elle n'eut plus de larmes, elle se leva, tituba jusqu'au bar extérieur que Françoise avait installé sur la terrasse et se servit un verre de whisky. Il était chaud, mais ça n'avait aucune importance. Cul sec. Puis un autre. Puis un autre. Puis un autre. La douleur disparaissait peu à peu; ou plutôt elle s'effaçait, comme après une piqûre de morphine. Vick savait bien que la souffrance était tapie, là, dans l'ombre, mais elle ne la sentait plus.

Elle alluma une autre cigarette. Dans sa solitude, la vue du village au loin sonnait, à chaque période sombre de sa vie, comme une note rassurante, un ailleurs possible. Promenant son regard, elle atteignit le point culminant du bourg : la tour de l'Horloge. Était-ce l'alcool, était-ce sa vision altérée, elle eut l'étrange sensation d'apercevoir une lueur émanant de l'édifice, semblable à une clarté solaire perçant l'obscurité. Mais elle s'en détourna, alertée par le bruissement discret de pas derrière elle. La main de Françoise prit son verre et vint se poser sur la sienne.

— J'avais jamais vu mamie comme ça, je comprends pas.

— Ne t'inquiète pas, ma chérie. Je gère. J'en ai vu d'autres… Et puis le principal, c'est que je t'ai retrouvée ce soir. Et tu m'as déjà beaucoup aidée…

Françoise ne l'écoutait plus. Elle s'approcha de la rambarde et plissa les yeux.

— C'est quoi, cette lumière, maman ? En haut de la tour.

— Toi aussi, tu la vois ? souffla Vick, soulagée.

— Attends deux secondes.

Françoise revint avec les jumelles qu'elle laissait dans la commode et les pointa vers la tour de l'Horloge.

— Putain… Maman, faut que tu voies ça !

Elle lui tendit les jumelles, et, cette fois-ci, Vick discerna avec netteté les deux imposants projecteurs dressés en haut de la tour. L'un d'eux illuminait un portrait monumental du maréchal Pétain. L'autre, la tête décapitée d'un homme.

59

— Vous savez pourquoi on a réussi à arrêter le tueur de vieilles dames, à l'époque ? déclamait Dick, pieds sur la table, clope au bec et vodka glacée aux lèvres, une main nichée dans la ceinture.

— En le traquant jour et nuit, répondit un des jeunes gendarmes. Partout. Tout le temps. En ne dormant plus. En ne vivant, en ne respirant plus que pour l'enquête. En ne lisant pas les journaux, en étant, comme vous le disiez, capitaine, en *état de guerre.*

— Oui, mon bonhomme. Mais là, tu nous déroules l'histoire que tout le monde connaît. Ma *légende...*

Dick eut comme une petite moue de dégoût en prononçant ce dernier mot.

— Tu nous dis *comment* on l'a arrêté. Moi, ce que je vous demande, c'est *pourquoi* j'ai réussi.

Le silence régnait dans la salle principale de la gendarmerie. C'était le briefing de minuit, qui chaque jour ressemblait davantage à un prêche.

— Je vais vous dire pourquoi, reprit Dick. C'est parce que j'ai été *le seul* à me mettre dans sa tête.

Je suis *devenu lui.* Et c'est *parce que* je suis devenu lui, parce qu'au fil des jours j'ai fini par le connaître mieux qu'il ne se connaissait lui-même, que j'ai pu inverser la situation.

Tout le monde semblait suspendu à ses lèvres, même si on sentait chez certains une pointe d'ironie.

— Face à un assassin du calibre du tueur de vieilles dames ou du meurtrier invisible, on part toujours avec beaucoup de retard. Pendant des semaines, on peut être bloqués. Comme maintenant. Comme des imbéciles, on court derrière lui, à bout de souffle. Et pourquoi ? Pas parce qu'il a de plus grosses couilles que nous, non ! Parce que notre bonhomme, ça fait des mois, voire des années qu'il prépare son coup. On réussit à l'arrêter à partir du moment où on inverse la tendance. À partir du moment où on finit par lire en lui avec une telle netteté qu'on devine ses coups *avant* lui. Ses habitudes, ses failles.

Il vida son verre d'un trait.

— C'est sans doute le plus important pour percer à jour le meurtrier : découvrir sa *faille fondamentale.* Car, si c'est ce qui l'a poussé à tuer, c'est aussi ce qui lui fera commettre ses premières erreurs. Autant d'erreurs qui vont nous permettre d'avoir sa peau.

Des sirènes et la lumière folle de gyrophares suivies du fracas de portes qui claquent stoppèrent net le monologue de Dick. Un de ses hommes fit irruption dans la pièce.

— Chef, il faut que vous veniez tout de suite ! Il a recommencé…

60

Un désordre total régnait dans Uzès. Le hurlement continu des sirènes semblait avoir éteint le souffle de l'été. Des gendarmes couraient dans les rues, une armée de journalistes derrière eux. Les touristes massés sur la place aux Herbes tentaient de saisir, avec leurs appareils photo de vacances, l'atroce image de cette tête décapitée et du maréchal Pétain, côte à côte. Des fenêtres des immeubles, des flashs crépitaient ; de partout, la nuit scintillait, aveuglée.

Au milieu des étranges hasards que produit le chaos, Vick et Françoise tombèrent nez à nez avec Dick, au pied de la tour de l'Horloge où elles s'étaient rendues sans réfléchir. Lui, équipé d'un gilet pare-balles et arme à la main, était précédé par une troupe impressionnante.

— Viens avec nous ! ordonna-t-il à Vick. La petite reste en bas, ça peut être dangereux. Si ça se trouve, il est encore là-haut.

— Françoise, tu attends ici. Je reviens.

L'adolescente leva les yeux au ciel. Avant de tenter une percée en courant et d'être aussitôt bloquée par un mur de gendarmes.

À la suite de Dick et de ses hommes, Vick commença l'ascension de la tour. Elle ne ressentait plus ni fatigue ni tristesse ; rien que de l'adrénaline en intraveineuse, comme lors de ses gardes aux urgences de l'hôpital. La vérité, c'était qu'elle aimait se trouver au cœur des drames. C'était le bonheur qui la terrifiait.

Au loin, on entendit des bruits confus qui, dans l'émotion du moment, évoquaient des coups de feu ou des pétards mêlés au vrombissement d'une foule en fuite, d'autres véhicules annoncés par leurs sirènes stridentes, des cris de panique.

— J'ai demandé du renfort pour boucler le village cette nuit. Quatre meurtres. Cette fois, il ne nous échappera pas.

— Quatre ? répéta Vick.

— Je t'expliquerai plus tard.

Parvenu à la dernière porte, celle qui permettait d'accéder à la cloche et aux projecteurs, Dick tenta de l'ouvrir sans succès. Elle était bloquée par quelque chose.

— On s'y met tous, on la défonce !

Comme un seul homme, la troupe se pressa au côté du chef, bousculant Vick au passage, et, à grandes suées, ils poussèrent de concert, si bien que la porte finit par céder sous leur poids dans un fracas du diable.

— Si t'es là, t'as pas intérêt à bouger, sinon c'est une bastos dans ta tronche ! hurla Dick.

Il passa le premier, talonné par deux hommes qui le couvraient. Le silence qui suivit parut à tous la plus longue des attentes. Puis le capitaine Burgaud cria « RAS ! » et ordonna aux autres de le rejoindre. Vick leur emboîta le pas. D'ici, le village semblait un essaim de lumières et de petits points qui s'agitaient, un peu comme une ruche subissant une attaque de frelons.

— Vous vous débrouillez, je ne veux pas savoir comment, mais dans une minute je ne veux plus voir ces foutus projecteurs illuminer cette horreur ! lâcha Dick d'une voix qu'on n'avait pas envie de contrarier.

Vick s'approcha. Éclairé par le spot de lumière gigantesque, le portrait donnait au Maréchal des airs de surhomme. Il portait le képi et l'uniforme, et il avait cet air insaisissable des traîtres, semblant regarder sur sa droite. Là, un autre projecteur géant éclairait la tête décapitée que Vick ne pouvait pas encore voir, car tous les gendarmes étaient rassemblés devant pour effectuer les premières constatations. Elle tenta de faire le tour et se retrouva derrière la grande planche de bois sur laquelle reposait la tête. En dessous suintaient des gouttes de sang.

— C'est récent, dit Dick. Le MI est fébrile, moins préparé. Il a commis une erreur, il a pris un gros risque. Appelez tout le monde ! Il n'est pas loin. Personne ne va se coucher sans avoir arrêté ce connard.

Tandis que les hommes s'activaient pour repartir en chasse, Vick parvint à se frayer un chemin, à contourner la planche de bois pour découvrir la tête du pauvre homme. Son sang se glaça lorsqu'elle le reconnut. C'était le vieux Jean, ou plutôt le fantôme du vieux Jean, tant l'expression de terreur qui marquait son visage comme un masque le rendait peu reconnaissable. Dick posa une main sur l'épaule de Vick. Il n'y avait qu'avec elle que sa voix devenait douce.

— Ça va, tu tiens le choc ?

— Dick, il y a quelque chose dans sa bouche… Dans la bouche de Jean.

— Attends… Mais oui, tu as raison. Brigadier, des gants, vite !

Elle réprima un haut-le-cœur quand elle le vit écarter la mâchoire du vieux de ses doigts et en sortir une feuille de papier roulée en boule. Il la déplia et lut à voix haute.

« Vous vous preniez pour des héros, mais vous étiez des frères ; des frères monstres. »

61

Dick Burgaud en était à son quatrième café, et il fumait cigarette sur cigarette. Les draps étaient rouges. Elle avait la bouche ouverte, comme cernée d'un cri qu'elle n'avait pu pousser, qui était resté bloqué à l'intérieur de sa gorge. Églantine Birtoud gisait en boule, raidie par la mort, nue, au milieu du lit.

Autour d'eux, on s'affairait à la recherche d'indices, mais le capitaine et la psychiatre étaient seuls face au cadavre. Dans un coin, le neveu sanglotait.

— Pourquoi l'avoir tuée ? interrogea Vick. Ça n'a pas de sens.

— Il va falloir pousser les investigations, mais, pour l'instant, le légiste n'a pas relevé de traces de lutte, répondit Dick. Il l'a sans doute eue par surprise, et elle est morte en quelques secondes.

— Oui, mais pourquoi ? répéta Vick. Pourquoi tuer Églantine, et pas la femme de Martial, le bébé ? Au fond, est-ce que ça faisait partie du plan, ou est-ce que c'était une erreur ? Et puis, comment a-t-il fait pour s'introduire ici ?

— Brigadier, vous tombez bien ! dit Dick à l'adresse de l'homme qui venait de pénétrer dans la pièce avec l'air de celui qui sait qu'il va passer un sale quart d'heure. Je vous écoute…

— À vos ordres, capitaine, répondit le garçon, qui devait avoir trente ans.

De grosses gouttes de sueur coulaient le long de ses joues, d'épaisses auréoles marquaient ses aisselles.

— Vers 23 h 30 hier soir, j'étais dans le salon avec le lieutenant. Tout était calme. Devant la maison, les hommes montaient la garde. Même les journalistes étaient partis se coucher. Là, on a entendu des espèces de sifflements, un peu comme des ultrasons. C'était très bizarre, on ne savait pas d'où ils venaient. Au premier étage, on a entendu la dame crier, ce qui a réveillé son bébé. Et elle nous a appelés. « Des rats, des rats ! », qu'elle hurlait. Le lieutenant est monté, moi, je suis resté en bas. C'est là que j'ai entendu un énorme *boum* dans la chambre de Mme Birtoud. Je suis monté en courant, avec mon arme. Quand je suis arrivé, je l'ai vu sauter par la fenêtre…

— Qui ? Vous avez vu qui ? Lui ?

— Oui. Le MI… Enfin, j'ai vu une forme. Et il avait disparu. La chambre était complètement noire. Je ne voyais presque rien. Je pensais que Mme Birtoud était assommée. J'ai sauté par la fenêtre dans la rue, et j'ai crié aux gars qu'il était là. On a commencé à courir, on était au moins quatre après lui. Il nous a entraînés dans le parc, et puis on l'a perdu… Je ne sais pas comment il a fait, il s'est volatilisé. Même le gars que vous aviez posté devant la bouche d'égout principale du parc n'a rien vu ! Quand on est revenus, le vieux Jean n'était plus là.

— J'ai compris, le coupa Vick. C'était un leurre.

— Quoi, un leurre ? demanda Dick.

— Il s'en fiche, d'Églantine. Pour lui, les autres n'existent pas. Ce ne sont que des objets au service de son plan. Il l'a utilisée, avec les rats, pour désorganiser tout le monde, pour que ça parte dans tous les sens. Il avait prévu tout ça. Il fallait la tuer pour libérer l'espace et choper le vieux Jean. Il est brillant dans l'horreur.

— Brigadier, poursuivit Dick, agacé, pendant combien de temps la maison est-elle restée sans surveillance ?

— Mais elle n'était pas sans surveillance, capitaine !

— Vous étiez cinq, ici ; vous et les trois autres êtes partis à la poursuite du MI, le quatrième est monté là-haut auprès de Madame. Arrêtez de nous faire perdre notre temps !

Le brigadier baissa les yeux.

— Je dirais dix minutes, grand maximum.

— C'est largement suffisant pour choper le vieux et aller lui trancher la tête je ne sais où, conclut Dick. Et faire disparaître le reste du corps par magie, comme il fait toujours. Tu as raison, Vick, il avait tout prévu. Il est *smart*. Et il nous a bien baisés ! Trois cadavres démembrés sont planqués quelque part dans ce village, et on ne trouve rien. La presse va me détruire, et je ne te parle pas du proc...

Vick resta silencieuse, les yeux brillants. Elle avait ce regard d'allumée que Dick connaissait si bien.

— Au contraire, c'est le début, reprit-elle d'un air mystérieux. Il faut que j'y aille, je dois voir quelqu'un. Mais je t'appelle après. Ou bien tu n'as qu'à venir au château. De toute façon, je ne pourrai pas dormir.

Avant de partir, elle alla toquer à la porte de la chambre de la femme de Martial. Elle était sur le lit, hébétée, les yeux grands ouverts, son bébé endormi dans les bras.

— Vous n'allez pas rester là, ma pauvre petite. Je vais dire au capitaine Burgaud de vous installer au château avec nous. Avec les gendarmes. Vous n'êtes plus en sécurité, dans cette maison.

62

Vick s'avança dans la nuit moite. Elle vit des militaires, des gendarmes, des jeunes complètement saouls. Les soirs de drame, l'été, dans les villages, on boit parce qu'on n'a pas mieux à faire et qu'il y a pire que la vérité : ne rien savoir et affronter un invisible. Comme l'angoisse, celui-ci est partout et nulle part à la fois. Il menace, il est à chaque coin de rue. Dans chaque bouche d'égout, pensa Vick. *Il* est *l'angoisse, et c'est ça qu'il veut. Il a compris que susciter la crainte était l'arme la plus puissante du monde.* Pourtant, la psychiatre n'avait pas peur.

À 2 heures, elle sonna à la porte de Shéhérazade. Babouches aux pieds et vêtue d'une ample chemise de nuit rose, elle lui ouvrit d'un air hagard.

— Mais qu'est-ce qu'elle me veut, cette folle, en pleine nuit ? tonna-t-elle.

— Pardon de vous déranger, mais il y a eu deux nouveaux meurtres, et il faut absolument que je vous parle. Je suis la fille d'Yvette, vous vous souvenez ?

— Si je me souviens ? Ça oui ! Mais tu reviendras à une heure normale. Moi, la nuit, je dors ! Ta mère ne t'a pas appris la politesse ?

Shéhérazade poussa la porte, mais Vick la retint de ses deux mains pour l'en empêcher, et lui asséna l'ordre de l'écouter avec une telle puissance que Shéhérazade resta sidérée.

— Ne crie pas comme ça, tu vas réveiller tout le monde... dit-elle d'une voix plus basse. Entre. Je te sers un verre de rouge ?

— Oui, merci.

— Assieds-toi.

Shéhérazade alluma une cigarette roulée et, du même briquet, les bougies sur la table à manger.

— J'allume pas la lumière, c'est pour les moustiques.

Vick raconta la mise en scène du MI en haut de la tour de l'Horloge, le projecteur sur le portrait de Pétain et la tête décapitée du vieux Jean. Shéhérazade but son verre d'une traite.

— C'est étrange, dit-elle, j'ai l'impression d'avoir déjà entendu, et même écrit cela... Dans mon manuscrit sur l'histoire du village. Il doit pas être loin, je vais le chercher. Tu sais, dans la mémoire d'une vieille, tout fuit. C'est pour ça que tous les vieux devraient écrire.

Shéhérazade fouilla dans l'immense armoire qui se trouvait derrière elles et finit par en sortir un épais document.

— Le voilà ! Vingt ans de travail ! Je suis une fourmi... J'espère l'achever avant de mourir. Toute l'histoire du village. Alors. L'ordre est chronologique.

Je pense à… Ça doit être ça, 1940. Ou plutôt 1941. Voilà. Mazette, j'ai trouvé, écoute ça ! « Le discours de Pétain du 12 août 1941 permet une fois de plus aux membres de l'assemblée communale de confirmer "les sentiments d'admiration et d'amour" qu'ils ont pour sa personne. Ils mettent tout en œuvre dans le domaine qui est le leur pour faire entrer la Révolution nationale dans les faits. Le 29 août 1941, à l'occasion du premier anniversaire de la fondation de la Légion française des combattants, le maire fait placer, au sommet de la tour de l'Horloge pavoisée, deux grands portraits du Maréchal qui, la nuit, sont rendus visibles à longue distance par transparence, au moyen de deux puissants projecteurs. » Ah ça, je peux te dire que le maire de l'époque, il plaisantait pas. C'était un fervent pétainiste. Il avait aussi fait rebaptiser le boulevard et la promenade de l'Esplanade au nom du Maréchal. Maintenant, c'est l'avenue de la Libération, fort heureusement.

Elle s'interrompit quelques secondes, comme si elle laissait remonter ses souvenirs, ou rassemblait ses connaissances, le manuscrit entre les mains.

— Il avait même fait l'acquisition, pour la salle du Conseil, d'un buste. Presque un mètre de haut ! Cela dit, il était pas tout seul, le maire. Il faut voir comment ils étaient, les Uzétiens. À l'époque, il y avait 57 500 habitants, à Uzès, et j'ai découvert que 12 145 portraits de Pétain s'étaient vendus.

Elle pointait de l'index le chiffre sur une page.

— Je ne savais pas tout ça.

— Normal. Après la guerre, ç'a été l'omerta. Et moi-même, j'ai eu *beaucoup* de mal à écrire la partie sur l'Occupation. Mais le moins qu'on puisse dire, c'est qu'ici, on a largement soutenu Pétain et Vichy. Même si aujourd'hui encore personne ne veut en parler. C'est devenu honteux.

— Cette histoire est connue, dans le village ?

— Oui, bien sûr. Mais, comme je te dis, c'est tabou, on n'en parle pas. Remarque, avec ce que ce dingue a fait ce soir, ça va remuer beaucoup de choses, c'est sûr…

Vick sentit une bouillonnante effervescence l'envahir. D'innombrables connexions semblaient s'établir. C'était cette même émotion, cette même excitation qu'avec ses patients, quand une interprétation lui venait. Tout était là depuis longtemps, et c'était le moment où la magie du temps psychique opérait. Une fraction de ce qui gisait sous la surface gelée surgissait à la lumière.

— Mes rêves, Shéhérazade…

— Quoi, tes rêves ?

— Je fais des rêves. Je veux dire, des rêves récurrents. Toujours les mêmes. Et j'aimerais savoir s'ils peuvent avoir un rapport avec la guerre.

— C'est le monde à l'envers, ma petite ! s'esclaffa Shéhérazade. Tu demandes à une vieille historienne que tout le monde prend pour une folle d'interpréter tes rêves ? Mais enfin, tu peux toujours essayer, je t'écoute. Tu veux un autre verre de vin, pour la peine ?

— Oui, merci.

Vick raconta à Shéhérazade le rêve du cinéma, de cet éclairage qu'on oubliait d'éteindre, celui des projecteurs qu'on leur balançait dans la figure sans que personne ne réagisse. De la vache dans la salle, derrière elle. Cette vache famélique dont on voyait les os, aux yeux vitreux et dont les pis semblaient des brindilles. Elle lui raconta aussi l'autre rêve, celui qui se répétait depuis son enfance, Des cloches qui sonnaient, encore, encore et encore. C'étaient toutes les cloches de la ville. Le tocsin. La cathédrale, l'église Saint-Étienne, celle du temple… Cinq minutes, puis cinq minutes, puis vingt coups. Sonnerie prolongée, répétée, interminable. Et les bagues, les bagues sur les doigts énormes qui glissaient…

— Écoute, reprit la vieille dame. Moi, je ne suis pas psychanalyste, je ne travaille que sur les faits historiques. Mais ce que je peux te dire, c'est que tes rêves m'évoquent plusieurs événements très précis. Pour le cinéma, je ne sais pas si tu le sais, mais, pendant la guerre, on laissait toujours les lumières allumées pendant les films et les actualités. Afin de pouvoir mieux contrôler les réactions des gens. Et en particulier de pouvoir traquer les résistants. Les spectateurs étaient scrutés. Je l'ai vécu, et je peux te dire que c'était terrible ; on n'était jamais tranquille.

Elle avait de nouveau rempli leurs verres.

— Quant aux sonneries dont tu parles, c'est très étonnant… Tu es née quand ?

— Le 25 juin 1944.

— Ah voilà, donc, c'est étonnant, car tu n'étais pas née. Mais ce que tu décris correspond à l'ancêtre de la fameuse sirène que tu connais, celle qui sonne tous les premiers mercredis du mois. L'alarme électrique a été votée, puis installée après la séance du conseil municipal… Le 31 octobre 1940. Mais avant cela, et donc avant ta naissance, on sonnait le tocsin. Ce qui correspond très exactement à ce que tu décris : l'alarme était donnée par les cloches de la ville – celle de la tour de l'Horloge, celles de la cathédrale et de l'église Saint-Étienne, et celle du temple. C'était ça, le tocsin. La sonnerie prolongée et répétée des cloches durait cinq minutes, et la fin était signalée par vingt coups espacés…

Vick avait la tête inclinée, posée sur ses mains, et prenait soin de ne pas interrompre son interlocutrice, qui était lancée.

— Concernant la vache famélique aux pis qui ressemblent à des brindilles, ce qui me vient tout de suite – mais alors tout de suite ! –, c'est le lait. Pendant cette foutue guerre, les bêtes aussi ont beaucoup souffert. Comme les vaches n'avaient rien à bouffer, on a subi une terrible pénurie de lait. Pour les femmes qui donnaient naissance à des bébés et qui ne pouvaient pas les allaiter, être dans l'impossibilité de nourrir leurs enfants, c'était une perspective abominable. La seule chose sur laquelle je ne peux t'éclairer, c'est cette histoire de bagues, ça ne me dit rien d'un point de vue historique.

Dans la demi-obscurité, sous la lumière mouvante des bougies, Vick se sentait ailleurs, et en même temps elle écoutait avec une concentration inouïe ce que lui disait Shéhérazade. Comme si tout était passé au rayon X, analysé ; même si, pour l'heure, elle ne pouvait encore en saisir les conclusions.

— Merci. Je sais qu'il est tard, Shéhérazade, mais j'ai une toute dernière question.

— Au point où on en est...

Vick lui révéla la découverte de la zone interdite, au troisième étage du château. Tout ce qu'elle et Françoise y avaient trouvé, et notamment le mot *BELEGT*, que Françoise avait vu gravé sur le panneau en bois au pied de la porte.

— Oui, ça ne m'étonne pas, murmura Shéhérazade en allumant une énième cigarette qui la fit tousser. À l'entrée des appartements ou des maisons qu'ils occupaient, les Allemands posaient des plaquettes de bois sur lesquelles il était écrit *BELEGT*. Ce qui veut dire « occupé », dans leur langue. Mais attends, je me surprends moi-même... Je n'ai pas cherché, la dernière fois ? Je veux dire, quand j'ai trouvé où la photo avait été prise, je ne t'ai pas dit ce qu'était le château, pendant la guerre ?

— Vous ne m'avez rien dit, non. Vous m'avez juste expliqué que, comme c'était un des plus beaux endroits du village, les Allemands y étaient sans doute venus, car ils avaient du goût, mais que vous n'aviez pas d'autre information.

— Je vois. C'est le genre de réponse que je donne quand je veux me débarrasser d'une question, fit-elle d'un air malicieux. Mais... Laisse-moi un instant regarder... Il devrait y avoir un chapitre dans lequel je liste les maisons qui ont été réquisitionnées. Parfois, ce n'est pas visible tout de suite, parce que la réquisition a eu lieu tardivement. 1940, 1941, 1942... Les Allemands envahissent la zone libre en novembre 42. Ah, voilà ! 1943 ! « Les semaines s'écoulant, l'envahisseur prend ses aises... »

Shéhérazade parcourut les lignes, avant de pousser un cri de victoire et de taper dans ses mains.

— Là ! « Un casino pour les officiers de l'unité II404A est créé dans le château de la Perrine (propriété de M. V., demeurant à Nîmes). »

Les yeux de Vick s'agrandirent.

— Un casino ?

La vieille éclata de rire.

— Si ton serial killer a un rapport avec la guerre, il va falloir te cultiver, ma petite ! *Casino*, c'était le nom qu'on utilisait à l'époque – enfin, surtout les Allemands – pour désigner, disons-le avec classe, un lieu d'*amusement*...

— C'est-à-dire, un lieu d'amusement ? Avec des machines à sous ?

— Oh, ils pouvaient jouer au poker, si ça leur chantait. Mais ce n'était pas l'activité principale... *Casino* veut surtout dire *maison close*, ma petite Vick. En résumé, ton château, pendant la guerre, c'était un bordel !

63

Une voix l'appelle dans le cimetière. C'est encore la voix de la vieille, celle de l'autre fois. Est-ce une sorcière ou est-ce une fée ? Aucun corps n'abrite cette voix, elle flotte dans le vent.

À l'entrée du cimetière, une Vierge à l'Enfant. Vick cherche la tombe de son père, mais ne la retrouve plus. Elle sent l'angoisse l'envahir peu à peu. Elle se met à courir d'une rangée à l'autre. Quelqu'un a déplacé, ou volé, le corps de son père, elle en est persuadée.

Au hasard d'une allée inconnue du cimetière, une allée qui ressemble à une jungle, Vick se retrouve entre deux tombes en tous points identiques. La voix de la femme retentit de nouveau. L'ambiance est tropicale. Vick croit entendre des animaux qui approchent et qui rugissent. Un singe saute sur son épaule, puis disparaît. « Ils vont me dévorer », pense-t-elle.

La vieille lui dit de prendre la chaîne qui se trouve à terre devant elle et de marcher plus loin, vers une autre tombe. La chaîne est très lourde. Elle sait qu'elle doit ouvrir une tombe. La chaîne lui glisse des mains. Celles de Vick sont des mains d'enfant.

Elle soulève la pierre tombale, légère comme une plume. Mais il n'y a rien à l'intérieur. La voix de la femme s'éteint. Des pas derrière Vick. Un homme vampire apparaît. Il ouvre la tombe d'à côté et, avec une petite perfusion, aspire le sang du cou d'un mort dont on ne voit ni le visage ni le reste du corps. À mesure qu'il fait sortir le sang, le mort murmure des sons inaudibles.

— Tu vas voir son visage, susurre le vampire à l'oreille de Vick, d'une haleine chaude et avinée. Mais, dit-il en agitant sa petite perfusion, tu devras d'abord payer le prix du sang.

À cet instant, Vick sent deux bagues glisser le long de ses doigts.

64

À 5 h 30, alors qu'une faible lueur commençait à filtrer par la fenêtre de la gendarmerie, le capitaine Burgaud se résolut à appeler le procureur et lui fit un topo sur l'avancement de l'enquête. Aucun des deux hommes n'avait fermé l'œil de la nuit, et les voix étaient éteintes. Après de longues heures de recherches, ils n'avaient plus de piste à exploiter, et force était de constater qu'une nouvelle fois le meurtrier invisible leur avait échappé. Dick avait fait quadriller l'intégralité des égouts, boucler la ville, fouiller les hôtels et les caves, envoyer les chiens de détection. Rien n'y avait fait. Les recherches ne menaient nulle part.

Alors qu'il raccrochait, il vit approcher un de ses hommes qui venait déposer la presse du matin sur son bureau. La même photo figurait sur toutes les unes, celle du Maréchal sur laquelle était braqué le gigantesque projecteur. Fort heureusement, à l'exception des tabloïds britanniques, personne n'avait osé publier celle de la tête du vieux Jean.

— Je vous ai apporté votre café, chef.

— Merci.

— Vous croyez qu'il va s'arrêter où ?

— Sans doute quand il aura trouvé sa voie dans la nuit, répondit Dick comme s'il était seul.

— C'est-à-dire, chef?

— Quand la personne à laquelle il s'adresse depuis le début de cette affaire lui répondra.

— Vous pensez à quelqu'un, chef?

— Ça… Espérons simplement qu'on le coffrera avant qu'il ne tue toute la famille.

65

Un premier timide et lointain rayon de soleil oblique avait suffi à réveiller Vick. Elle s'était endormie tout habillée sur son divan en revenant de chez Shéhérazade. À terre, le calepin de sa mère était posé. Le rêve du cimetière y était consigné de la petite écriture bleue qu'elle connaissait si bien. Elle avait dû aller dans sa chambre sans s'en rendre compte, comme elle l'avait toujours fait, puis Yvette l'avait ramenée ici.

« Si elle a noté mon rêve, c'est qu'elle m'aime encore un peu », pensa Vick.

Elle entendit de petits coups toqués à la porte vitrée de la salle du billard, côté jardin. Dick lui souriait, faisant des gestes pour qu'elle le fasse entrer.

— Excuse-moi, pas pu venir avant.

— Alors ? demanda Vick en bâillant.

— Alors rien, il nous balade, c'est tout. Et la photo du Maréchal fait la une de tous les journaux.

— Café ?

— Oui, merci.

— J'arrive tout de suite.

Quand elle revint, Dick s'était assis sur le divan et il fumait. Ses yeux se réduisaient à deux fentes noires.

— Tu es épuisé, mon pauvre, dit-elle en posant pour lui une tasse sur la petite table et en gardant la sienne entre ses paumes.

— Je ne peux pas dormir. J'ai l'impression que chaque seconde de sommeil est une seconde de perdue pour l'enquête… Dis, j'ai vu des crottes de rat dans un coin, tu en as de nouveau ici ?

— Oui, ça fait partie de tout ce que je dois te raconter.

— Ça m'étonne que tu ne te mobilises pas plus, tu en as si peur !

— Je vais m'en occuper, mais là, on a beaucoup de travail, et seulement une heure ou deux de tranquillité avant que la maison ne se réveille…

Vick sortit de son tiroir quatre feuilles de papier couvertes de notes qu'elle avait prises en rentrant de sa visite à Shéhérazade, pour ne rien en perdre avant de sombrer dans le sommeil. Elle parla aussi à Dick de la zone interdite, du panneau *BELEGT*, des photos…

— OK, dit-il. Donc, si on résume : on sait maintenant que le meurtrier a voulu envoyer un message à la fois au vieux Jean et à sa famille. En s'en prenant à eux… et aussi à la personne à laquelle il s'adresse depuis le début. Que, pour cela, il a reproduit une scène de l'Occupation à Uzès, en remplaçant le second portrait de Pétain par la tête décapitée du vieux Jean. Et tout cela sans doute dans le but de nous dire que, au final, le grand résistant ne valait pas mieux que le vieux maréchal. Et même qu'ils étaient frères « monstres »... Reste à savoir pourquoi. Mais on sait au moins que, pour le MI, le principal coupable, c'est le vieux Jean.

— Oui, c'est aussi ce que je me dis. Mais la question qui se pose, dans ce cas, c'est : pourquoi il ne l'a pas tué avant ? Ou même en premier, plutôt que Martial ?

— Peut-être qu'il n'a découvert que récemment que c'était Jean, son grand coupable. Faisons une hypothèse : le MI veut se venger de quelque chose qui s'est passé pendant l'Occupation et qui est en lien avec la Résistance. Mais, au départ, il ne sait pas qui est précisément le responsable. Peut-être même qu'il cherche simplement à se venger de la Résistance en général, en s'attaquant à un de ses symboles. Pour cela, il cible donc la famille de résistants la plus emblématique du village, les Saxe. Sauf que, au cours de son odyssée meurtrière, il découvre quelque chose qui accable le vieux Jean, et qui en fait même le principal responsable... Là, sa rage se déchaîne, et il invente cette mise en scène atroce.

— Ça se tient. Et c'est d'autant plus plausible que personne, pas même nous, ne savait, *avant* les meurtres, que Jean avait été résistant...

Vick, qui s'était assise sur le fauteuil où elle avait l'habitude de prendre place pour écouter ses patients, se leva pour remplir de nouveau les tasses. Elle avait posé la cafetière sur la cheminée.

— C'est vrai aussi qu'il y a beaucoup de rage et de colère, dans ce dernier meurtre. Une forme d'exhibitionnisme de sa douleur, une manière de la hurler à la face du monde, de dire : *Regardez comme je souffre !...* Les deux premiers meurtres étaient différents – d'une certaine manière, plus *calmes.* Là, on sent bien que quelque chose a changé pour lui, qu'il a passé un cran en termes de violence.

Dick l'écoutait à présent sans mot dire. Elle s'était rassise, but une gorgée, le regard pointé au-delà de la fenêtre, et peut-être au-delà du jardin encore. Puis elle reprit.

— Dans cette tête décapitée, il y a quelque chose de christique. Il y a une manière d'afficher aux yeux du monde la plaie béante qu'est son âme. Et rappelons-nous que les Saxe semblent avoir vécu toute leur vie avec une culpabilité terrible : Germaine en est devenue anorexique, Jean se scarifiait les bras tous les jours, et mon patient, Martial, ne pouvait s'empêcher de consigner frénétiquement ce procès dont il était l'accusé... Quelle faute avaient-ils besoin d'expier ?

— OK. Par ailleurs, on sait désormais, grâce à ta Shéhérazade, que ce château a été une maison close où les Allemands venaient tranquillement se taper leurs putes. Et que la photo de l'Allemand et de la fille à la tête arrachée, qui était dans la soupière des Saxe, a été prise ici.

— Et je te présente la même ! Sauf que la fille a encore sa tête, sur celle-ci.

Vick avait bondi de son fauteuil et était passée de l'autre côté de son bureau. Parmi les feuilles qui s'y empilaient, elle retrouva le cliché, qu'elle lui tendit.

— On l'a trouvée là-haut, au troisième. Mais pourquoi cette photo était ici *et* chez les Saxe ? On bute toujours sur un point à un moment ! Si on trouvait le lien…

— Il faut qu'on sache qui est cette jolie rousse. Ou blonde. On peut déjà imaginer que c'était une prostituée, non ? Et chercher tout ce qu'on peut sur cet Allemand. Son nom, son poste, son lien avec la fille… Mais, nom de Dieu, qu'est-ce qui a bien pu se passer chez les Saxe pendant la guerre ? Je vais aussi demander à mes hommes de chercher du côté des faits divers. Tout ce qui est survenu pendant l'Occupation et qui pourrait avoir un lien avec…

— Et puis il y a autre chose, l'interrompit Vick. J'ai fait ce rêve, cette nuit.

— Tu en fais tout le temps, des rêves ! Tant qu'il n'annonce pas un nouveau meurtre…

— Ce n'est pas ça. Il est plus étrange que les autres. Je suis dans un cimetière, il y a un vampire, des tombes… J'ai aussi fait un rêve avec l'Allemand, il y a quelques jours. Et il y a cette voix de femme qui revient. Je l'entends sans arrêt.

Dick ouvrit la bouche pour dire quelque chose, mais s'interrompit avant que le moindre mot ne sortît. Il but une grande gorgée de café, puis une autre. Il prit son souffle, comme chaque fois qu'il allait confier quelque chose de personnel.

— Moi aussi, j'entends une voix dans mes rêves. Mais une voix d'homme. C'est une voix d'adulte, d'un type qui me dit de faire des conneries. Et puis j'ai mal à la tête, quand je fais ces rêves. Tout le temps.

— Ah bon ? Mais tu ne m'en as jamais parlé ! Ça me rappelle ton tic de la tête.

— Ah, tu t'en souviens ?

— Comment pourrais-je ne pas m'en souvenir ? Tu ne pouvais pas t'empêcher de bouger la tête comme un pigeon. C'est comme ça qu'ils t'appelaient, au lycée, d'ailleurs, fit-elle en contenant un sourire. Tu le fais moins, aujourd'hui.

— Je l'ai toujours en moi, mais je le contrôle. Faut que j'aille pisser ! Tu m'excuses une seconde ?

Vick alluma une cigarette. Cette histoire de tic s'était enfouie dans sa mémoire, mais à présent tout lui revenait. À l'adolescence, elle ne comprenait pas ce que cela signifiait, Pendant ses études, elle avait appris que les tics de la tête symbolisent une position figée dans la répétition, en boucle… Elle tira sur sa cigarette. Ses pensées s'associaient les unes aux autres.

Ce tic, cette forme d'obsession, pouvait tout aussi bien ne pas appartenir à Dick. L'angoisse de mort non métabolisée d'un ancêtre, par exemple, était en mesure de lui avoir été transmise, induisant chez lui ce symptôme qui bloquait son mouvement de vie en avant par un geste répétitif sur place. La « boucle obsessionnelle » avait cette fonction : tout aussi insupportable qu'elle soit, elle représentait une protection contre la réactualisation menaçante d'un désastre qu'il avait été impossible de concevoir avec des mots chez un ou plusieurs ancêtres, et qui resterait en potentialité dans le présent.

Dick revint, l'air goguenard.

— Bon, on continue ma psychanalyse ? Je m'allonge sur ton divan ? Ou on avance sur l'enquête ?

Vick lui sourit comme on sourit à un enfant.

— Mais on avance sur l'enquête, Dick. Je suis certaine que l'événement dont le MI souhaite se venger est arrivé ici, au château. Et que nos rêves ont un lien avec tout ça. Ce n'est pas possible autrement. Qu'est-ce que tu sais de ton père, Dick ? Ta mère en parle très peu, et toi, jamais.

Le visage de Dick s'assombrit aussitôt. Elle vit qu'il serrait les poings, et que son front s'était plissé.

— Un connard. Il s'est barré. Nous a laissés. Puis il a crevé. Point final. Sais même pas où il est enterré, et je veux pas le savoir. Tu me fous la paix là-dessus, ou on reparle, du tien, de père ? Celui à qui tu vas rendre hommage tous les jours au cimetière sans savoir pourquoi.

— OK, je te fous la paix.

Dick se détendit.

— Qu'est-ce qu'Yvette t'a dit, sur le château pendant la guerre ? poursuivit-il.

— Rien. Et en plus on s'est fâchées. Mais sinon, rien. Elle a toujours dit qu'elle ignorait tout de l'histoire du château, qu'elle en avait hérité de son oncle en 45, et puis c'est tout. C'est comme si ces murs n'avaient pas d'histoire avant nous. C'est le récit qu'elle nous a toujours servi. Et quand je lui ai parlé de la zone interdite, elle est… devenue comme folle. Elle n'a pas supporté. Elle m'a dit des choses abominables. Elle ne m'avait *jamais* parlé aussi mal.

— Comment vous appelez ça, vous, les psys ?

— Une microdécompensation. J'ai touché un point sensible. Ses défenses. C'est pour ça que je suis sûre que notre histoire a un lien direct avec ce château. Sinon, elle n'aurait pas réagi à ce point. Et puis, je sens qu'elle me ment sur la zone interdite. Il y a quelque chose qu'elle refuse de me dire.

Vick sembla de nouveau partir dans ses pensées. Elle fronça les sourcils.

— Et Raymonde ? Elle ne pourrait pas nous aider ?

— Je ne sais pas. On s'est fâchés aussi. Elle est partie quelques jours.

— Fâchés ? dit Vick en ouvrant de grands yeux. Toi et ta mère ?

— Aucun intérêt ! Elle m'emmerde. Elle veut que je me marie. Elle trouve que je passe trop de temps sur cette enquête, etc. Elle revient ce matin, normalement.

Vick se leva et fit quelques pas pour s'approcher de la fenêtre. La lumière du jour éclairait à présent tous les meubles, les murs, le lustre et la poussière qui voletait dans l'air. Vick se frotta le front, comme elle le faisait face à une énigme ou quand elle était bloquée avec un patient. Elle murmura.

— Alors, petit meurtrier invisible, où te caches-tu ? Quel est ton secret ? Et pourquoi souffres-tu autant ?

Viens donc t'allonger sur mon divan, raconte-moi, tu tueras moins…

Elle ouvrit la fenêtre, et un air doux emplit la pièce. Bientôt, on ne pourrait plus respirer, la chaleur étoufferait la vie. Il n'y aurait plus que la sieste comme remède. *Voilà pourquoi il tue la nuit, ce con, c'est un gars de chez nous.* Vick rêvait de pluie, de son odeur fraîche sur les feuilles et la terre assoiffée. Elle se mettrait nue, danserait sous l'ondée…

À cet instant, elle se souvint qu'elle n'était pas seule.

— Dick, les cochons se sont enfin calmés. On ne les entend plus, ils doivent dormir. Ça fait du bien, le silence, non ? Maman était furieuse, l'autre jour, parce qu'elle a dû aller les nourrir elle-même, ces fichus bestiaux. Faudrait que tu dises à ta mère qu'elle ne peut pas disparaître plusieurs jours en nous laissant sur les bras son troupeau… Qu'est-ce que c'est que ces mères qui abandonnent leurs enfants ? Franchement…

Dick ne répondit pas. Derrière elle, Vick perçut des ronflements. Elle se retourna. « C'est beau, un homme qui dort », pensa-t-elle. Elle déposa sur son corps l'étole qu'elle défit de son cou, ferma les rideaux et se dirigea vers la chambre de Marguerite, qui s'était réveillée. Si Dick pouvait au moins dormir une heure, avant l'arrivée du premier patient, ce serait déjà ça de pris.

66

Yvette passa devant Vick sans lui adresser un regard. Elle déposa un baiser sur le front de Marguerite et partit boire son café sur les marches de la terrasse. Raymonde sortit à cet instant de sa maisonnette et lui adressa un signe de loin. « Pas trop tôt qu'elle soit revenue les nourrir, ces satanés bestiaux ! pensa Yvette. La prochaine fois, je les tue. » Elle se retint d'insulter Raymonde, qui ne s'éternisa pas dehors.

Que le souvenir de leur rencontre lui semblait loin, désormais… Trente-cinq ou quarante ans, elle ne savait plus. Les images venaient difficilement ; la musique, en revanche, jouait dans ses oreilles. La mélodie entêtante des manèges d'enfants l'hiver. La nuit, les lumières, le goût de la barbe-à-papa, dont Vick raffolait. Dick, ce petit garçon brun et trapu qui remuait la tête comme un oiseau. Leur rencontre, celle de deux femmes élevant leurs enfants seules et unies dans la même solitude. Raymonde avait offert une cigarette à Yvette, devant le manège. Pour qu'elles puissent prendre le temps de fumer d'autres blondes et de parler, les enfants avaient eu droit à de nombreux tours.

Yvette la discrète se sentait protégée, avec Raymonde Burgaud. Personne n'osait plus la juger, il n'y avait plus de questions indiscrètes – et pourquoi elle ne se remariait pas, et pourquoi elle ne faisait pas d'autres enfants, et pourquoi et pourquoi… Avec Raymonde *l'institutrice en chef*, comme on l'appelait, personne ne bronchait. Au fil des mois et des années, elles étaient devenues comme des sœurs – des sœurs d'infortune, certes, mais des confidentes, des meilleures amies. Elles n'avaient pas besoin des hommes, au fond.

Quand est-ce que tout s'était brisé ? Yvette avait tout fait pour oublier ce jour. Dix ans plus tôt, au moment du départ de Dick. Une déflagration, un coup de couteau dont elle sentait encore la violence. Pendant des mois, elle avait eu le dos bloqué, au point de ne plus pouvoir se lever.

C'était peu après que Dick avait raconté à sa mère leur premier baiser. Raymonde avait tout de suite téléphoné à Yvette. Il n'en était pas question, ce n'était pas possible. Dick avait enfourché sa moto et pris la route le lendemain, sans un mot.

Le manège 1900 ne brillait plus. Le propriétaire était mort, et il n'avait pas de descendance. Il était longtemps resté là, abandonné, jouet des clochards et des ados du village. Puis un jour il avait disparu. La mairie l'avait fait enlever, fin de l'histoire.

67

Une sueur glacée imprégnait tout son corps. Avec la délicatesse d'un chat, il rampait au milieu des pompes d'égout et des grilles d'aération. La douceur du danger rendait vivant. Bien plus que l'existence simple et ennuyeuse des autres, bien plus que le bonheur. Il n'avait pas connu l'ordinaire félicité d'une vie de famille un dimanche, d'un père et d'une mère à ses côtés. On ne lui avait offert en lieu et place qu'un mensonge. Les adultes ne savaient faire que cela, mentir.

Sa vie sur cette Terre n'était désormais vouée qu'au rétablissement de la justice, la vraie. Oui, il voulait lui rendre justice, à elle, sa mère. Et bientôt ils seraient réunis, enfin, tous. Sa famille. Sa *véritable* famille. L'autre comprendrait, ne le jugerait pas. Il ne pouvait pas faire autrement. Dieu était à ses côtés. « Mon père », susurra-t-il…

Entendant de petits pas derrière lui, il se contorsionna pour laisser passer le rat albinos, *son* rat, qui se fraya un chemin à sa droite et monta dans les hauteurs par un tuyau trop étroit pour être emprunté par un être humain. Il savait que, dans quelques secondes, l'animal courrait à travers les couloirs du château. Puis atteindrait le troisième étage et le garde-manger. Il savait aussi qu'il lui fallait encore patienter pour le rejoindre et mettre la dernière touche à son œuvre.

— Pas encore, murmura-t-il.

Il poursuivit son avancée en rampant, puis, quand le chemin devint moins exigu et qu'il put de nouveause lever, il chemina le long des conduits qui charriaient l'eau. Quelques minutes plus tard, il atteignit une nouvelle rampe, qu'il suivit avec prudence jusqu'à la surface.

Le cimetière était vide et obscur. Il prit une grande inspiration et le traversa. Le seul son qui perçait était le bruit feutré de ses bottes foulant les graviers encore brûlants. Il sortit son briquet dans la pénombre. La tombe de Bob Vickensen lui faisait face.

68

— Une cuillerée pour maman… Une autre cuillère pour mamie… C'est bien, ma chérie d'amour. C'est bien ! Tu ne me dirais pas un petit mot ? Un premier petit mot, juste pour ta maman…

Marguerite, en réponse, laissa son yaourt dégouliner le long de son menton, en arborant son plus beau sourire espiègle.

— Merci, ma douce. Merci, vraiment…

Vick essuya le visage de l'enfant, tandis qu'Yvette apparaissait dans la cuisine. Selon son nouveau rituel, elle se servit un café et sortit le boire sur la terrasse, pour ne pas avoir à parler à sa fille.

Quand Marguerite eut fini de manger, Vick la fit descendre de sa chaise haute et nettoya la table. La petite alla rejoindre sa grand-mère sur le perron. À cet instant, Vick entendit des cris – comme des slogans, qui semblaient venir de la grille du château.

Sans un regard, Yvette lui lança le *Midi libre* du matin. « Rendez-nous les corps ! » arborait la une. Vick feuilleta les deux premières pages.

« Ce matin, à 10 heures, le groupement des résistants d'Uzès appelle à une manifestation. Le point de départ sera le château du Dr Vick Vickensen. Le cortège traversera le village pour finir sa marche devant la brigade. Le collectif fustige l'incompétence de la gendarmerie et la collaboration entre le capitaine Burgaud et la psychiatre Vick Vickensen. Il demande que tous les moyens soient mis en œuvre pour retrouver les corps des trois disparus et permettre de dignes obsèques, afin que la famille et le village puissent faire leur deuil. L'association s'adresse aussi solennellement au MI pour qu'il cesse son entreprise meurtrière et qu'il indique où se trouvent les corps. »

Il ne manquait plus que ça.

Pour se rendre au cimetière, Vick allait devoir traverser le cortège.

— Maman, je vais voir papa. Je peux te laisser Marguerite ?

Yvette hocha de la tête. Vick embrassa sa fille sur le front.

— Je reviens…

Elle évita d'ouvrir le portail principal et emprunta donc la porte de service. Les slogans sur les panneaux affichaient des « Vickensen-Burgaud, incompétents », « La gourou au trou » ou « Rendez-nous nos morts ! »…

La psychiatre fut repérée à la seconde où elle franchit le seuil. Les journalistes la filmèrent, les photographes actionnèrent leurs flashs. Un silence gêné parcourut d'abord la trentaine de manifestants présents à cette heure matinale ; mais, à mesure que Vick s'éloignait pour se diriger vers le cimetière, des insultes commencèrent à fuser, d'abord basses, puis de plus en plus fortes et violentes. On finit par lui lancer des projectiles. Vick avait comme éteint son cerveau. Elle ne ressentait rien. Elle marcha juste un peu plus vite, sans se retourner.

Devant le cimetière, presque plus un bruit. Le calme était revenu. Elle aperçut au loin la barre dorée des vignes et l'entrée du village qu'on devinait. Les feuilles des arbres étaient roussies par la brûlure du soleil. Déjà, la chaleur lui donnait envie d'ombre fraîche et d'un grand verre d'eau.

Vick s'avança dans les allées. Elle repensa à ses rêves, au vampire, à sa petite perfusion, aux deux tombes identiques, aux bagues. Freud traitait du rêve comme d'une énigme à résoudre ; mais, cette fois, elle se trouvait devant une impasse. Une autre phrase du maître résonna en elle sans prévenir. C'était dans *L'Interprétation du rêve*... « Il était mort, mais il ne le savait pas. »

Était-elle, elle aussi, morte sans le savoir ?

Perdue dans ses pensées, elle s'aperçut qu'elle venait de faire deux fois le tour du cimetière sans voir la tombe. Elle fut prise d'un vertige. Devenait-elle folle, cette fois ? Était-elle bien là, ou en train de rêver ? Elle se concentra. Non, tout était vrai. Et soudain, elle reconnut la sépulture de son père. Mais son nom avait disparu. Une grande enveloppe kraft marron avait été collée sur le patronyme et la date de naissance. Comme si on avait voulu l'effacer.

Dessus, il était écrit à l'encre bleue : « VICK VICKENSEN. PERSONNEL. »

69

Les rollers de Françoise étaient posés sur la rive. Elle était seule. Depuis des jours maintenant, l'adolescente n'appréciait plus la compagnie des gens de son âge. Ni même de son petit copain, qu'elle ne rejoignait plus sous le pont du Gard. Quelque chose la coupait des autres, et elle se récita les mots de ce roman de Françoise Sagan – en hommage à qui sa mère lui avait attribué ce prénom – dont elle connaissait de longs passages par cœur, et qui était devenu *son* roman.

« Sur ce sentiment inconnu dont l'ennui, la douceur m'obsèdent, j'hésite à apposer le nom, le beau nom grave de tristesse. C'est un sentiment si complet, si égoïste que j'en ai presque honte alors que la tristesse m'a toujours paru honorable. Je ne la connaissais pas, elle, mais l'ennui, le regret, plus rarement les remords. Aujourd'hui, quelque chose se replie sur moi comme une soie, énervante et douce, et me sépare des autres. »

Et me sépare des autres, se répéta-t-elle, comme une incantation, à mesure qu'elle sentait la fraîcheur de l'eau monter le long de son corps nu. Françoise huma l'odeur que dispensait la rivière dans ce petit écrin vert, oasis de douceur au milieu de la fournaise. Elle était éblouie par les reflets de l'eau. La vérité était que, pour la première fois de son existence, Françoise avait peur pour sa mère. Peur qu'elle meure, peur que le meurtrier s'en prenne à elle, la lui enlève. Déjà qu'elle n'avait pas de père ! Alors, se retrouver orpheline à dix-sept ans…

Combien de fois cependant l'avait-elle haïe, ces derniers mois ! Oui, combien de fois, même, avait-elle souhaité sa mort – d'autant plus quand le père de Marguerite était parti. Les choses étaient différentes, à présent. Vick se dévoilait dans une nouvelle lumière, seule, fragile. Cette *maman,* qu'elle croyait depuis sa naissance insubmersible, lui semblait pouvoir choir et s'effondrer. Les autres ne pouvaient pas comprendre. Tous ses amis, tous ces gens qui avaient grandi dans des familles classiques, sans heurts, sans drames, sans secrets.

Oui, c'était bien cela, qui la séparait des autres : le poids des secrets, ces virus invisibles qui empêchent de transmettre ce qui, pour tant d'autres, est un héritage naturel – la possibilité d'une vie heureuse.

70

L'enveloppe à terre, la lettre échappée de ses doigts moites et tremblants sur la stèle, Vick passa une main sur son visage, comme si elle cherchait à décoller de la crasse collée à sa peau. Elle voulait aussi éviter à tout prix qu'un photographe ne la voie ainsi. Elle se sentait comme un animal blessé par le tir d'un chasseur au milieu d'une prairie, une horde de chiens à ses trousses. La lumière lui paraissait insupportable, ses jambes ne la soutenaient plus. Vick tomba à genoux. Elle rampa sans réfléchir, les graviers lui brûlaient la peau. Les larmes coulaient le long de ses joues, chaudes et âpres, comme de l'acide. Le soleil tombait droit sur ses yeux. De l'ombre, il lui fallait de l'ombre. La lisière était quelques mètres plus loin, là où le cimetière était protégé par les tilleuls. Encore quelques efforts. La psychiatre se glissa entre deux tombes et reconnut celle d'une vieille dame du village, morte quand Vick avait vingt ans. Une fois à l'abri, elle posa de nouveau les yeux sur la lettre, sur l'écriture bleue, en pattes de mouche.

« À l'attention du Dr Vick Vickensen. Ou devrais-je user d'un autre nom pour te nommer ?

Car ce monsieur qui dort là, devant toi, je suis au regret de t'annoncer qu'il n'est pas ton père.

Il n'est d'ailleurs pas davantage mort dans un accident de moto. L'homme était alcoolique, et c'est un banal cancer du foie qui l'a emporté. Il a vaguement été l'amant de ta mère, et, un jour, pour lui faire plaisir sans doute (ou trop aviné pour refuser), il a accepté de te reconnaître.

Mais toi, tu ne l'as pas connu. D'ailleurs, mon petit doigt me dit que tu n'as aucun souvenir de lui. C'est normal. Bob Vickensen, tout comme ton nom, est un mythe.

Ta vie entière, Vick, est un mythe. Ou plutôt un ridicule conte pour enfants, auquel tu as cru comme une petite fille crédule, sans jamais le questionner. Si ce n'était pas tragique, on pourrait trouver la chose drôle, pour une psychanalyste, non ? Mais ne dit-on pas que les cordonniers sont les plus mal chaussés ?

La vérité est que ta vie est bâtie sur un abominable mensonge. Un secret qui pourrit les entrailles même de ce village et de tous les salauds qui y vivent. Et que moi, quand j'aurai terminé mon travail, j'aurai lavé la cité de toute cette pourriture, enfin.

Tu penseras peut-être que ces paroles sont celles d'un fou. Peut-être que tu ne me croiras pas.

Alors, je vais t'aider, ma petite Vick, et te donner quelques indices.

Le premier, c'est que bientôt le dibbouk fera surface. Toute la lumière du monde inondera alors Uzès, et les enfants aux dents vertes seront enfin vengés.

Le deuxième, c'est qu'en venant à moi, si tu y parviens, tu trouveras qui est ton vrai père. Et tu verras que les monstres ne sont pas ceux que l'on croit.

Le troisième, pour te prouver que je ne raconte pas d'histoires, tient en un mot, et ce mot est : Charlemagne. »

Charlemagne… Le mot résonna dans la tête de Vick. Pour tous les Uzétiens, cet illustre nom ne pouvait être lié qu'à un seul lieu, un lieu par lequel tous les villageois étaient passés un jour. L'école Charlemagne, où Raymonde Burgaud avait régné, et dont une salle de classe portait le nom.

71

Vick ne songea même pas à passer par-derrière. Elle prit le chemin le plus court et le plus direct. Devant les journalistes, devant les manifestants, les cheveux hirsutes, les genoux écorchés, elle marcha au pas de charge sans même les voir. Elle avait cessé de craindre le regard des autres. Sa vie n'était plus tendue que vers un but : retrouver ce dingue et découvrir qui était son père, son vrai père.

Elle claqua au nez des journalistes la porte de service du château et se dirigea vers son cabinet. L'étole dont elle avait couvert Dick était à terre. Il lui avait laissé un mot ; il devait retourner à la brigade, il l'appellerait plus tard pour la tenir au courant des dernières avancées de l'enquête. Elle voulait lui parler de la lettre, mais il y avait encore plus urgent.

Vick fit le tour du château en appelant sa mère. Cette fois, elle ne la laisserait pas s'en sortir si facilement… Mais rien, pas un bruit. Et aucune trace ni de Marguerite, ni d'Yvette. Vick se rappela que c'était aujourd'hui jour de marché.

Dans la cuisine, elle chercha une bouteille d'antiseptique et des pansements, changea de chaussures et prit la route par le jardin de derrière en direction de chez Raymonde. Puisque celle-ci n'était pas dans la maisonnette avec ses cochons ! Les bêtes dormaient du sommeil du juste.

Vick était amoureuse de sa petite route secrète, le chemin de ronde. Elle avait encore l'illusion d'y être seule et libre, même dans le chaos de ce matin. Après avoir dépassé la *forêt interdite*, comme elle et Dick la nommaient lorsqu'ils étaient enfants, elle se trouva à l'entrée du village. Le vacarme familier du marché se faisait entendre en même temps que le chemin se densifiait, encombré de villageois avec leurs cabas. Tous dévisageaient Vick sans oser lui parler.

— Qu'est-ce que vous regardez ? lança-t-elle à ceux qui s'écartaient à son passage comme devant une sorcière.

Plus rien ne la ferait reculer. Vick ne sentait plus son corps, ses genoux écorchés, ses larmes. Elle était en guerre. Sans penser à rien d'autre qu'à son but, elle monta quatre à quatre les marches et tambourina à la porte. Raymonde ouvrit, des bigoudis pleins la tête, vêtue d'un peignoir de soie rose foncé.

— Enfin, qu'est-ce que tu fais là, ma petite ? Tu aurais pu prévenir. Je me prépare pour le marché.

— Assieds-toi !

Raymonde n'avait jamais entendu Vick lui parler avec une telle autorité. Elle s'assit sur le canapé.

Vick lui raconta la lettre du meurtrier invisible, le secret qu'il lui révélait et, surtout, l'indice : Charlemagne.

— Je ne vois pas le rapport avec moi. Ça pourrait très bien être quelqu'un d'autre. Je ne suis pas la seule à être rattachée à cette école…

— Raymonde, arrête. Je n'en peux plus, de vos mensonges.

— Mais si je te dis que…

— Arrête de te foutre de moi, Raymonde !

Et, pour la première fois, la psychiatre décela un léger tremblement dans les yeux de Raymonde. Et elle sut aussitôt que ce tremblement, cet *infime* tremblement, l'avait trahie. Charlemagne, c'était elle. Quant à Raymonde Burgaud, elle connaissait bien Vick ; elle comprenait que, maintenant, elle ne la lâcherait plus. Qu'il fallait accepter de perdre cette bataille, lui donner quelque chose, pour bénéficier d'une paix provisoire.

— D'accord.

Elle marqua une pause et alluma une cigarette en regardant Vick droit dans les yeux.

— C'est vrai, Bob Vickensen n'est pas ton père biologique. C'est vrai aussi que cet homme était alcoolique et qu'il est mort d'un cancer du foie, pas d'un accident de moto.

— Mais pourquoi ? Pourquoi maman ne me l'a jamais dit ?

— Tu lui demanderas, je n'en sais rien, moi.

— Mais alors, *qui* est mon père ?

— Je n'en sais rien non plus, ma pauvre petite ! Tout ce que je peux te dire, c'est que Bob Vickensen n'a jamais été ton père. C'est tout. Maintenant, si tu veux bien m'excuser, je dois terminer de me préparer. Et tu ne devrais pas être en consultation, à cette heure-ci, toi ?

— J'arrête.

— Tu arrêtes quoi ?

— J'arrête de voir mes patients. Jusqu'à ce qu'on retrouve ce dingue et que je découvre la vérité.

Cette fois, Raymonde ouvrit de grands yeux et devint toute rouge.

— Tu es devenue fada ? aboya-t-elle. Qu'est-ce que je t'ai toujours dit ? Si tu veux être une femme libre, tu dois travailler, toujours. Ce n'est que ça, la vie d'une femme ! Alors, tu vas partir d'ici et recevoir ton patient. Et les autres.

— Non. la coupa Vick. Ma décision est prise.

— Tu vas te tuer. Remuer tout ça, regarde comme ça te fait du mal. Tu as une tête de folle dingue, tu ne dors plus ! Toi et Dick, vous êtes devenus fous, chacun à votre manière. C'est pour *ça* que je suis partie. Pour qu'il comprenne. Mais il n'a rien compris. Alors, je suis revenue, parce que je ne peux pas le laisser. Et puis les cochons, fallait bien s'en occuper…

Des larmes de rage lui montaient aux yeux ; tout son corps semblait être secoué par des vagues de colère.

— De toute façon, je ne peux plus travailler. Je ne pense qu'à cette enquête, qu'à ce foutu meurtrier, qu'à l'histoire de mon père. Et j'ai besoin d'être le plus possible avec Dick pour l'aider.

Raymonde souffla en secouant la tête, puis se leva.

— Je te préviens une dernière fois, Vick. Tu ne devrais pas t'en mêler. Tu ferais mieux d'enterrer tout ça. Te concentrer sur la médecine. Rien de ce que tu découvriras ne t'aidera à vivre, bien au contraire.

72

Le plafond paré de toiles d'araignées semblait s'abaisser, tel le couvercle de la caverne abandonnée d'un génie. Des moucherons dansaient autour d'une chandelle morte. Un rayon de lune éclairait le portrait d'Hitler. Vick avait passé la journée ici, à fouiller les vieux cartons, les photos, les antiquités nazies, à tenter de trouver un nouvel indice, ne serait-ce qu'un, qui lui permettrait de déchiffrer l'énigme face à laquelle l'avait laissée le meurtrier invisible. Pour la première fois en quinze ou vingt ans, à l'exception peut-être des jours de naissance de ses deux filles, Vick n'avait pas vu de patients. Depuis qu'elle avait montré la lettre du MI à Raymonde, qui n'avait manifesté aucune émotion, elle errait comme une ombre dans la zone interdite, effleurant les murs, s'asseyant derrière le bureau de l'officier, tentant de capter les ondes qui traversaient cette pièce. Même les rats qui passaient à quelques centimètres lui étaient devenus indifférents. À 23 heures, Françoise entra.

— Maman, tu as passé la journée ici, tu ne veux pas descendre ? Et tu devrais rappeler Burgaud ; ça fait cinq fois qu'il essaye de te joindre. Il dit que c'est urgent.

Françoise prit la main de sa mère.

— Allez, viens ! C'est glauque, ici. Et on ne voit plus rien.

Vick regarda autour d'elle, l'air vague, comme si elle venait d'émerger d'un long rêve. Elle consentit à suivre sa fille.

— Mamie a appelé le dératiseur ?

— Oui, il est débordé. Il ne pourra pas venir avant une semaine.

Vick s'était endormie sans s'en rendre compte. Elle se réveilla en sursaut au tout petit matin et s'excusa auprès de Dick qui l'avait attendue. De toute manière, il n'avait pas dormi. La psychiatre prit une douche rapide, la première depuis deux jours, s'aspergea de parfum et monta dans sa Targa, manquant renverser les journalistes les plus extrémistes, ceux qui dormaient dans des tentes devant le château. Il n'y a qu'un seul avantage, pensa Vick, à voir sa vie entière s'effondrer et tout ce en quoi on a cru s'effacer : on s'affranchit du regard des autres. Ne sachant plus qui on est, on ne craint plus que les autres nous jugent.

Elle se gara devant le Suisse d'Alger qui venait d'ouvrir. Un expresso à la main, Dick patientait dans la pénombre de la nuit finissante et du jour qui pointait au loin. La flamme de son briquet éclaira un instant son visage, lorsqu'il alluma sa cigarette. Il n'avait pas été étonné quand Vick l'avait appelé pour lui lire la lettre. Ni étonné ni intéressé. Dick, comme sa mère, considérait que les pères n'étaient d'aucune utilité ; aussi, peu importait que Bob Vickensen fût ou non celui de Vick. Mais une autre chose l'avait en revanche interpellé – chose qu'il s'était gardé de lui dire pour le moment. C'était le fait que, pour la première fois, le MI s'était adressé *directement* à Vick.

— Tu comprends ce que ça signifie ? Depuis le début, la personne à laquelle il s'adresse, celle que l'on cherche, c'est toi.

— Qu'est-ce que tu veux dire, Dick ?

— J'ai hésité à t'en parler, je ne voulais pas te faire peur. Non seulement c'est à toi qu'il parle depuis le début, mais le fait qu'il te tutoie dans cette lettre n'est pas un hasard. Je crois que, d'une manière ou d'une autre, ce type te connaît.

Dick s'arrêta une seconde. Vick fronça les sourcils et détourna le regard.

— Je... je vais y réfléchir. Ça n'est pas si sûr. N'oublie pas que je suis célèbre, tout le monde me connaît, d'une certaine manière. Tu m'as dit que vous aviez du nouveau de votre côté ?

— On a passé la journée à fouiller toutes les archives du village – et Dieu sait que ce n'était pas facile. Elle avait raison, ta Shéhérazade. On n'a pas envie de reparler du passé, par ici. Mais on a trouvé quelque chose...

Vick se tenait immobile, comme hypnotisée.

— Ce type, l'Allemand, s'appelait Otto Müller. C'était le chef de la Gestapo locale. Un salopard de première catégorie. Il a à son actif un nombre d'horreurs que tu ne peux pas imaginer. Mais passons. Après tout, c'était un nazi. Ce qui est moins banal, c'est qu'il n'y a plus aucune trace de lui après la Libération. Et quand je te dis aucune, c'est *aucune*. D'habitude, on les retrouve plus ou moins; soit ils ont été tués ou arrêtés, soit ils se sont barrés je ne sais où en Amérique du Sud. Mais lui, rien ! C'est comme s'il s'était évaporé.

— OK, mais donc ?

— Attends… En revanche, ses « collègues », tous ces types qui bossaient avec lui, on n'a pas de problème pour remonter jusqu'à eux. Y en a même un qui vit encore en Allemagne. Je l'ai fait contacter par un de mes hommes qui parle allemand, c'est lui qui nous a parlé d'Otto Müller – ce nom n'était même plus dans nos archives, tu te rends compte ? Mais le type, là, le vieux qui vit tranquillement en Allemagne – et qu'on a dû bien faire flipper avec notre appel –, nous l'a confirmé. Et il a même donné d'autres noms d'anciens qu'on a pu joindre. Tous se souviennent très bien d'Otto Müller. Ils en parlent avec crainte et admiration à la fois… Mais aucun d'eux ne sait ce qu'il est devenu.

— C'est dingue, quand même ! Tu ne penses pas qu'ils pourraient le couvrir encore, même après toutes ces années ?

Vick semblait se ranimer, comme si son cerveau ordinaire recommençait à fonctionner.

— Je ne pense pas. Car le seul truc sur lequel ils sont unanimes, reprit Dick, c'est le fait que, le jour où ils devaient quitter Uzès pour se replier avec le reste des troupes face à l'avancée des Alliés, Müller a disparu.

— Étrange… Et la fille ? Ils ont dit quelque chose à propos de la fille sur la photo ? Ils la connaissent ?

— Il a déjà fallu trouver un numéro de fax pour la leur envoyer en Allemagne. Je te passe les détails, mais on a réussi à leur adresser la photo, qui est arrivée assez grise, mais on la reconnaît à peu près. Ils disent que c'était une prostituée, et qu'effectivement, au château, on s'amusait bien. Ils disent aussi que c'était un peu la favorite de Müller…

— Qu'est-ce qui a bien pu lui arriver, à cet Otto ? Quel lien peut-il avoir avec le MI ? À moins que… Est-ce que ça pourrait être cette prostituée qui l'intéresse ?

— Là non plus, on n'a pas de piste. Le château était la chasse gardée du chef de la Gestapo, et la police française n'y avait pas accès. Le fameux jour du départ, les filles se sont toutes évaporées dans la nature.

— Et dans les archives du côté de la Résistance, il n'y a rien non plus ?

— Non. Enfin, rien qui soit directement lié à notre affaire. Il y a eu quelques humiliations publiques, des cheveux rasés, des exécutions sauvages de collabos, mais rien de plus qu'ailleurs.

Le silence se fit entre eux pendant quelques instants, chacun cheminant dans ses propres raisonnements à partir de ces nouveaux éléments.

— Ce qui est troublant, c'est que, dans les registres – regarde, je t'en ai apporté une copie –, on dirait que les noms ont été effacés pour être remplacés par des initiales… Comme si on avait voulu les rendre anonymes. On ne sait même pas si c'étaient des femmes, des hommes… *Qui* avait intérêt à cacher ça ?

Vick alluma une Winston et prit un moment avant d'émettre une hypothèse.

— Et si c'étaient les Saxe ?

— Ça expliquerait la présence de cette photo chez eux. Peut-être aussi qu'ils ont un rapport avec la fille, et ce serait pour ça qu'ils ont arraché sa tête...

Elle hocha la tête.

— Bon, et sinon, *quid* du MI ? Vous en êtes où, dans les recherches ?

— Nulle part. On a fouillé les égouts de fond en comble, les maisons abandonnées. Rien. Il porte bien son nom, c'est l'homme invisible...

— Ça reste un homme, reprit Vick. Un homme qui a beaucoup souffert dans sa vie, un homme qui, à en croire la lettre, est orphelin...

— Et s'il t'a envoyé cette lettre, s'il a pris le risque d'abattre cette carte-là, c'est qu'il commence à avoir peur, non ? Il doit penser qu'on se rapproche et qu'on va finir par le choper.

— Moi, si j'étais à sa place, si je savais que la moindre parcelle du village est surveillée, je tenterais de trouver un lieu symbolique, un lieu qui incarnerait toute ma quête, mais auquel nous ne pourrions pas penser immédiatement... Tu vois ce que je veux dire ?

— Pas vraiment. Moi, je crois que maintenant il se fout des symboles, il veut juste éviter qu'on le chope.

— Peut-être bien. Mais au point où on en est... laisse-moi quand même essayer quelque chose ! Je lui ai toujours interdit de le faire, mais je sais que Françoise adore ça, explorer des lieux oubliés, laissés à l'abandon. Je l'appelle. Avec un peu de chance, elle aura quelques idées.

Vick disparut un instant. Dick commanda une bière. Son regard croisa celui d'un journaliste d'Antenne 2 attablé là qui, le reconnaissant, s'empressa de s'approcher. Mais le geste de la main que fit Dick pour l'en dissuader fut si ferme, si autoritaire, son regard, si volcanique que l'autre passa son chemin. Toutefois, Dick savait que ce n'était plus qu'une question de minutes avant que l'essaim ne débarque de nouveau. Ils étaient repérés. Vick revint, une lueur dans le regard.

— Françoise m'a parlé d'un lieu. C'est à trente minutes d'ici. Un vieil hôpital abandonné depuis les années soixante.

— Un vieil hôpital ? Mais quel rapport avec notre bonhomme ?

— Eh bien, d'après Françoise, cet hôpital avait une autre particularité : il faisait office d'orphelinat pendant l'Occupation. Un orphelinat, avec ce qu'on vient d'apprendre sur lui, ça se tente, non ? Je suis sûre qu'il se sentirait à l'abri, là-bas. Et personne n'aurait l'idée d'aller l'y chercher…

Dick eut un sourire de satisfaction, la piste était prometteuse. Il s'excusa un instant, le temps de joindre la gendarmerie pour prévenir de cette avancée. Sans un mot, il vint de ses deux bras enlacer Vick. Cela ne dura que quelques secondes, mais ce fut comme un pansement posé sur le ventre noué de la psychiatre.

Les voitures des journalistes commençaient à se garer devant le Suisse d'Alger. Ils étaient grillés. Dick laissa des pièces sur la table, et ils montèrent dans la Porsche.

73

Les indications de Françoise étaient claires, et Vick avait réussi à semer les journalistes quand ils arrivèrent à l'endroit indiqué par l'adolescente. C'était un village endormi, comme la région en comptait tant ; un de ces lieux trop éloignés des gares et des aéroports pour être touristiques, et trop dépourvus de services publics et de commerces pour être chaleureux. Une unique boulangerie subsistait, sur la place centrale, à côté du parking, et elle venait de fermer – les horaires indiquaient 9 heures-midi, du mardi au samedi. Tous les volets des maisons étaient clos, si bien qu'on eût pu croire que le village était inhabité. Il n'y eut qu'un mouvement derrière une fenêtre pour les laisser imaginer qu'une vieille les observait, mais ce fut tout.

Suivant les indications de Françoise, la psychiatre et le capitaine s'enfoncèrent dans le cagnard, sinuant à travers une vieille route de terre. D'après elle, il fallait marcher encore quelques minutes. Dick grognait comme un bœuf. Ils n'avaient pas d'eau, le soleil était de plomb, si bien que, lorsque la bâtisse leur apparut, ils ne surent pas de prime abord si ce n'était pas un mirage. L'hôpital semblait figé dans le temps. Le portail était rouillé, et d'importantes fissures scarifiaient chaque pan de mur.

— L'entrée est bouchée, observa Vick. On dirait que ça s'est écroulé.

— Là, il y a un trou dans le mur ! Mais… ça ne me rassure pas, cette histoire.

— Allez, capitaine, fais pas ta chochotte ! À part les ronces, ça devrait aller. J'y vais en premier. Je te dis.

Vick s'accroupit et s'engouffra dans le trou. Arrivant devant une porte en bois, elle rassura Dick qui la rejoignit, et ils la franchirent ensemble.

La pièce était vide. Un escalier leur faisait face, sur lequel était assise une vieille poupée, habillée d'une chemise à carreaux, aux cheveux rouges, et à qui il manquait un œil.

— C'était peut-être un hôpital psychiatrique, plaisanta Vick.

Elle vit la main de Dick posée sur son arme, prêt à dégainer.

— Parle moins fort.

Ils montèrent au premier étage. Les fissures étaient plus inquiétantes encore au niveau des plafonds, dont les poutres étaient soutenues par des barres rouillées. Ils marchèrent le long d'un couloir d'une vingtaine de mètres, qui desservait une chapelle, en frôlant les murs couverts de croix, de dessins d'enfants aussi. Une sorcière, un magicien, et des mots qui n'étaient plus lisibles, comme si le dialogue entre les deux personnages s'était perdu. À l'étage supérieur, chaque porte était surmontée, dans une typographie ancienne, d'une indication – pharmacie, salle hommes, salle femmes… Quelques tapisseries et des autocollants racontaient une histoire lointaine, perdue. D'après Françoise, qui avait fait ses petites recherches, l'hôpital avait été construit au XVIIIe siècle.

Soudain, ils entendirent un grand fracas provenant de la chapelle. Une porte était entrebâillée, donnant sur ce qui ressemblait à un bureau. À l'intérieur, l'une des fenêtres était grande ouverte. En s'approchant, ils virent qu'une corde en pendait, nouée au pied de la table massive et jetée à l'extérieur. Quelqu'un venait de s'échapper.

Aussitôt, Dick enjamba la traverse et commença à descendre le long de la corde. Vick entendit des bruits de pas affolés sur la terre, des branchages qu'on écrasait et les pétarades d'une moto-cross. Puis plus rien. Juste le retour du vide et le chant des cigales dehors. Et un juron très vulgaire de Dick.

Elle se pencha à la fenêtre, mais il avait disparu. C'est lorsqu'elle se retourna qu'elle comprit où elle était. Les boîtes de conserve, les bouteilles d'eau. Et les photos, à terre et sur une petite table. De vieilles photos jaunies, celles d'un bébé. Des photos qu'elle reconnut tout de suite, puisqu'il s'agissait d'elle.

Vick chancela, s'appuya contre le bureau. D'où venaient tous ces clichés ? Une histoire s'écrivait dans sa tête. Il s'était introduit chez elle, et il les avait volés. Il était venu chez elle, était entré chez elle, alors que sa petite fille et Françoise dormaient. Était-ce la nuit ? Ou, pire, en pleine journée ?

Vick entendit des pas. Dick revenait, ruisselant de sueur, par l'entrée de la chapelle.

— Putain, lâcha-t-il. Il s'est barré sur une moto-cross ! Pas d'immat'. J'ai pas vu sa gueule. Mais c'est sûr que c'est un mec, vu sa corpulence. Et je suis certain que c'est celui avec lequel je me suis battu…

Il essayait de reprendre sa respiration.

— Il est sacrément sportif, le con ! Il court comme un lapin et… Putain, la vache ! C'est quoi, ce bordel ? ajouta-t-il, sidéré, en découvrant les photos.

— Dick, murmura Vick, est-ce que tu pourrais t'installer avec nous au château, le temps que tout ça se calme ?

74

Le soleil était pâle, presque blanc. Clara ne souriait plus, c'était un pli que sa lèvre avait pris, qui était devenu sa courbe naturelle, celle de la tristesse, comme une anesthésie. Avec l'expérience, Vick avait appris que c'était un signe pathognomonique, comme disaient les médecins, de la dépression. Une sorte de signature de la maladie. Et aussi que, depuis la mort de Martial, elle ne tenait que grâce aux médicaments que la psychiatre lui prescrivait – et aux verres de vin blanc qu'elle utilisait pour se rincer la bouche. Ses yeux semblaient presque clos par des bouffissures, celles des sans-sommeil.

Le regard de Clara se modifia quand elles parvinrent au niveau du cabinet. La jeune femme cheminait à petits pas, à la manière d'un oiseau, jetant çà et là de petits coups d'œil anxieux et pénétrants. C'était elle qui avait voulu voir le lieu, et Vick n'avait pu le lui refuser.

— C'est donc là qu'il venait…

— Oui, répondit-elle.

— Il s'allongeait sur le divan ?

— Oui.

— Combien de fois ?

— Deux à trois fois par semaine.

— Ah, il m'avait dit que ce n'était qu'une fois.

— C'était déjà une marque de confiance et d'amour, de vous avoir confié qu'il venait. Beaucoup de patients ne le disent jamais à leurs proches.

— Ah.

Elle hésita un instant, s'appuya sur un vieux fauteuil en rotin. Elle frémissait, les lèvres tremblantes. Son regard tomba sur la fenêtre dorée de lumière.

— Il vous parlait de moi, de nous, de notre enfant ?

— Vous savez, Clara, que…

— Oui, je sais.

— Je vous ai installée dans la chambre rose, j'espère que cela vous conviendra.

— Merci pour tout ce que vous faites pour nous, docteur.

— Ce n'est rien.

— Si, c'est beaucoup, pour des gens comme nous qui n'ont plus rien.

Clara marqua un temps.

— Vous croyez que vous allez l'arrêter ?

— Oui, répondit Vick sans hésiter. Je vous le promets. Et sachez que vous pourrez rester ici aussi longtemps que vous le voudrez. Vous êtes en sécurité, vous êtes chez vous.

Clara fit quelques pas dans la salle du billard, et Vick remarqua les jambes molles de la jeune femme, son teint très blanc ; elle s'approcha juste à temps pour la rattraper dans sa chute. La psychiatre avait l'habitude. Elle apporta un verre d'eau et une serviette qu'elle avait humidifiée, et qu'elle lui passa sur le visage. La jeune femme revint à elle.

Vick l'accompagna dans sa chambre, celle qu'ici on nommait la « chambre des enfants », sans savoir pourquoi. Elle portait le bébé, qu'elle avait récupéré auprès de Françoise, et qui dormait à poings fermés.

— Merci, souffla Clara une dernière fois alors que la porte se refermait.

Vick sortit fumer une cigarette. Devant la grille principale, un gendarme montait la garde. Dick en avait fait poster aux quatre coins du domaine. De l'autre côté du jardin, Vick entendit le bruit de sa moto. Un instant plus tard, le capitaine était face à elle, un sac de voyage sur l'épaule.

75

Un sourire torve se dessinait sous sa capuche. Dans leur cage à demi ouverte, trois rats se partageaient un bout de viande cuite par ses soins sur un réchaud de fortune. Il les aimait comme des frères ; et ce qu'il aimait davantage encore, c'était ce qui terrifiait ou dégoûtait la plupart des autres êtres humains. Il aimait leur petit corps allongé et mince, parfait, pensa-t-il ; leur longue queue nue et écailleuse, leurs oreilles rondes et mobiles, leurs yeux noirs et brillants, leurs dents pointues, dont il avait appris très tôt qu'elles ne cessaient jamais de pousser tout au long de leur vie, ce qui les forçait à mâcher en permanence pour les user ; leur intelligence et leur sociabilité, les liens étroits qu'ils pouvaient former avec leurs congénères, et même avec les humains qui prenaient soin d'eux, comme lui ; leur odorat et leur goût très développés, ce qui les rendait sensibles aux arômes et aux saveurs, leur besoin d'une alimentation équilibrée, et d'un habitat propre et stimulant pour rester en bonne santé et heureux.

Mais ce qui le fascinait le plus, c'était la structure sociale des rats. Ils vivaient généralement en colonie, et chaque membre avait un rôle spécifique à jouer dans la survie de la communauté. Il y avait toujours un dominant, responsable de la protection du groupe et de l'accouplement avec les femelles, tandis que les autres membres de la famille se voyaient attribuer des fonctions différentes, telles que la recherche de nourriture, la construction de nids ou la garde des petits. Aucun enfant n'était abandonné, chez les rats.

Les individus communiquaient grâce à des signaux olfactifs, sonores et tactiles, pour se tenir informés de tout ce qui se passait dans leur environnement. Avec le temps, à force de les côtoyer, de les observer, de les écouter, il était parvenu à reproduire leurs sifflements et, en associant des signaux sonores à des récompenses alimentaires, à leur donner des ordres. Oui, il aimait à penser qu'il était devenu un des leurs. Et il commençait un peu à se rêver, à travers leurs yeux, en égal de son dominant à lui, le plus fidèle, l'albinos aux yeux rouges, celui à qui il réservait parfois la côte de bœuf crue entière. Oui, à l'image du rat blanc, il était en train de rétablir la justice par la force. Dominer pour structurer, restaurer, remettre le monde à l'endroit. *Les* tuer, c'était les dominer. Et tout serait réparé, limpide, sauvé. Il n'avait plus peur, plus peur de rien, pas même de dormir dans des égouts.

Et cela, c'était grâce aux rats. Les rats l'avaient libéré de la peur, l'avaient sorti de son carcan étriqué d'être humain. Leur force de survie hors norme, leur agilité, leur aptitude à grimper, creuser et nager.

Tout cela, il en avait fait ses propres ressources. De la harde sauvage des rats il était devenu le chef, l'inspirateur. Eux ne l'avaient jamais déçu, ne lui avaient jamais menti. Les rats étaient vrais, stricts, fidèles.

Assis à terre, il contempla les photos de Vick Vickensen bébé qu'il avait accrochées à côté des siennes, aux murs de son nouveau repère, qu'*évidemment ils ne trouveront pas,* murmura-t-il en riant très doucement, de ce calme un peu fou qu'offre la toute-puissance. Il effleura le passeport qu'il avait disposé au milieu de son bric-à-brac, son passeport sur lequel il avait entouré, à côté de la photo, la date en rouge. Cette date de naissance qu'ils partageraient pour l'éternité : 25 juin 1944.

76

Images en noir et blanc. Quelques whiskys dans le nez, un bon film noir, comme à leurs vingt ans, dans la salle de télé du château. Leur préféré : *Une femme disparaît*, 1938. Hitchcock, qu'ils regardaient en frissonnant, adolescents, tandis qu'Yvette et Raymonde dînaient sur la terrasse. Une autre époque. Dick et Vick connaissaient chaque minute de ce film, et pourtant ils le redécouvraient ce soir-là comme si c'était la première fois.

Quand le générique de fin défila, Dick avait fini la bouteille, et il fallait bien cela pour qu'il ose demander à Vick ce que, sobre, il n'aurait pas osé lui demander : un profil psychologique du tueur.

Elle, qui avait moins bu – ou qui résistait mieux –, partagea ses hypothèses : le MI traitait les autres comme des objets, dans une forme de toute-puissance infantile. Sa manière, peut-être, de reprendre le pouvoir sur une histoire qui lui avait échappé. Il lui semblait aussi qu'un trait constitutif de sa personnalité paraissait particulièrement pathologique : son attitude paranoïaque envers le monde, qui pouvait s'expliquer par un ratage dans l'acquisition des valeurs morales, lié à un manque d'intérêt du père ou, pire, à une carence totale à l'endroit de la fonction paternelle.

— Peut-être, poursuivit Vick, que ce qui le tient est la certitude absolue que tout le monde est hypocrite, menteur, à mettre dans le même sac. Et que, donc, ceux qu'il tue méritent ce qui leur arrive. Non seulement parce qu'ils font partie de cette *famille* Saxe, mais, plus largement, parce qu'ils doivent payer pour l'humanité entière. Il est soutenu par une rage constante, qu'il maîtrise à la perfection. Tout est prévu, millimétré, obsessionnel. Cette rage, qui est son moteur, tient au fait qu'il se sent humilié, dupé par quelque chose…

Vick s'interrompit, comme si ses idées, qui s'enchaînaient maintenant, se déployaient, et qu'elle les observait. Elle reprit.

— Il a beaucoup de mal à organiser ses pensées… D'après l'expérience que j'ai de ce genre d'individus, je dirais qu'il est prédisposé à de graves défaillances de la maîtrise du moi, chose qui rend possible l'expression ouverte d'une violence primitive née d'expériences traumatiques antérieures – et devenues inconscientes.

Elle se rendit compte qu'elle risquait de perdre Dick et résuma :

— Soit on a affaire à un psychopathe, c'est-à-dire, au sens psychiatrique, à une personne atteinte de troubles de la personnalité caractérisés par un manque de conscience morale et d'empathie envers les autres, de type « trouble de la personnalité antisociale ». Ça comprend la manipulation, la tromperie, l'absence de remords ou de culpabilité pour des actions nuisibles envers autrui, ainsi que des tendances à la violence et à l'impulsivité…

— Mais est-ce qu'il peut être psychopathe *et* fou en même temps, au sens psychiatrique ? articula Dick avec difficulté.

— Tu veux dire psychotique ?

— Oui, un truc comme ça. Parce que moi, les psychopathes, ça me connaît, mais le reste, tes trucs en « ique »…

— Non, les psychopathes ne sont *a priori* pas psychotiques. Les psychopathes ont conscience de leurs actes et peuvent agir de manière rationnelle. Les personnes psychotiques, en revanche, ont des troubles de la perception de la réalité. Ils peuvent avoir des hallucinations, des délires et des pensées illogiques. Je ne vois pas comment quelqu'un de psychotique pourrait mener une opération aussi préparée et minutieuse.

— Pour toi, un psychopathe, ce n'est pas un fou ?

— Au sens psychiatrique, non.

Un silence enveloppa la pièce. Le jardin et, plus loin, la forêt apparaissaient comme des masses noires perdues dans la nuit.

— Ça ne t'arrive jamais de te demander si tout ça est vrai ? reprit Dick.

— Quoi, *ça* ?

— Je veux dire, ces meurtres, ce type invisible… Ça ne t'arrive jamais de te dire que, peut-être, c'est comme dans ce film… Et que nous sommes les seuls à voir tout ça, à inventer tout ça ?

— Je crois surtout que tu devrais te calmer sur le whisky, Dick.

— T'as raison. Tu sais ce que Conan Doyle écrit, dans *Sherlock Holmes*, sur la criminalité ?

— Éclaire-moi.

— Que la pauvreté et la misère engendrent le crime.

77

Le ciel était noir et sans profondeur, l'air lourd, aux relents de feuillage pourrissant, à l'entrée du cimetière. On ressentait dans le ventre ces moiteurs sauvages qui annoncent un orage, un orage qui ne venait pas. Vick repensa à Yvette, qui était apparue au matin dans son grand peignoir. À son silence. À son absence de commentaires sur l'arrivée de Dick, de Clara, du bébé. À ce café qu'elle avait refusé d'une voix atone. À ce simple hochement de tête qu'elle lui avait accordé, lorsqu'elle l'avait sollicitée pour garder Marguerite le temps de la cérémonie. Et Vick, l'espace d'un instant, d'un éclair, de quelques secondes, se demanda si sa mère lui pardonnerait jamais d'être entrée dans la zone interdite.

Le cliché journalistique « L'église était pleine » s'appliquait parfaitement à la cérémonie, même s'il n'y avait pas d'église. Car, si Églantine Birtoud avait bien eu une certitude de toute son existence, c'était que Dieu n'existait pas. C'était donc dans le cimetière d'Uzès que l'on ne pouvait plus faire un pas. Les journalistes jouaient des coudes, entre les badauds et les touristes curieux, derrière la famille qui progressait à petits pas. La marche blanche était partie de la place aux Herbes pour se terminer ici, devant cette tombe où bientôt Églantine Birtoud reposerait. Son neveu, le petit bleu de Dick, ouvrait la voie, en larmes, avec à son bras sa grand-mère qui avait une voilette sur le visage et les plus grandes difficultés à marcher. Derrière, le cortège s'étirait jusqu'à la place, et il avait fallu un renfort de gendarmerie pour bloquer la route, qui ne pouvait plus absorber personne.

Dick et Vick s'étaient postés derrière les proches, aux aguets. Ils n'avaient pas reparlé du mot qu'il avait posé la nuit précédente sur la petite table à côté du divan, avec l'iconique Paper Mate de Vick, qu'elle utilisait pour prendre des notes. « Je ne te quitte plus. » Était-ce un rêve, ce message qu'il avait laissé ? Et, bien sûr, il fallait que cela vienne d'un homme avec qui elle n'avait pas couché !

Dick avait placé des gendarmes en civil un peu partout au cimetière, et d'autres sur les points hauts du village – dont la terrasse de Vick –, avec jumelles et appareils photo. Rien ne devait leur échapper. Le capitaine Burgaud l'avait répété au briefing du matin : il était convaincu que le MI ne resterait pas passif en ce jour de célébration de l'un de ses plus grands succès. Vick l'avait dit : sa faille, c'était sa mégalomanie. Il n'avait pas de limites. Il ne serait jamais satisfait. Il continuerait jusqu'à ce qu'on l'arrête.

— D'ailleurs, avait-elle poursuivi, je crois que c'est ça qu'il cherche, au fond. Que quelqu'un l'arrête.

Le maire prononça un joli discours, vantant les qualités humaines d'Églantine Birtoud, elle qui avait passé toute son existence dans « notre beau village » et avait préféré aux lumières des grandes villes la simplicité et la beauté de sa terre natale. Raymonde Burgaud, bien entendu, prit la parole après lui. Des cernes noirs assombrissaient son visage, son élocution était moins assurée qu'à l'habitude. Alors qu'elle achevait son discours, l'un des hommes de Dick accourut et lui murmura quelque chose à l'oreille.

Vick l'interrogea du regard, et il l'entraîna à l'écart de la foule.

— On a reçu un appel du MI en provenance d'une cabine téléphonique... Il revendique un nouveau meurtre, au parc du Duché. Il a été vu il y a une minute. On a peut-être une chance de l'arrêter cette fois. On y va tout de suite.

— OK, je viens.

— Non, tu restes. Pas question de te faire courir le moindre risque. Et puis, j'ai besoin que tu observes. Il y a tellement de monde ici, on ne sait jamais...

Dick disparut au moment où l'on descendait le cercueil d'Églantine Birtoud dans sa dernière demeure. Vick vit Raymonde Burgaud jeter une rose dans le tombeau, et prononcer des mots silencieux et incompréhensibles, accompagnés d'un signe de croix et d'un regard révulsé vers le ciel.

78

Un rabbin vêtu de vert l'appelle d'une voix grave, dans une langue qu'elle ne connaît pas. Il lui fait signe. C'est une invitation à entrer dans le cimetière. Elle passe de nouveau entre deux tombes identiques. Il faut marcher plus loin, vers une autre tombe. Le vampire l'attend, une perfusion sur un plateau, entre ses mains gantées.

— Aspire, dit-il, aspire !

Vick s'exécute. Rien ne vient. La perfusion est transparente. Fin du rêve.

En quelques secondes, alors qu'un à un les villageois déposaient une fleur dans la fosse, le souvenir de son rêve était revenu, sans qu'elle puisse le dater. La psychiatre savait que, dans beaucoup de traditions, un mort sans sépulture *fabriquait* un fantôme. Était-elle hantée ? Le vampire était-il son père, son vrai père ? À l'image du vampire de son cauchemar, était-elle obligée de tenir en vie ce père grâce à cette perfusion, sans y parvenir ? Était-ce cela qu'elle avait tant décrit à ses patients ? *Être hantée* ?… L'expression de l'un de ses maîtres lui vint : *l'impensé dévastateur.* Ce qui n'est pas pensé, ce qui n'arrive pas à la conscience, fracasse.

Vick connaissait aussi la signification d'une tombe vide dans un rêve, pour l'avoir tant théorisée dans ses livres. C'était celle d'une mort impossible à concevoir, symbolisant un vide. Et si Yvette avait raison ? Mieux valait peut-être une histoire fausse comme celle de Bob Vickensen que rien du tout ! Ou alors, Vick n'aurait été engendrée par rien, par personne ? Son père n'aurait été qu'une place vide ?

Était-ce de cela qu'Yvette avait voulu la protéger ?

Alors, elle eut une intuition, une intuition terrible. Et si l'appel du MI était un leurre pour les piéger, elle et Dick ? Tout comme la planque du MI à l'orphelinat… Et s'il n'avait jamais quitté les égouts à proximité du château ? Elle se faufila hors de la foule, évitant autant que possible d'attirer l'attention, et se mit à courir vers le château.

Quand elle arriva, en sueur, dans la cuisine, Yvette était à terre, évanouie, une seringue de Propofol à côté d'elle. Le cœur de Vick s'emballa. Est-ce qu'il l'avait tuée ? À peine s'était-elle agenouillée auprès de sa mère pour prendre son pouls et vérifier qu'aucune trace de la seringue n'apparaissait sur son corps que Vick entendit quelqu'un courir dans le couloir. Alors elle comprit… Si elle n'était pas arrivée à temps, le MI aurait tué sa mère.

Elle se mit à hurler de toutes ses forces. Ses cris appelaient Françoise et Marguerite ; ils retentissaient dans tout le château. Elle l'entendait. Il était là, partout. Ses pas étaient lourds. Ils lui semblaient résonner du plus profond d'elle, dans son cœur, dans chaque pièce. Elle courut dans l'escalier, dans le couloir, arriva enfin près du petit lit où, dans l'ombre, elle ne percevait qu'un renflement sous le drap. La petite dormait à poings fermés. Elle se précipita jusqu'au studio de Françoise, tambourina à la porte. L'adolescente ouvrit en bougonnant, les écouteurs sur les oreilles. Vick ne prit pas le temps de répondre à son regard interrogateur et termina par la chambre de Clara et du bébé. La femme de Martial tremblait de tous ses membres, son enfant endormi dans les bras.

— Il vous a fait du mal ? Vous l'avez vu ?

— Non, je dormais... Mais j'ai entendu crier, qu'est-ce qui se passe, docteur ?

Le silence revint dans la maison. De longues et lourdes minutes passèrent. Puis elles entendirent des jurons en provenance du jardin et Vick reconnut la voix de Dick. Le capitaine débarquait avec une vingtaine d'hommes.

— Ratissez-moi entièrement cette maison. Le jardin, tout !

Vick le rejoignit. Des larmes de rage coulaient le long de ses joues. Comment était-il possible que ce dingue leur échappe encore ? Elle avait cru que ses deux filles étaient mortes.

— C'était un piège. Il a voulu nous éloigner pour entrer plus facilement, grogna Dick, sa voix à lui aussi chevrotant de colère.

Vick se dirigea vers la cuisine. Sa mère apparut en chemise de nuit, livide. Vick vérifia qu'elle n'avait rien et commença à la questionner, mais Yvette ne se souvenait que d'un chiffon plaqué sur son nez, puis c'était le trou noir. Un gendarme entra, présentant au capitaine deux pochettes plastifiées.

— On a trouvé ça, chef. Posé dans le cabinet du Dr Vickensen.

Dick s'en empara. La première contenait une feuille avec un nouveau message, rédigé de la même écriture bleue et sinueuse que les autres.

— *Comme les doigts de la main*, lut Dick. Son nouveau message codé…

La seconde pochette contenait un ticket de manège. Un ticket que Vick reconnut immédiatement. C'était celui qu'elle et Françoise avaient trouvé, dans le tiroir caché du troisième étage. Avec le petit trou de brûlure de cigarette. Cela ne pouvait signifier qu'une chose : le MI avait pénétré dans la zone interdite, s'était emparé du ticket et l'avait posé, bien visible, à l'attention de Vick, sur le divan.

79

— Très bien, monsieur le ministre. Merci encore de votre soutien.

Dick raccrocha. Le ministre de l'Intérieur avait pris la peine de l'appeler pour lui renouveler sa confiance et lui annoncer l'arrivée de renforts. Comme chaque fois que les médias s'emparaient d'une affaire, celle du meurtrier invisible était devenue une cause nationale, une question politique qui avait atteint jusqu'à l'Élysée. Il n'était plus admissible qu'un homme solitaire tourne en ridicule un village, un pays, une institution, les forces de l'ordre, et surtout pas le jour de l'enterrement d'une victime. Dick n'avait pas desserré les doigts de son arme.

— Tu peux le lâcher, murmura Vick en s'approchant de son oreille. Il est parti. Il ne viendra plus.

Le capitaine avait rassemblé tout le monde dans la salle du billard. Clara et son bébé étaient assis sur le fauteuil de velours vert. Françoise fumait une cigarette en tremblant sans que sa mère trouve à y redire, ayant elle-même grillé un demi-paquet en trente minutes.

Le château grouillait de gendarmes, le moindre centimètre avait été passé au peigne fin. Aucune trace du meurtrier. Vick tenait Marguerite dans ses bras. Yvette était à leurs côtés. Sans un mot, elle avait attrapé la main de sa fille. Elles avaient échangé un regard, ce regard de celles qui savent que la mort a failli les séparer et qu'elles ont manqué se quitter dans le silence. Yvette fit un signe à Vick, qui confia Marguerite à Françoise avant de suivre sa mère un peu plus loin, là où personne ne pourrait les entendre.

Yvette prit une inspiration et se lança.

— Raymonde m'a appelée... Elle m'a raconté que tu étais allée la voir. Je suis désolée, c'est ma faute, j'aurais dû te parler avant... C'est vrai, Bob Vickensen n'est pas ton père.

Vick soupira. Elle mesurait à quel point cela devait coûter à sa mère de revenir sur ce mensonge, après toutes ces années. Malgré l'incompréhension, malgré la colère, elle refusait d'en vouloir à Yvette.

— Qui est-ce, alors ?

— Je ne sais pas.

— Comment ça, tu ne sais pas ?

— Pendant la guerre, j'étais jeune et... j'ai eu des aventures.

— Des aventures ?

— Beaucoup d'aventures. Je vivais en Espagne. Tes grands-parents nous avaient emmenés là-bas quand les Allemands ont envahi la zone libre. Je sortais, je buvais énormément. L'Espagne, même franquiste, n'était pas en guerre, alors on était jeunes et on s'amusait... Quand je suis tombée enceinte, ma mère a paniqué. Elle savait que, quand nous rentrerions au village, il faudrait inventer une histoire… À l'époque, il valait mieux mourir que d'être fille-mère. J'ai accouché en Espagne. Puis nous sommes revenues à Uzès, en octobre 1945, et nous nous sommes réinstallées au château. Et Bob était toujours là. Il s'occupait du jardin, et il avait continué à le faire pendant l'Occupation. Maman a eu l'idée de lui proposer d'être ton père. Elle disait qu'elle préférait encore un bon à rien alcoolique plutôt que de voir sa fille se faire traiter de pute. Il t'a déclarée contre de l'argent, c'est tout. Et il est effectivement mort d'un cancer du foie. Bob était un sac à vin qui passait son temps place aux Herbes à se bourrer la gueule. Mais je ne sais pas, l'accident de moto, je trouvais ça plus glorieux, pour t'aider à te construire. Tu voulais la vérité, va ; tu l'as, ma petite.

Vick ne trouva rien à dire. C'était donc cela, la vérité ? Fille biologique d'un Espagnol inconnu, fille reconnue par un père alcoolique dont l'unique motivation était financière ?

— Je savais bien que ça te ferait de la peine, continua Yvette. Mais tu as voulu savoir, alors, tu sais. Ah, si seulement tu m'avais écoutée… Tu ne te serais pas embarquée dans cette histoire folle avec Dick. Je préférais encore quand tu passais ton temps avec tes patients. Mais tu n'écoutes jamais ta mère, de toute façon. Je suis au moins d'accord avec Raymonde sur ce point.

Yvette marqua un silence. Vick sentit qu'elle essayait de poursuivre, mais que les mots restaient bloqués dans sa gorge.

— Oui, maman ?

— Bon. Et il y a autre chose… Je vais te le dire, mais j'aimerais que tu n'en profites pas pour nous faire une de tes théories de psychamachinchouette !

— D'accord.

— Vous étiez deux, dans mon ventre. Toi et un autre. Un garçon. Toi, tu as vécu. Voilà, c'est tout. On ne lui a même pas donné de prénom, on ne l'a pas enterré.

Vick prit une grande inspiration et se redressa, pour éviter que ses épaules ne s'effondrent, que ses jambes ne fléchissent et ne la laissent s'écrouler au sol. Elle penserait plus tard à ce qu'elle ressentait. Un psychopathe courait en liberté, nimbé de ses mystères. Des enfants et une veuve étaient en danger. Elle n'avait pas le temps de penser à elle.

— Et Bob Vickensen ? reprit-elle avec son flegme psychiatrique, comme si elle n'avait rien entendu des révélations que venait de lui faire sa propre mère. Vu qu'il vivait ici, pendant la guerre, il ne t'a jamais raconté ce qui se passait ? Dit qui était ce nazi, expliqué que le château était une maison close ?

La réponse d'Yvette sonna comme une sentence tranchante qui n'appelait qu'à se taire.

— Non. Après 45, nous n'avons jamais plus parlé de la guerre. Je t'ai tout dit. Je suis fatiguée, maintenant.

Yvette tourna les talons et partit vers sa chambre.

80

Vick courut vers le capitaine pour lui révéler ce qu'elle venait d'apprendre, avec le même détachement que si elle parlait de l'un de ses patients.

Dick avait repris de sa superbe et, tel un général, il organisait ses troupes. Quarante gendarmes quadrilleraient en se relayant jour et nuit la propriété, de façon que chaque entrée soit protégée et que l'intégralité du chemin de ronde soit couverte. Dans le château, un homme se tiendrait devant chaque porte – côté billard, côté terrasse et côté cuisine. Un autre monterait la garde vingt-quatre heures sur vingt-quatre au niveau de la bouche d'égout qui était reliée au château. Yvette, Clara, le bébé, Marguerite et Françoise avaient interdiction de se rendre au village et même de sortir du jardin tant qu'on n'aurait pas arrêté le meurtrier.

— Considérez que tout le monde est une cible, tonnait Burgaud. Seule le Dr Vickensen a le droit de quitter le château pour les besoins de l'enquête.

On commençait à savoir beaucoup de choses sur ce type. On savait qu'il était sans doute orphelin, que la mort de sa mère avait un lien avec les Saxe, qu'il avait aussi un lien avec Vick Vickensen, et qu'elle l'obsédait. Et si on en jugeait par son dernier message laissé au château, *comme les doigts de la main*, il n'était pas fou de se dire que la révélation d'Yvette arrivait avec une troublante synchronicité… Vick n'était pas seulement une des cibles possibles ; elle se retrouvait au cœur du maëlstrom.

81

Le ciel se couvrait de nuages spongieux et gris, mais l'orage n'éclatait toujours pas. Dehors, les journalistes guettaient le moindre mouvement, des hélicoptères tournaient dans le ciel.

Sur le divan, la psychiatre avait étalé toutes ses notes, ainsi que les carnets où Yvette consignait ses rêves. Au mur, Dick avait affiché les photos des protagonistes et des scènes de crime, des dates. Un commissariat dans un cabinet de psy.

La fatigue se mêlant à l'angoisse, les pensées de Vick lui semblaient toutes obscures, comme un océan que l'on contemple la nuit et qui paraît n'être qu'une masse informe et terrifiante. Quand l'angoisse la submergeait, elle prenait un livre. Freud, souvent. Elle ouvrit le placard où étaient entreposés ses cours, qu'elle avait conservés de ses années de fac. Elle se retrouva à vingt ans, derrière cette écriture sinueuse mais appliquée, au Paper Mate bleu.

Ce que Freud nous apprend, c'est que le rêve nous met en relation avec les morts.

Freud a découvert que la logique du rêve avait à voir avec la perte : la perte du récit du rêve lui-même, la confrontation avec des bribes et des morceaux, qui ne font pas sens car il en manque. Mais aussi la perte des personnes qui reviennent nous hanter en rêve. Il y a donc un étrange chemin qui conduit du rêve à la région des morts. Freud ne cache pas dans quelles circonstances il écrit L'Interprétation du rêve. *Il avait quarante ans et venait de perdre son père. Dans la préface de son livre, il ne joue pas au savant détaché qui n'éprouve rien. Freud est là en tant que* sujet, *il écrit avec ses propres rêves et cauchemars, et depuis sa propre expérience du deuil.*

Ce que l'on constate, c'est que les morts reviennent dans nos rêves, et parfois de très loin. On dirait même que, pour l'inconscient, les morts ne sont jamais morts. Ce n'est pas exactement qu'ils nous gouvernent, c'est qu'ils font retour, comme si leur existence avait tellement compté qu'elle était inscrite à jamais dans notre psychisme.

Aussi, rêver d'un parent disparu, c'est faire une expérience singulière. Le rêveur, un peu comme Ulysse se retrouvant aux Enfers et y rencontrant sa mère déjà décédée, est emporté à la frontière de la vie et de la mort. Homère nous dit qu'Ulysse revoit sa mère comme un fantôme. Les rêves de parents morts nous font faire à chacun ce voyage, comme Ulysse.

Vick sauta quelques pages et tomba sur une autre note, qu'elle avait oubliée :

Freud s'est aventuré très loin dans l'interprétation des rêves de disparus. Notamment à travers un rêve très court, dont il ne parle qu'une fois, et qui est d'une richesse inouïe. Un rêve qui contient en lui-même toute l'énigme du deuil… Ce rêve se résume à cette seule phrase : son père était à nouveau en vie et lui parlait comme d'habitude – mais, chose étrange, IL ÉTAIT MORT QUAND MÊME ET NE LE SAVAIT PAS (Vick avait souligné elle-même ce passage).

Freud s'intéresse à ce qu'il y a de plus étrange dans le rêve, cette seconde partie de la phrase. Voilà le mystère… ÊTRE MORT SANS LE SAVOIR. N'est-ce pas absurde ? Après tout, on ne sait jamais qu'on est mort ; ce sont toujours les autres qui le savent, les autres, qui souffrent d'être désormais seuls à porter le lourd fardeau de ce savoir. Eh bien, pour Freud, c'est pourtant là que réside le secret du rêve.

Il l'interprète d'abord comme la réalisation d'un désir. Quel désir ? Le désir récent que le fils a eu alors qu'il veillait son père : celui que les souffrances de son père soient abrégées. Le rêve réaliserait le désir que s'est formulé le fils en secret : celui que son père meure enfin, pour ne plus être le témoin de cette agonie effroyable. Le père mourant n'a pas su que le vœu de son fils était que sa vie s'achève. Là, le « il ne le savait pas » trouve donc un sens. C'est comme si le fils rêvait de ce qui l'avait traversé au moment de l'agonie du père sans pouvoir le formuler.

Peut-on aller plus loin encore dans la plongée au cœur du rêve qui devient presque un cauchemar ? Freud dit que la mort d'un père est le drame le plus poignant d'une vie. Cette mort confronte l'enfant à ce lieu des Enfers où dorénavant plus rien ne le protège de sa propre mort. Finalement, ce rêve lui permet de se tenir encore face au père ; le vrai cauchemar serait de s'apercevoir que, le père étant mort, le fils est dorénavant confronté lui-même à sa propre mort à venir.

Ce rêve si court, si curieux, nous éclaire sur ce que le parent disparu nous a laissé. Si le père est mort sans le savoir et parle comme avant, n'est-ce pas aussi que la disparition d'un parent nous laisse, chacun, seul face aux paroles qui restent ? Voilà ce qui revient dans nos rêves : des mots que nous ne comprenons pas, des discours qui se sont tenus et qui ont parlé de nous sans que nous mesurions l'effet qu'ils ont eu sur notre existence. Le deuil et la perte ne nous confrontent pas seulement au silence, ils nous confrontent aussi au malentendu *qui reste…*

Lorsque nous sommes en deuil, nous, les vivants, nous nous retrouvons plus franchement que jamais face à ce que Lacan appelait le bafouillage de nos ascendants. *Comme lorsque, dans nos rêves, ceux qui nous ont précédés parlent, mais que nous n'entendons pas ce qu'ils disent, nous ne les comprenons pas.*

Voilà ce à quoi peuvent nous confronter les rêves de disparus : à ce malentendu *entre nous. À ce qui est resté entre les vivants et les morts à l'état de balbutiement et n'a pu se dire.*

S'arracher au deuil, n'est-ce pas, alors, pouvoir interpréter ce malentendu ? S'interroger sur le sens de ce que nos parents nous ont laissé sans le savoir eux-mêmes ? Et s'approcher, pas à pas, de ce malentendu dont nous sommes chacun issu, malentendu qui dit peut-être notre être le plus intime, et le plus singulier…

Vick referma le carnet. Elle alluma une Winston et se servit un whisky, qu'elle but cul sec. Son regard errait dans la pièce, mais il était tourné vers l'intérieur d'elle-même. Elle essayait d'assembler les pièces du puzzle. Elle comprenait *physiquement* que ses rêves l'avaient mise sur le chemin... Un chemin qu'elle cherchait encore. Qui se dessinait et puis disparaissait, se refusait.

Elle saisit un autre carnet – son carnet rouge. C'était celui dans lequel elle avait pris ses toutes premières notes sur l'analyse transgénérationnelle, pendant les cours du Dr André. Celui qui avait fait naître sa vocation, à la faculté de médecine de Nîmes.

Si le mort reste sur Terre, il nous pompe de l'énergie. Le fantôme n'est pas quelque chose de « surnaturel ». Le fantôme n'est pas, à proprement parler, le mort. Le fantôme est une structure faite d'énergie et d'affects ; une structure relationnelle, émotionnelle, qui nous permet de créer des relations familiales, amicales.

Et c'est cette structure que l'on s'efforce de maintenir. S'il y a des gens qui n'ont pas été enterrés, on les retrouve en faisant des arbres généalogiques dont ils ont été effacés. Ce sont généralement les enfants morts, les personnes décédées en hôpital psychiatrique, ou dans des conditions dramatiques qui n'ont pas pu être verbalisées ; c'est là qu'aucune histoire n'a pu être tissée. Faire son arbre en allant chercher dans les mairies, aller au bout d'une recherche généalogique, réunir toute sa famille dans sa tête, cela permet de retisser cette histoire tronquée. Vous trouvez là des tas de gens qui ont été totalement éliminés de l'histoire. Ce sont ceux-là qui donnent des fantômes, ceux-là qui errent. Parce qu'il n'y a plus personne pour penser à eux. Quand on pense à un mort, on lui envoie une énergie de mouvement, de déplacement. Mais attention : en vouloir à un mort, en revanche, c'est le retenir, le figer – le clouer, inerte, à nos côtés.

82

Vick s'était assoupie. Le château était plongé dans l'ombre, baigné dans le bruit assourdissant des trombes d'eau qui battaient contre les fenêtres. Peu avant, un grondement s'était fait entendre. Les nuages noirs s'étaient amassés dans le ciel, comme s'ils avaient été appelés depuis les montagnes. L'obscurité envahissait tout, enveloppant la bâtisse d'une atmosphère menaçante. La pluie avait commencé à tomber à grosses gouttes sur les tuiles du toit, des éclairs avaient zébré le ciel.

Le vent hurlait, faisant claquer les volets et les portes. Les arbres ployaient sous la puissance des bourrasques, et des branches arrachées volaient en tous sens. Vick eut l'impression, cette même impression qu'elle avait depuis sa naissance, que tout allait être emporté par la tempête, y compris elle-même. Le sommeil était associé à une forme de mort. Elle sourit en pensant à la terre aride et assoiffée depuis de longues semaines, enfin abreuvée. Il fallait qu'elle aille ouvrir la fenêtre. Pas toutes, mais au moins celle de la salle du billard, pour qu'un peu de cette fraîcheur pénètre dans le château.

Les meubles, les murs, les tableaux semblaient à Vick comme des ombres mouvantes. Elle traversa le couloir sombre, marchant, comme hypnotisée, vers la faible lumière du lustre principal, le seul encore allumé. Mais elle s'arrêta net lorsqu'elle entendit des bruits et vit deux rats qui s'affrontaient.

Ils bondissaient l'un sur l'autre, griffant et mordant avec rage de leurs dents aiguisées. Soudain, un éclair illumina la pièce et les rats pendant quelques secondes, qui suffirent à Vick pour remarquer une rate à l'abdomen gonflé par la grossesse et secoué par les mouvements de ses ratons, recroquevillée dans un coin. Les deux rongeurs reprirent le combat, grattant l'un contre l'autre, leurs corps serrés en une boule furieuse. Leurs minuscules crocs surgissaient et se plantaient dans le flanc de l'autre avec une férocité inouïe, leur fourrure était déchirée et humide d'un liquide noir. Un puissant coup de tonnerre retentit, faisant trembler les murs du château comme s'ils allaient s'effondrer, et soudain, un battement d'ailes fou, un vol furieux et frénétique. Ceux d'une créature que Vick avait en horreur au moins autant que les rats. Une chauve-souris.

Les rongeurs ne remarquèrent pas tout de suite les grandes ailes brunes qui s'approchaient. La chauve-souris, qui avait repéré la femelle toujours figée dans le coin de la pièce, tourna encore quelques instants avant de piquer net et de se jeter sur les rats, happant l'un d'eux dans sa gueule et lui brisant le cou.

Le second, pris de panique, resta d'abord pétrifié en poussant de petits cris. Mais le rongeur, dont Vick connaissait l'intelligence, ne tarderait pas à trouver une issue, et elle craignit que ce fût la porte menant à son cabinet.

Le second rat s'avança à tout petits pas vers la chauve-souris, recroquevillée sur elle-même à côté de la femelle qui n'avait pas bougé depuis le début de la scène. La chauve-souris avait les yeux fermés, les ailes repliées, et semblait endormie.

Le rat se lança alors sur elle, prêt à prendre sa revanche. Avec un léger hoquet, la chauve-souris ouvrit les yeux. En une microseconde, ses ailes se déployèrent, et elle s'envola. Une seconde plus tard, elle piqua à nouveau sur le rat et l'avala d'abord à moitié, puis totalement, avant de disparaître.

La rate regarda Vick, et Vick la regarda.

Vick se réveilla en sursaut. La pluie battante continuait de tomber sur les murs du château. La rate devait pouvoir fuir. Elle la chercha. Sans réfléchir, elle se précipita alors sur les volets de la salle du billard et tenta de les ouvrir. Mais le vent était si fort qu'elle n'y parvint pas tout de suite. Elle poussa plus fort, les mains rivées aux volets, comprenant soudain qu'elle venait de rêver. Et c'est à cet instant qu'elle sentit une violente décharge dans sa nuque, et qu'elle tomba.

83

— Dr Vickensen ? Dr Vickensen, vous m'entendez ? gueula un gendarme.

Une gifle la ramena au monde. La main d'Yvette.

— Ah, te voilà, ma petite, va… Combien de fois te l'ai-je dit, qu'en cas d'orage, on ne touche pas aux volets ?

— Qu'est-ce qui s'est passé ? demanda la psychiatre en se massant la tête.

— Vous avez voulu ouvrir les volets, répondit le gendarme qui se tenait au côté de sa mère. Et vous avez pris la foudre.

— Vous avez vu le rat ?

L'homme parut surpris, mais il lui répondit.

— Oui, plusieurs, même. Mais ce n'est pas surprenant, ce château est infesté de rats.

— Où est Dick ? Je dois lui parler.

— Au commissariat, il me semble. Ou chez lui.

— J'y vais.

— D'accord, mais je vous accompagne. Les consignes du chef sont claires, et vous avez l'air sonnée.

Yvette aussi était pâle. Une protestation mourut sur ses lèvres, et ses pommettes battaient sous sa peau ridée. Mais elle accepta de rester avec Marguerite.

84

Le jeune gendarme était brun, trapu et taiseux. Tout le long du chemin qu'ils parcoururent en passant par le jardin puis par la forêt, il la protégea d'un grand parapluie, sans se soucier de l'eau qui ruisselait sur son uniforme et son képi. Sous le feuillage luisant, Vick retrouva quelque chose de son enfance et des fins d'été qui, à bas bruit, annonçaient la rentrée, l'école, puis l'arrivée d'un long hiver.

— On va d'abord essayer chez lui, dit le jeune homme quand ils parvinrent place aux Herbes. Il y a de la lumière.

Ils grimpèrent l'escalier en laissant derrière eux et sur chaque marche des traces de pas.

— Je vous attends ici, murmura le bleu une fois qu'ils eurent toqué à la porte.

Dick ouvrit et lui proposa tout de suite un whisky, qu'elle accepta. La même excitation semblait s'être emparée d'eux, et un court instant Vick eut envie de ses bras. Rien n'avait changé, ici, depuis dix ans ; tout était blanc et propre. Seule la table basse en verre était couverte de papiers et de pochettes.

— J'ai rassemblé tous les dossiers, expliqua Dick en la voyant scruter la table. Je n'ai *a priori* pas le droit de les rapporter, mais tant pis. Ensuite, on les déposera au château pour tout centraliser; d'ailleurs, j'allais partir. Qu'est-ce que tu voulais me dire?

— *Il était mort mais il ne le savait pas.*

Dick fronça ses épais sourcils.

— Oui, et?

— C'est une phrase de Freud que j'ai retrouvée dans mes notes.

— OK, et en quoi ça nous avance?

— Il ne fait pas ça par plaisir ou parce que c'est un psychopathe. C'est un grand brûlé de la vie, mais, au fond, c'est un sentimental. Sinon, pourquoi ce ticket de manège? Il fait ça parce qu'il ne peut pas faire autrement. On doit lui parler, Dick, l'aider à revenir à la lumière, à sortir des ténèbres. Ce type n'est pas mauvais, il souffre, et...

— Vick, je te rappelle qu'on parle d'un type qui a plusieurs meurtres à son actif!

La psychiatre haussa le ton.

— Tu ne comprends rien. Ce que je veux dire, c'est que cet homme est prisonnier d'une histoire, et qu'il est intimement persuadé que la *seule* manière de s'en sortir, de rétablir la justice, c'est de tuer. Il faut réussir à lui démontrer que ce n'est pas vrai, qu'il se trompe. Il ne se rend pas compte qu'il est mort, mort-vivant, il ne sait pas. Tout comme, sans doute, une ou plusieurs personnes dans son histoire sont mortes sans enterrement ni sépulture… Elles vivent en lui. Elles le guident. Ce type n'est pas fou, il a besoin d'aide. Il est possédé par le passé. Il n'est sujet de rien.

— D'accord, je veux bien continuer à écouter toute ta soupe humaniste et psychamachin, fit le capitaine en se rongeant les ongles. Mais après. Là, je dois aller faire ma ronde au château.

Dehors, la pluie semblait enfin se calmer, et la lune, presque pleine, rendait un peu de clarté à la nuit. Ils ne trouvaient même plus étrange d'être ainsi réunis à 3 heures du matin pour travailler.

Le téléphone sonna. C'était Françoise. Il lui tendit le combiné.

— Oui, ma chérie. Comment ça ?… D'accord, mais ne t'inquiète pas, il y a des flics partout. Descends, tu les verras… De toute manière, Dick allait justement partir pour faire sa ronde… Oui, à tout à l'heure.

Vick raccrocha.

— C'est rien, à mon avis, mais elle flippe. Elle a entendu des bruits. Je pense qu'avec tout ce qu'on traverse, c'est normal.

— OK, répondit Dick en attrapant son blouson. Mais, entre mes hommes et les renforts envoyés par le ministre, je ne vois pas comment il pourrait entrer dans l'enceinte du château. Je reviens bientôt. Pendant ce temps… regarde le dossier du vieux Jean. On avait loupé quelque chose. C'est un de mes jeunes qui a découvert, hier, pendant une enquête de voisinage, ce truc que même Martial ne t'avait jamais dit… En fait, le vieux voyait le curé depuis des années.

Il allait se confesser tous les lundis, sur les coups de 11 heures.

— Le curé, c'est toujours le père Benoît ?

— Non, il est mort il y a cinq ans. Mais il avait la manie pas très catholique de prendre des notes dans des carnets. Le nouveau curé les a trouvés et, comme l'ancien était mort d'un infarctus sans avoir le temps de dire ce qu'il voulait en faire, il les a conservés. Bref, les carnets sont là, à droite des dossiers.

— Je m'en occupe. Et appelle-moi quand tu arrives au château pour me dire que Françoise est rassurée.

La porte claqua, et Vick s'assit sur le canapé avec les cinq carnets ouverts devant elle. Tout était écrit au crayon à papier, et donc à moitié effacé déjà, mais on distinguait des jours, des dates, et le style du curé, très succinct. Des bribes de phrases, des mots. Mais, surtout, Vick repéra, tous les lundis, des initiales. « Le V. J. », pour le « le Vieux Jean ». Il n'y avait pas de doute possible.

Le plus souvent, le curé consignait quelques notes de leur rencontre, rédigées d'un ton un peu obséquieux. « Pauvre homme... » « Que Dieu puisse le sauver ! Je prie, je prie, je prie... » « Jésus, je t'en supplie, qu'il soit pardonné, avec l'aide de Dieu... » « Mon Dieu, guide-moi... Dois-je l'aider à l'en délivrer ? Je me sens empêtré dans les ténèbres rouges... »

Vick interrompit un instant sa lecture pour regarder sa montre. Dick était parti depuis dix minutes, il l'appellerait bientôt. Elle se replongea dans les carnets. Plus bas, peu avant la mort du curé, en juillet 1981, il exprimait de plus en plus de culpabilité dans ses écrits. «Je ne sais pas combien de temps je peux continuer à garder le secret. M'accrocher au pacte que j'ai scellé avec Dieu : le caractère sacré et inviolable de la confession.»

Plus bas encore, le curé continuait, et sa souffrance semblait aller *crescendo*, en même temps que son écriture devenait plus brouillonne. «Mon Dieu, ne me lâchez pas. Pardonnez-moi si je me perds…» «Peut-on vraiment dire qu'il y a le bien et le mal? Tout ce à quoi j'ai cru toute ma vie, est-ce vrai? Les choses sont-elles si simples? Et ce qu'il me confie, ce qu'il me lâche, à qui le dire?» «Je ne peux plus vivre avec ça, je crois.»

Et puis… «Quand je pense aux confessions du V. J… À ces pauvres jumeaux qui ne savent rien de leur histoire, qui ont grandi dans le mensonge, est-ce catholique, cela? Peut-on les laisser ainsi, avec ce secret, alors que je pourrais les en délivrer?… Le 31 août 1944, cette date me hantera jusqu'aux cieux… Cette mère, cette pauvre mère suppliciée…»

Cela remontait à quelques jours avant la mort du curé. Infarctus foudroyant. Vick, comme soudain prise d'une transe, se leva et se mit à fouiller l'appartement de Dick, sous le canapé, sous le lit, dans les placards de la cuisine. Vide. Tout était vide. Il n'y avait jamais rien eu dans cet appartement. Personne ne vivait ici.

Elle fut prise d'une folle inquiétude. Que savait-elle de Dick, après tout? Rien. Rien, elle ne savait rien. Elle retourna le lit, le matelas, vida les vêtements du placard, elle cherchait quelque chose sans savoir quoi… Puis elle vit l'unique objet de la chambre, le doudou ancestral de Dick. Cet ours brun géant offert par Raymonde, qu'il avait gardé et qui avait pour particularité de contenir une grande poche, avec une fermeture Éclair. Elle se rappela que, petits, ils jouaient avec leurs doudous ensemble – Yvette lui avait offert le même, en blanc – et que, en bons petits galopins, ils s'amusaient à y cacher des choses. Vick se précipita sur l'ours, ouvrit la poche. Elle contenait un ticket de manège, que Vick reconnut à la seconde où elle le vit. Il y avait aussi un sachet qui émettait un bruit étrange lorsque l'on le secouait, comme s'il contenait des perles. Vick l'ouvrit et le vida. Une sensation d'effroi la saisit.

Elle se jeta sur le téléphone, composa le numéro du château. Ça sonnait dans le vide.

85

Vick courut à travers les rues pavées du village provençal, dans le silence de l'aube qui s'annoncerait bientôt. Son esprit était en ébullition, ses forces étaient décuplées. Elle sentait au fond d'elle que rien ne pourrait l'arrêter, pas même la perspective de la mort. Les visages de Marguerite et de Françoise défilaient devant ses yeux. Jamais Vick Vickensen n'aurait pensé qu'elle envisagerait un jour de tuer quelqu'un.

Elle parvint devant la grille, le souffle court. Quelques voitures de journalistes étaient garées, abritant leurs occupants endormis. Aucune trace des gendarmes. Elle se précipita à l'intérieur du château, appelant ses enfants, cherchant des signes de vie.

C'est alors qu'elle les vit. Françoise et Yvette, allongées sur le sol de la cuisine et ligotées, un bâillon sur la bouche. La psychiatre attrapa des ciseaux sur l'évier, pour les libérer. Françoise ouvrit des yeux pleins de larmes, qui s'adoucirent en reconnaissant sa mère.

— Ne t'inquiète pas, ma princesse, je reviens tout de suite. Surtout, ne bougez pas d'ici !

Yvette était en état de sidération, ne bougeant plus le moindre membre, comme pétrifiée. Vick entendit du bruit qui lui sembla venir d'en dessous. Un cri, et les hurlements d'un bébé. Elle se précipita à la cave, ignorant les objets poussiéreux qui jonchaient le sol et les toiles d'araignée qui pendaient aux murs. Elle savait que chaque seconde comptait. La pièce était lugubre ; la seule lumière provenait des fissures qui ouvraient sur le jardin. Elle ne vit même pas les rats qui se déplaçaient silencieusement dans l'ombre. Mais, alors qu'elle avançait, un sifflement se fit entendre. Et elle frissonna en sentant que, comme en réaction, un gros rat blanc s'approchait d'elle. Vick et Dick se faisaient face, chacun retenant son souffle.

— Ne bouge pas, sinon je les bute.

Il avait le flingue pointé sur la mère du bébé, qu'elle tenait sans ses bras, en larmes dans la pénombre.

— Pourquoi ? articula Vick.

Les hurlements de l'enfant redoublèrent. On eût dit que Clara, les bras enroulés autour de son corps, tentait de lui constituer une armure. La veine sous l'œil de Dick battait. Ses yeux n'étaient plus que rage, deux trous noirs, brûlants de colère. Mais, même dans ce visage déformé par la furie, Vick voyait toujours les yeux de Dick. Et son désespoir. Elle pouvait encore le sauver. Sa voix se brisa.

— Dick, je t'en supplie, baisse ton flingue.

Il cria.

— Tu n'as toujours pas compris, c'est ça ? Tu n'as pas compris pourquoi j'étais revenu ? Pas compris qu'en fait c'est pour *toi*, c'est pour *nous* que j'ai fait tout ça ?

Elle restait silencieuse.

— Tous ces messages que je t'ai envoyés, ma pauvre Vick ! Tu pensais essayer de lire en moi, de me retenir. Mais en fait, c'est *toi* qui m'as aidé. Sans toi, je n'aurais jamais su que c'était lui, ce vieux salaud de Jean, qui l'avait fait. Tu les as tués avec moi, Vick. Nous sommes *comme les doigts de la main*, nous l'avons toujours été. Je ne savais pas, je ne savais pas que c'était *lui*, lui qui l'avait fait...

Vick le regardait qui marmonnait, ressassait, et elle imaginait les dernières semaines qu'il avait passées, tournant ce qu'il avait appris en boucle dans sa tête, se noyant dans sa solitude. Elle avait besoin de comprendre. Et peut-être aussi cherchait-elle à alléger le poids du fardeau de Dick.

— Qu'est-ce que le vieux Jean avait fait, Dick ? De quoi tu parles ? Qu'est-ce que tu as découvert ?

— Lui... J'aurais jamais cru que c'était lui qui avait tué notre mère.

Son visage luisait d'une sueur crasseuse.

— Notre mère ? répéta Vick.

De sa main libre alors qu'il continuait de l'autre à tenir Clara au bout du canon, il sortit une photo de sa poche et la brandit d'une main fébrile. Ces cheveux blonds, ces yeux slaves tristes et noirs... Elle garda le silence.

— Je dois finir le travail, Vick. Je sais viser. C'est *elle* que je veux tuer, pas le bébé. Et il saura ce que ça fait d'être orphelin. D'être sans famille, comme nous. On a vécu quarante ans comme ça. Il doit sentir cette même souffrance au creux de son cœur, il doit vivre avec ça, lui aussi, cette solitude. C'est la putain de justice ! C'est comme ça que ça doit se finir, personne d'autre que nous ne peut le faire.

— Ça peut se passer autrement, Dick. Laisse-la partir. Je t'en prie. Et on va parler.

— Non ! Elle préviendra la police. On m'arrêtera, on *nous* arrêtera, toi et moi. Le tueur et sa complice… dit-il d'une voix plus aiguë, qu'elle ne reconnut pas. Et alors, ce sera fini. Non, je la tue, je me débarrasse de son corps, et on part tous les deux. On part tous les deux rattraper ce qu'on aurait dû vivre. Ma jumelle adorée… Mon autre moi…

À ces mots, Vick sentit une déchirure partir de son dos et revenir sur son sein, comme si quelque chose la transperçait, au milieu de son corps. Elle pensa à cet été fou, aux semaines passées, à tout ce temps avec Dick, à l'amour qu'elle avait senti naître en elle. Et dont elle comprenait à présent ce qu'il était, cet amour. Quelque chose d'à la fois sublime et immonde. Et elle pensa à cette phrase, *Aimer, c'est pouvoir intégrer l'ambivalence des sentiments.* Et elle eut envie de lui répondre ces mots terribles, de lui dire que oui, oui, elle partait avec lui. Un seul franchit sa bouche.

— Oui…

Le visage de Dick s'apaisa en une seconde, s'affaissa plutôt, comme s'il avait passé toute son existence à attendre ce mot, comme si toute son entreprise se justifiait par le seul droit de l'entendre de la part de Vick.

Oui.

La psychiatre ajouta, avec une infinie douceur, comme elle avait appris à le faire face à la détresse ou à la démence :

— Mais laisse-la, je t'en prie. Et ensuite on part tous les deux, d'accord ? Pose cette arme et laisse-la partir.

Dick baissa les yeux et son arme. Des larmes perlèrent du fond de ses pupilles noires. Vick pensa qu'il n'avait jamais été aussi beau qu'à cet instant. Et une voix cria dans sa tête, malgré elle, contre elle, une voix du passé : *Mon frère !*

Mon autre moi.

Puis un mot sec suinta de la bouche de Dick, tordue, rougie, morte.

— Non. Ça ne devait pas se passer comme ça. Justice doit être faite. Il n'y a que nous. Après, on partira tous les deux.

Dick releva les bras, réajusta son arme. Il imagina le bruit de la détonation, la balle qui quittait le canon, le sang qui giclait, le corps inerte qui s'effondrait sur le sol poussiéreux.

Tout serait lavé.

Il appuya sur la détente du Beretta. Il y eut un énorme *boum,* suivi du vol simultané de dizaines de chauves-souris. Le bébé hurla.

86

Le Beretta gisait sur le sol à côté du corps de Dick. Vick le ramassa et le glissa dans la poche de son jean, après avoir remis le cran de sécurité. Quelqu'un avait-il pu entendre ? Vick se souvint des fêtes qu'elle donnait, adolescente, dans cette cave, où elle pouvait mettre la musique à fond sans que personne s'en rende compte. Mais si les gendarmes rappliquaient, que leur dire ?

Agir. Ne pas réfléchir. Pas tout de suite. Vick le savait : les situations traumatiques avaient été biologiquement prévues. Le cerveau était configuré pour faire face. Dans ces moments, seules les fonctions vitales restaient actives, le reste était mis en veilleuse, viendrait après.

Clara, hébétée, serrait contre elle son bébé, mais il ne pleurait plus. Françoise tremblait, et Vick l'enlaça. La pelle tomba de ses mains.

Françoise était arrivée par-derrière et, sans réfléchir, elle avait frappé Dick à la tête, déviant son tir.

— Ne restons pas là ! dit Vick. Aide-moi, Françoise.

Ensemble, elles tirèrent Dick Burgaud par les bras et, de cette force de survie décuplée par l'adrénaline qui repousse les limites, elles le remontèrent à la lumière dans la salle du billard pour le coucher sur le divan. Son crâne était écorché, du sang coulait. Yvette, qui avait entendu la détonation, entra dans la pièce, et leurs larmes salées se mêlèrent en silence tandis qu'Yvette serrait Vick et Françoise dans ses bras. Puis elle commença à poser des questions. Que s'était-il passé ? Il fallait appeler les secours, la police, pourquoi n'étaient-ils toujours pas là ?

— D'accord, répondit Vick avec fermeté. Mais j'ai besoin de passer un moment avec lui avant. Juste quelques minutes. Maman, retourne dans la chambre de Marguerite et reste avec elle, s'il te plaît. Vérifie qu'elle dort toujours, qu'elle va bien. Françoise, occupe-toi de Clara et de son bébé. J'arrive. Maintenant, sortez. Et personne n'appelle personne pour le moment.

Elle ferma la porte du cabinet et resta seule face à Dick, inerte.

Elle le mit en position latérale de sécurité. Peut-être avait-il un traumatisme crânien, peut-être allait-il mourir ? Alors que la nuit commençait à devenir moins sombre, elle contempla son jumeau et, enfin, elle se vit. Comment était-il possible qu'elle n'ait jamais remarqué à quel point ils se ressemblaient ? À cet instant précis, Vick comprit que sa vie était construite sur du sable. Oui, elle n'était que cela : une poignée de sable jetée au vent. Tout était faux, de A à Z. Tout ce qu'elle avait bâti, tout ce qui la fondait. Ce mensonge s'était insinué jusqu'à ses visites ritualisées auprès de son père, jusqu'à ses relations avec les hommes. En continuant de regarder Dick, Vick s'assit à côté de lui sur le divan. Ce n'était pas son père qu'elle avait cherché toute sa vie à travers ses relations amoureuses, c'était son jumeau. C'était lui, la partie manquante, celle qui avait guidé de manière inconsciente chacune de ses actions. Toute sa vie, Vick avait cherché à récréer cette fusion, cette relation originelle parfaite. C'était perdu d'avance. Mais le pire, ce qui la glaçait et qu'elle osait à peine considérer dans l'état de choc où elle était, c'étaient ces mots qui résonnaient en elle et sur lesquels elle n'avait aucun contrôle : *amoureuse de ton frère.* Et la folie qui traversait ses pensées : le sauver. Tout planter pour partir avec lui.

Dick poussa un râle. Vick se pencha au-dessus de lui et décrocha le téléphone. Appela les secours. Puis elle fit revenir les autres.

— Écoutez-moi bien… On raconte tous la même histoire. On a trouvé Dick évanoui, comme ça. Personne ne parle de ce qui s'est passé – pour le moment –, mais je vous promets que justice sera faite.

Sa dernière phrase s'adressait à Clara. Mais celle-ci semblait coupée d'eux, recroquevillée dans une bulle avec son bébé, à qui elle murmurait des mots inaudibles en lui caressant les cheveux. Le risque qu'elle parle semblait écarté, au moins pour quelque temps.

Sans transition, Vick adressa un regard noir à Yvette, qui éclata en sanglots.

— Tu savais…

— Je croyais te protéger, hoqueta la vieille. Si tu savais comme je regrette. Je…

— Tu m'as encore menti, lui dit Vick avec un calme glaçant. Explique-moi.

La voix d'Yvette s'étrangla, mais elle se livra.

— Raymonde est arrivée ici, un jour, avec vous deux. Elle savait que je ne pouvais pas avoir d'enfants ; elle m'a demandé si je voulais toujours en avoir, si j'étais prête à passer ce cap. J'ai dit oui. Mais Raymonde avait encore une condition : « Ne pose jamais de questions. » Ça s'est arrêté là. J'ai accepté, et tu es arrivée. Mais que veux-tu, ma petite, tu étais si belle, va… Et j'étais déjà vieille, pour l'époque. Je n'avais pas d'homme dans ma vie…

— Tais-toi ! Tais-toi, maman ! hurla Vick d'une voix très grave. Si je peux encore t'appeler comme ça…

Sans même la regarder, comme écœurée, la psychiatre jeta la cigarette qu'elle venait d'allumer. Les sirènes des secours se firent entendre. On fit amener un brancard pour le capitaine tandis que l'on rassemblait tout le monde dans le jardin en attendant la police. Vick, elle, était déjà dans sa Targa, roulant à toute blinde vers la place aux Herbes, en direction de l'appartement de Raymonde.

87

La porte de l'appartement était à demi ouverte. Vick fit quelques pas et se retrouva au milieu du salon. Un rétroprojecteur diffusait la vidéo en noir et blanc de deux enfants autour d'un manège. Sur la table basse, un verre et plusieurs bouteilles de vin. Raymonde Burgaud était assise sur le canapé. Ou plutôt son ombre, sembla-t-il à Vick, car c'était une étrangère vieillie et défaite que la psychiatre avait face à elle. Les traits de son visage étaient émaciés, sa peau, blafarde. On eût dit qu'elle avait pris vingt ans en quelques jours. Et Vick comprit que cela devait faire des heures ou des jours qu'elle regardait ces images en boucle.

Raymonde se servit un verre de vin en chassant son chat qui était pelotonné près de l'accoudoir. Et en servit un à Vick sans la regarder.

— Si tu savais le nombre de fois que j'ai regardé cette vidéo, toutes ces années… Tu sais quel jour on est, Vick ?

Elle s'arrêta net devant le regard ombrageux de la psychiatre.

— Avant toute chose. S'ils me l'ont tué, dis-le-moi tout de suite, Vick. Ne cherche pas à me préserver.

— Non, Dick est vivant.

Raymonde alluma une cigarette. Souffla la fumée.

— Je *savais* que tu viendrais un jour. Avec ce regard, avec ces questions… Je le sais depuis la toute première fois que je t'ai vue. Quand tu étais bébé.

— J'ai été obligée. Yvette dit qu'elle ne sait rien.

— Et elle ne t'a pas menti.

Raymonde tira sur sa cigarette et but une nouvelle gorgée en grimaçant. Elle se remit à parler avec un calme glaçant. Comme si elle s'était préparée durant des années à ce moment.

— Je savais que vous ne pourriez pas vivre et trouver votre place dans ce monde, dans ce village, si la vérité était connue. C'était ma condition pour te confier à Yvette. C'était ma promesse.

Elle marqua de nouveau un silence qui parut à Vick une éternité. Puis elle emplit ses poumons et reprit, sans plus s'arrêter, car elle savait que cette fois-ci elle ne pourrait plus se dérober.

— Je vais donc te raconter cette histoire, et j'espère qu'à la fin, tu comprendras que j'ai eu raison, glissa-t-elle en plissant les yeux.

Vick s'était laissée tomber sur le fauteuil qui lui faisait face.

— Les années trente ont été la période la plus heureuse de mon existence. Jamais je n'aurais alors pensé vivre ce qui suivrait, et tout ce que nous avons traversé pendant cette guerre. Il faut que tu comprennes qu'il y a eu deux périodes bien distinctes : celle qui a suivi la défaite de 1940, jusqu'en novembre 42, et puis celle de l'occupation de la zone libre, quand les Allemands sont arrivés à Uzès. Là, la vraie guerre a commencé, pour nous. Ils se sont installés partout et ont occupé les meilleures maisons. Évidemment, le château a été réquisitionné, puisque c'était la plus belle demeure du village. Yvette et ses parents se sont exilés en Espagne, peu avant l'arrivée des Allemands. On était proches, elle et moi, à l'époque. Mes parents étaient morts, et j'étais célibataire. Mais j'étais aussi l'instit' du village, et la directrice de l'école depuis la mort du directeur, lors de la campagne de 1940. Je ne pouvais pas partir. Je n'ai *jamais* pu partir. Début 1943, le patron de la Gestapo de Nîmes, Otto Müller, s'est installé au château. Un type en apparence sympathique, qui discutaillait volontiers lorsqu'il se promenait dans les rues, et qui distribuait des bonbons aux enfants. Mais son vrai visage, c'était celui d'un homme impitoyable, traquant la moindre résistance. Ici, on l'a vite appelé « l'Ogre ». On disait que, quand il menait des interrogatoires, le plus souvent dans son bureau au château, personne ne lui résistait plus de deux heures. On racontait des choses atroces sur ce qui se passait dans cette pièce. Et, en parallèle, il a décidé de faire du château ce qu'ils appelaient un *casino*. Autrement dit, une…

— Une maison close, oui, je sais.

— … Voilà, fit-elle d'un air professoral. Un lieu d'amusement pour ses hommes – et, de fait, pour tous les Allemands du coin. Et aussi pour les collabos, et tous ceux qui voulaient copiner avec les Allemands. C'était un signe de reconnaissance très important, d'être invité au château ! Pareil pour les filles qui y travaillaient… Müller faisait ce qu'il appelait des *razzias,* au village. Il s'asseyait aux terrasses des cafés, regardait les filles passer et, lorsque l'une d'elles lui plaisait, il la désignait du doigt et envoyait ses hommes lui parler. Tu te doutes bien que les filles n'avaient pas franchement le choix. Elles se retrouvaient donc au château, certaines pensaient que c'était pour y travailler comme lingères, ou pour faire le service… La plupart du temps, elles n'y restaient pas très longtemps, car Müller se lassait vite, il lui fallait sans cesse de la nouveauté. Son surnom d'« Ogre », ce n'était pas pour rien ! Mais il y en a une, pourtant, dont il ne s'est pas lassé. Jamais. Une jeune femme qui s'appelait Aleksandra…

Vick s'était petit à petit redressée et rapprochée du bord du fauteuil, comme pour mieux entendre les révélations de Raymonde.

— Aleksandra était arrivée ici après la Première Guerre. Sa mère était russe, son père, polonais. Ils avaient fui la révolution de 1917 et étaient arrivés à Paris un an après. C'est là qu'Aleksandra était née. Hélas, sa mère est morte en couches. Ensuite, son père a décidé de migrer vers le Sud. C'était plus simple, pour un père seul, d'élever un enfant à la campagne. Il avait un peu d'argent, car il était diplomate, de ce qu'Aleksandra a pu me raconter…

— Tu la connaissais donc ?

— Oui. Ils sont arrivés ici en 1920. Moi, c'est simple, je suis née en 1900, j'avais donc vingt ans. Et Aleksandra en avait deux. Je crois que son arrivée ici était un hasard total. Son père a aimé Uzès, et il a dû dire : « On s'arrête là. » Ils ne connaissaient personne. Le père a loué un petit appartement pas loin de chez moi, de l'autre côté, sous les arcades, au-dessus du glacier. Assez vite, il n'a plus eu d'argent, mais il était courageux, et il avait envie de se battre pour sa fille. C'était un homme bien, qu'on appelait Léon. Il a fait toutes sortes de petits boulots au village. Il a travaillé au marché, à la boulangerie... C'était un bel homme ! Grand, ténébreux, avec cette espèce de mélancolie profonde dans le regard. J'ai sympathisé avec lui quand je suis devenue institutrice, vers 1925 ou 1926, et que j'ai eu Aleksandra dans ma classe. C'était une petite fille adorable, toute blonde, très intelligente. Très malheureuse, aussi, parfois. Il lui arrivait d'être triste ; ça devait avoir un lien avec sa mère, j'imagine. Elle se mettait à pleurer, comme ça. Mais c'était une bonne élève, qui parlait et écrivait parfaitement le français. Au fil du temps, nous sommes devenus assez proches, tous les trois. Et si Léon n'avait pas eu vingt ans de plus que moi, je t'avoue qu'il aurait bien pu me plaire. Malheureusement, en 1939, juste avant les dix-neuf ans de la gamine, il a fait un infarctus dans la nuit. Elle l'a trouvé au matin dans son lit, c'était fini. Il faut dire qu'il n'avait pas lésiné sur l'alcool et la cigarette, le pauvre ! Mais c'est le chagrin qui a fini par le tuer, je crois. Le chagrin est un cancer, le pire de tous...

Raymonde resta pensive quelques secondes, son regard bleu plongé cinquante ans en arrière.

— Aleksandra était comme son père, très débrouillarde. Elle voulait faire des études à la fac de médecine, figure-toi, à Nîmes ! Mais la guerre a éclaté. Moi, je me suis beaucoup occupée d'elle. Elle vivait dans l'appartement de son père. Il avait bien préparé les choses, il lui avait laissé un peu d'argent. Et puis elle s'est mise à faire les vendanges, elle a bossé dans les cafés... Débrouillarde, je te dis. C'est qu'avant l'arrivée des Allemands, on pouvait encore travailler un peu, ici. Puis ils sont arrivés, et l'enfer a commencé.

Raymonde secouait la tête, comme devant une situation désespérée.

— Ensuite, c'est un jour de mars 1943 qu'Otto Müller l'a repérée dans la rue et l'a fait venir au château. Là a commencé son calvaire. Parce que Müller est tombé fou amoureux, et elle n'a plus eu le droit de rentrer au village. Au début, elle était prostituée, comme les autres. Mais, très vite, elle a dû dormir avec lui, et elle s'est installée dans ses appartements.

— Comment tu sais tout ça ? Tu arrivais à la voir, à l'époque ?

— C'était impossible. Pendant plus d'un an, je ne l'ai pas vue. Mais c'est ce qu'on racontait au village, notamment les autres filles, les prostituées lambda, celles qui avaient le droit d'aller et venir. Elles disaient qu'Aleksandra et le chef de la Gestapo étaient amoureux. Fous amoureux, même. Tous les détails y passaient. Leurs promenades dans le jardin du château, elle, se tenant fièrement à son bras lors des fêtes qu'il donnait, où tout le beau monde uzétien était convié, et où le champagne coulait à flots… Les bijoux en or que lui offrait Müller, et la vie heureuse qu'il lui promettait, dans sa maison à Munich, une fois que les Allemands auraient gagné. Le village se délectait des histoires d'Aleksandra… Qui y a vite gagné un surnom, dont elle ne s'est plus défaite jusqu'à la fin de la guerre : Marie-Antoinette.

Ce récit que faisait Raymonde dépassait toute fiction. Vick ne parvenait pas encore à le relier à elle. Elle l'entendait, elle le subissait ; c'était un peu comme si, petite fille, elle se laissait absorber par la *petite histoire du soir* qu'un adulte lui racontait…

— Et puis un jour, vers le printemps 1944, on a commencé à raconter qu'elle était enceinte de Müller. Je ne pouvais pas y croire, c'était pire que tout le reste. J'ai essayé d'aller la voir, mais les Allemands étaient partout, et le château était le lieu le mieux gardé du village. Du côté des médecins, pareil, pas moyen de savoir. Car c'était celui de Müller qui suivait la grossesse, disait-on. On en arrive à l'année suivante…

Raymonde se servit une nouvelle rasade de vin, alluma une cigarette. Ses yeux étaient rouges, ses mains tremblaient. Vick ne bronchait pas, car elle avait besoin de tout savoir et sentait que la conteuse était fragile, que son récit ne tenait qu'à un fil.

— L'été 44 a été le plus effrayant de ma vie, et sans doute de l'histoire de ce village. Le 20 août, on a tous cru que c'était fini, qu'ils étaient partis. C'était vrai pour une grande partie des troupes sédentaires.

Mais le plus dur était devant nous. Car c'est à Uzès que sont passées les troupes de la Wehrmacht battant en retraite. Le 21 août, ils sont arrivés par milliers, pilonnés par l'aviation alliée. Ils ont utilisé le village pour se mettre à l'abri. On essayait de sortir le moins possible, on restait enfermés chez nous. Les Allemands campaient partout dans le chaos. Dans les rues, place aux Herbes, sur la promenade des Marronniers, sous les arceaux... Ils volaient les chevaux et les mulets pour se déplacer, volaient la nourriture, le lait – tout ce qu'ils trouvaient. Je me souviens d'en avoir vu qui, pour se nourrir, égorgeaient vaches, veaux et cochons, puis les découpaient à la hache. Ils pillaient, brûlaient, assassinaient. La rage et la peur les rendaient fous. Un jeune résistant que je connaissais est mort, juste à côté, au 21 de l'avenue du Général-Vincent, il s'appelait Allègre et il avait vingt ans. Un autre, Crouzet, vingt-deux ans, accusé de détenir une arme, a été fusillé sur place, dans la même avenue. Les Allemands ont interdit de s'approcher des corps. Ce n'est que le lendemain, au matin, que les Uzétiens ont pu les récupérer et les rendre aux familles. Uzès a vécu comme ça pendant cinq jours et cinq nuits. Et puis, un matin, il y a eu le silence. Un silence si total que je n'en ai plus jamais entendu de tel. C'était le 25 août. Ce jour-là, on a repris possession de l'hôtel de ville, et les compagnies FFI sont arrivées.

— D'accord, mais Aleksandra ?

— Attends, j'y viens ! C'est quelques jours après tout ça qu'en pleine nuit, on a tambouriné à ma porte. J'avais tellement peur que, d'abord, je n'ai pas ouvert. Cela pouvait être n'importe qui, même un soldat allemand perdu ou un collabo en fuite. Et puis j'ai entendu une voix de femme, que j'ai aussitôt reconnue… C'était celle d'Aleksandra. Et, quand j'ai ouvert, c'est d'abord vous deux que j'ai vus. Dick dans ses bras, et toi sur son dos. Elle t'avait harnachée avec un vieux tissu. Son visage était noirci, et il y avait dans ses yeux, sans même qu'elle ait prononcé encore le moindre mot, une terreur que je ne peux pas te traduire. Ses yeux… Ses beaux yeux étaient cernés, boursouflés. Et ils m'imploraient. Elle était pieds nus; ses cheveux blonds si beaux autrefois ressemblaient à des loques. Ses genoux étaient écorchés. Toi, tu dormais, mais Dick pleurait. J'ai vérifié qu'elle n'avait pas été suivie, je l'ai fait entrer. Et j'ai fermé la porte derrière elle.

88

— Au début, elle a été incapable de parler. Je lui ai préparé un bain. Je me souviens que je n'avais pas beaucoup d'eau chaude, alors j'en ai fait bouillir sur la gazinière. Elle est restée dans la salle de bains un moment, pendant que je vous gardais. Toi, tu dormais toujours, et Dick a fini par s'endormir aussi, le petit chat. Puis j'ai prêté des vêtements à Aleksandra, et elle est venue me rejoindre. Le jour commençait à se lever. Elle avait peur, elle disait qu'elle n'avait pas beaucoup de temps. Elle m'a raconté l'enfer qu'elle avait vécu au château, avec cet Otto Müller. Contrairement à ce que tout le monde racontait, elle ne l'avait jamais aimé.

Au début, lorsqu'elle était arrivée sur place, elle était comme les autres filles – effrayée lorsque, pour la première fois, elle s'était retrouvée face à cet officier allemand un peu bedonnant. Elle se rappelait son odeur de transpiration, le mauvais vin qu'il avait voulu boire avec elle, avant et après. Sa respiration haletante, bovine. Fermer les yeux, ne pas réfléchir, attendre que ça passe, comme le lui avaient dit les autres filles. Elle avait eu mal, mais c'était passé. Elle était vivante. Et puis, peu à peu, d'un homme à l'autre, elle avait appris. Appris à trouver le point sensible, utiliser tous les outils à disposition, baisser la voix, se soumettre. Le secret était de les faire jouir le plus vite possible. Une fois cela achevé, tout s'arrêtait. Ils se rhabillaient. On était sauvée, jusqu'à la fois suivante. Un soir, Müller l'avait fait appeler de nouveau. Avec lui c'était comme les autres, rapide. Il n'avait rien d'exceptionnel, ne parlait pas beaucoup, jouissait vite. Le bon client. Aleksandra ne prêtait pas attention aux grades. Pour elle, c'étaient tous les mêmes, des Allemands à satisfaire pour que ça s'arrête. Seulement, une semaine après, Müller l'avait rappelée, puis la semaine suivante. Toujours la même heure, toujours le même jour. Il s'était mis à parler pour la questionner sur ses autres clients. Il avait demandé des détails, ça l'excitait et ça l'énervait en même temps. Il payait beaucoup plus cher que les autres. Le mois suivant, le rythme avait changé. Il l'avait appelée tous les jours. Il la regardait quand elle partait avec un autre. Elle ne savait pas comment, mais il réussissait toujours à être sur son chemin. À chaque fois.

Et puis, trois mois après leur rencontre, il avait débarqué dans la chambre alors qu'elle était avec un autre homme, un jeune officier. Le gamin avait eu si peur qu'il avait immédiatement débandé. Müller l'avait mis dehors en le menaçant de l'envoyer sur le front russe. Puis il avait rejoint Aleksandra dans le lit et l'avait sodomisée. Lui avait dit qu'elle avait interdiction de voir d'autres clients. Qu'elle était à lui.

Müller en avait fait son objet. Il la violait tous les jours. Elle avait essayé de fuir plusieurs fois, il avait menacé de la tuer si elle recommençait – et tout le monde savait que Müller n'était pas homme à plaisanter. Elle était tombée enceinte, et c'était devenu pire. Lui voulait qu'elle garde l'enfant, il l'emmènerait en Allemagne. Aleksandra avait passé des nuits entières à se torturer. Tout dans ce type la dégoûtait, mais un bébé allait naître, et elle sentait grandir en elle l'envie de le protéger. Elle s'avouait à peine que le plus simple, pour elle, aurait été de perdre l'enfant.

Lorsqu'elle a senti les premières contractions, on était le 25 juin, et les Allemands étaient déjà en train de préparer leur départ. Voilà, ils avaient perdu. Müller était hors de lui. Plus tyrannique que jamais. Quand le médecin a découvert qu'il n'y avait pas *un*, mais *deux* bébés…

À ce moment, Aleksandra a commencé à devenir très confuse, imprécise, elle pleurait en me parlant. Et puis elle s'est interrompue pour vous donner le sein, à tous les deux en même temps. Parce que ses sanglots vous avaient réveillés… Pauvre petite. Elle avait du nerf, tu sais.

— Continue, Raymonde !

— Les deux enfants sont nés. Müller a fait retarder le départ du château, pour ne pas trop les brusquer et parce que la situation était chaotique et qu'on pouvait se permettre de faire traîner les choses. Mais deux mois plus tard, le 23 août, il est allé trouver

Aleksandra. Il lui a annoncé qu'ils partaient et qu'il n'avait finalement pas le droit de la prendre avec lui en Allemagne. En revanche, il emmènerait les jumeaux. Dès le lendemain. Parce que c'étaient ses enfants, et qu'il avait bien l'intention qu'ils grandissent en bons Allemands du Reich. Aleksandra l'a laissé parler. Puis il est allé rejoindre les autres, parce qu'ils organisaient une dernière grande fête au château avant de faire leurs valises. Tous ont beaucoup bu, Müller y compris. Alors, Aleksandra en a profité pour se lever au milieu de la nuit le plus doucement possible.

Elle s'est habillée rapidement, a attrapé ses petits et les a portés comme elle a pu, et elle a fui par le jardin. Arrivée au niveau de la tombe de saint Firmin, alors qu'elle allait tourner vers le chemin de ronde, elle a entendu des cris, et des projecteurs se sont allumés. Les chiens ont aboyé, tout le monde s'est lancé à sa poursuite. Elle a couru aussi vite qu'elle le pouvait, avec vous dans les bras et sur le dos. Elle m'a raconté que ce qui la faisait tenir, c'est qu'elle était certaine que, si Müller n'aurait aucune hésitation à lui tirer dessus, il ne prendrait pas le risque de tuer ses enfants, tout nazi qu'il était. Aleksandra a couru sans s'arrêter à travers la forêt, puis a pris les petits chemins jusqu'au parc du Duché. Quelque chose de fou la tenait, je crois, et j'ai compris plus tard ce que c'était, quand j'ai eu Dick. Ce quelque chose de fou, de divin, de sauvage, d'immortel, c'est l'amour d'une mère pour ses enfants.

Aleksandra se souvenait de la bouche d'égout dans le parc ; j'y avais emmené la classe, une fois, parce que les gamins voulaient voir à quoi ça ressemblait, les égouts. Elle y est descendue, avec vous deux. Ils n'auraient jamais l'idée de venir la chercher ici ! Elle est restée là toute la nuit, terrée, en compagnie des rats qui passaient à côté comme si vous étiez des leurs. Elle craignait que vous pleuriez, que cela donne l'alerte, mais il paraît qu'on ne vous a pas entendus de la nuit... Et enfin, au matin, elle a fini par sortir. Elle est retournée vers le château : ils étaient partis. *Vraiment* partis, cette fois. La maison était vide, mais vide aussi de toute nourriture. C'était la veille de la libération d'Uzès, le 24 août 1944, le jour où les Allemands ont fait péter le pont Saint-Nicolas, avant de décamper.

Mais Aleksandra savait que, si l'ennemi avait quitté les lieux, un autre l'attendait. Qu'est-ce qu'elle allait bien pouvoir raconter aux villageois, aux résistants pour qui elle n'était plus que la putain du Boche ? Elle aurait beau s'expliquer, elle savait que ça ne servirait à rien. Elle connaissait trop bien les récits de son père sur 1917, sur le retour de la guerre... Elle savait. Il fallait fuir. Mais pour aller où ? Finalement, elle a quitté le château et a pris de nouveau par les petits chemins – de nuit, pour ne pas être vue –, comme une vagabonde, à la recherche de maisons inoccupées. Elle en a trouvé, parfois ; elle allait de l'une à l'autre pour y dénicher de quoi se nourrir, pour pouvoir continuer à vous allaiter, toi et Dick.

Elle a erré presqu'une semaine ainsi, affamée la moitié du temps, jusqu'à ce qu'elle pénètre dans une maison qu'elle croyait vide et qui ne l'était pas. Ce jour-là, elle est tombée nez à nez avec un villageois qui aurait pu la reconnaître, si elle n'avait pas pris la fuite. Mais le vrai déclic, ç'a été cette femme, comme elle, jeune, jolie, qu'elle a vue se faire tondre, en pleine rue. On l'insultait, on lui crachait dessus, on lui pissait dessus. Alors, Aleksandra a compris : c'était ce qui l'attendait. C'est là qu'elle a décidé de venir me trouver.

Elle avait fait son choix et était prête à me faire une demande qu'elle savait infiniment difficile, mais qui lui paraissait être la seule solution possible. Elle était en larmes, effondrée, mais résignée. Je sentais qu'elle ne changerait plus d'avis. Elle ne voulait pas que vous soyez à tout jamais des « enfants de nazi », elle voulait vous protéger. Elle savait que, tôt ou tard, elle serait arrêtée. Que personne ne la croirait ni ne l'écouterait quand elle expliquerait avoir été forcée.

Alors, elle m'a demandé, elle m'a implorée à genoux, de vous prendre, tous les deux. Et de vous séparer le plus vite possible, pour que personne ne puisse découvrir que vous étiez des jumeaux. Elle m'a expliqué que c'était une question de vie ou de mort. Que, sinon, votre père pourrait retrouver la trace de deux jumeaux abandonnés, nés au début de l'été 1944. Et elle m'a conjurée de faire en sorte que *personne* ne sache *jamais* qui était votre père. Pas même vous.

J'ai d'abord refusé. Je trouvais ça fou, et puis j'avais peur. Je ne m'en sentais pas capable. Mais vous étiez là, si petits, si innocents. Et, de ma fenêtre, j'avais assisté tous les jours aux scènes de tonte sur la place aux Herbes. C'était cette humiliation, ce châtiment, qui l'attendait, pour avoir été la prisonnière de l'ennemi pendant des semaines. Et alors, qu'est-ce qu'il adviendrait de vous ? Je lui ai demandé ce qu'elle comptait faire. Elle m'a dit de ne pas m'en occuper, qu'elle reviendrait un jour, peut-être, si elle ne menaçait plus de déshonorer ses enfants. J'ai fini par accepter.

Avant de partir, elle m'a regardée droit dans les yeux et a dit : « Surtout, sépare-les le plus vite possible. Invente-leur une histoire, un père mort, n'importe quoi, mais jamais personne ne doit savoir qu'ils sont les enfants de la putain et du Boche. Tu me le promets ? » Évidemment, j'ai promis. Elle vous a embrassés une dernière fois et est partie. Nous étions le 30 août 1944.

— Qu'est-ce qui s'est passé, après, Raymonde ?

89

— Ensuite, je suis restée enfermée ici, plusieurs jours. Je ne sortais que quand vous dormiez. Ma chance, c'est que vous le faisiez en même temps, à la minute près. Pendant ce temps, je sortais pour essayer de trouver de la nourriture et du lait pour vous. Dans le chaos, plus d'une fois, j'ai cru ne pas y arriver. Mais je pensais à Aleksandra, à son courage, à tout ce qu'elle avait traversé...

— Et est-ce que tu as eu des nouvelles d'elle ?

— Oui...

Raymonde Burgaud marqua un long silence, un silence lourd, impossible, intenable.

— Je t'écoute, fit Vick avec la même douceur qu'auprès de ses patients, comme si cette histoire n'était pas celle de sa mère biologique.

— Uzès, tu as dû le découvrir, a été loin de représenter un exemple, en termes de Résistance. Le village, et en particulier le maire, était même pétainiste. Voire franchement collabo. Ce qui fait que la tension était à son comble, dans les jours qui ont suivi la Libération.

Et un certain nombre de résistants – on ne savait pas qui, à l'époque – avaient dans l'idée de faire justice avant même la justice, qui n'était pas encore rétablie. C'est là, dans ce bordel ambiant, que quelqu'un a reconnu Aleksandra. C'était le lendemain de sa venue chez moi. Elle n'avait pas encore quitté le village, apparemment. Un type l'a vue du côté du parc du Duché. Et tout a dérapé. La pauvre avait une telle réputation... Ils l'ont frappée, traînée à terre, et ils ont fini par la laisser sur place, pensant sans doute qu'elle avait perdu connaissance. Elle a dû mourir là, dans cette rue, rouée de coups. Peut-être que l'un a été fatal. C'était dans les journaux, mais moi, je l'ai appris des jours plus tard. Je ne suis pas sûre qu'ils voulaient la tuer, mais c'est ce qui s'est passé. Tout le monde savait, au village, que c'était le fait d'un groupe de la Résistance, car Aleksandra n'a pas été la seule à se faire tabasser. Mais on n'a jamais su précisément qui avait fait ça. Jusqu'à cet été...

Le briquet de Vick cliqua, la fumée âcre de la Winston envahit la pièce.

— Le vieux Jean...

— Oui. Mais à l'époque, une fois que les institutions ont été rétablies, ça a été classé comme un banal accident. De Gaulle construisait son mythe, on n'avait pas besoin d'abîmer l'image de la Résistance. Et puis, c'était la compagne du pire Allemand du village, alors personne n'allait pleurer sur son sort. Quant à moi, plus d'une fois, j'ai failli aller voir les forces de l'ordre. Je voulais leur dire, restaurer son honneur; mais je craignais que ça ne vous mette en danger. Tout le monde se demandait où étaient les jumeaux du Boche et de la putain. Parler serait revenu à vous dénoncer, et j'avais fait une promesse… À quoi bon tout gâcher ? Elle était morte, après tout ; ça n'aurait servi à rien.

— Tu as dit qu'on n'avait pas su qui était le meurtrier jusqu'à cet été…

— Oui. C'est grâce à toi, si on l'a su ! Enfin, si Dick l'a su. Grâce à ce que Martial t'avait dit en séance, grâce à tes rêves, à tes interprétations… La culpabilité du vieux Jean et de Germaine ont fait office d'aveu. On pense que c'est après le passage à tabac et la mort d'Aleksandra qu'ils ont compris qu'elle était la victime de Müller, et non son amoureuse. Mais laisse-moi finir, sinon je crains de ne pas y arriver.

— D'accord.

— Yvette est revenue à Uzès à peu près à cette époque. Nous avions correspondu pendant toute la guerre, et, dans l'une de ses lettres, elle m'avait raconté qu'elle avait accouché d'un bébé mort-né. Elle avait failli y passer aussi, et elle savait qu'elle ne pourrait plus jamais avoir d'enfant. C'était le drame de sa vie. Alors, je t'avoue que je n'ai pas réfléchi longtemps, car ça commençait à devenir très risqué de vous garder tous les deux. Je l'ai fait venir ici. Je lui ai dit que, si elle était prête à ne jamais poser de questions, elle pouvait devenir ta mère. Que c'était une histoire de vie ou de mort, de garder ce secret. C'est comme ça qu'on en est venues à inventer une histoire : on a pensé à Bob Vickensen, parce que c'était le moins hasardeux. Vu le chaos à l'époque, personne ne s'était étonné. Ils se sont mariés pour la forme…

Ils vivaient au château, un peu à l'écart. Seul Bob sortait s'aviner, mais, à part sa réputation d'alcoolique notoire à traîner, c'était sans danger pour vous. Quand il est mort, ce problème-là a été réglé aussi. Quant à moi, j'ai pensé au vieil orphelinat, tu sais…

— Je vois très bien, susurra Vick en repensant à l'hôpital où ils s'étaient rendus quelques jours plus tôt. Elle repassa dans sa tête la course-poursuite effrénée de Dick avec le MI. Tout cela n'avait été qu'une mascarade.

— Voilà, poursuivit Raymonde. J'ai donc dit aux autorités que j'avais recueilli Dick là-bas au moment du départ des Allemands. Là aussi, ça n'est venu à l'idée de personne de vérifier. Tu n'imagines pas le nombre de bébés ou de petits enfants abandonnés ou perdus, pendant ces périodes de guerre. Et tout le monde avait bien d'autres choses à penser. Comme j'avais déjà des relations, j'ai fait faire des papiers rapidement, et je suis devenue la mère de Dick. De toute façon, je savais que personne ne viendrait le réclamer. J'ai aussi inventé une date de naissance en l'adoptant. Pour qu'on ne puisse pas faire le lien entre vous, je l'ai rajeuni de plusieurs mois. Dick était né après la Libération, en novembre 1944. Là aussi, vu le chaos de l'époque, tout le monde n'y a vu que du feu.

— Attends… Et Otto Müller? On n'a trouvé aucune trace de lui nulle part, dans les archives de la police. Et les anciens nazis qu'on a réussi à joindre ont dit qu'il avait disparu au départ d'Uzès…

— Il s'est tiré une balle dans la tête sur la terrasse du château, juste avant de partir. Ça devait être trop insupportable, pour lui, d'avoir perdu son objet, sa chose humaine. De toute manière, il savait qu'Adolf, c'était fini. Et peut-être même qu'il aimait vraiment Aleksandra, dans sa folie… Qui peut dire ce qu'est l'amour, après tout ?

— Comment tu le sais ?

Vick reformula.

— Comment tu sais qu'il s'est tiré une balle ?

— Ce sont Yvette et ses parents qui ont trouvé ses restes sur la terrasse en rentrant d'Espagne. Bouffé par les rats.

— Putain !

— Oui… Ils l'ont enterré dans le jardin de la maisonnette, là où il y a mes cochons. La dernière chose qu'ils voulaient, c'était s'attirer des problèmes à cause d'un Boche ! Il n'était pas question d'en parler à qui que ce soit.

— Putain… répéta Vick.

La psychiatre venait de finir son paquet de cigarettes. Yvette remplit de nouveau leurs verres.

— Et après ?

— Après, vous avez grandi, et on a vécu dans la banalité du bonheur. C'était facile. On se voyait souvent, Yvette et moi. On se connaissait depuis longtemps mais quand vous avez été en âge de poser des questions, on vous a raconté qu'on s'était rencontrées au manège, un hiver. Je venais d'acquérir une caméra à pellicule 8 mm, c'était la première fois que je filmais. On avait tellement envie de vous protéger qu'Yvette et moi avons fini par croire nous-mêmes à nos mensonges. Vous aviez l'air heureux, vous jouiez beaucoup ensemble. Vous grandissiez bien, et vous étiez très différents. Toi, très sûre de toi, réfléchie, travailleuse à l'école. Dick, plus fragile, colérique, toujours à chercher la bagarre. Mais rien de très inquiétant par rapport à ce qui vous était arrivé. On pensait que c'était du passé, tout ça, que vous étiez des enfants normaux, comme on dit. Et puis, ne pas avoir de père, c'était déjà plus si grave, à l'époque. On n'aurait jamais imaginé que quelques années plus tard...

Raymonde s'arrêta net. Sa mâchoire se crispa. L'étau qui comprimait la poitrine de Vick se resserra encore.

— On n'avait jamais imaginé que vous tomberiez amoureux. Quand, il y a dix ans, Dick m'a dit pour votre premier baiser, quand je l'ai vu, avec des étoiles dans les yeux, m'expliquer qu'il voulait t'épouser... Je ne pouvais... Je ne pouvais pas le laisser tomber amoureux de toi. Alors, je lui ai dit. Tout ce que je viens de te raconter. Il a écouté, puis plus rien. Le lendemain, il avait disparu. Jusqu'à cet été. Dix ans sans la moindre nouvelle, j'ai cru que je ne le reverrais jamais, que je l'avais perdu. Mais la fuite n'a pas fonctionné. Même à des milliers de kilomètres, il ne parvenait pas à vivre avec *ça*.

Cette fois, Raymonde s'effondra, et ses sanglots parurent insupportables à Vick. Ce n'était pas à cette vieille bique de pleurer, c'était à elle. Raymonde lui avait volé son histoire, et maintenant elle lui volait ses larmes.

— Qu'on en finisse, Raymonde !

Celle-ci, les mains tremblantes, se moucha, but une rasade de vin et reprit.

— Il y a quelques mois, Dick m'a appelée, pour me dire qu'on lui avait proposé de revenir diriger la brigade à Uzès, après une longue mission à Mayotte. Sa hiérarchie ne l'avait pas oublié. Dick ne m'a pas reparlé de la conversation que nous avions eue la veille de son départ, ni des raisons qui l'ont poussé à partir. J'ai voulu croire qu'il était passé à autre chose. Je l'avais élevé comme ça. *Never explain, never complain.* À l'anglo-saxonne, comme ce nom que je lui avais donné en souvenir des Américains à la Libération. Il est venu dîner, et ç'a été comme avant. Et puis il y a eu le premier meurtre, celui de Martial, le lendemain. Le 25 juin.

— Quand est-ce que tu as compris ?

— Avec ce meurtre, qui coïncidait avec son retour et avec votre date d'anniversaire… Mais c'est lui qui me l'a dit.

— Il te l'a dit ?! s'exclama Vick, sidérée. Quand ?

— Après Martial. Il m'a dit que, désormais, justice allait être faite, qu'il irait jusqu'au bout. Que, puisque la justice des hommes n'avait jamais rien pu faire pour sa mère, il l'exécuterait lui-même. Il avait ce truc dans les yeux, ce truc que je n'avais jamais vu avant. Cette rage… Cette violence…

— Et qu'est-ce que tu as fait ?

— Que voulais-tu que je fasse ? J'ai essayé de le dissuader de continuer, bien sûr ! J'ai tout fait pour le convaincre. Mais il ne m'écoutait pas, il ne m'écoutait plus. Et si j'ai quitté Uzès, c'est parce que je ne voulais plus lui parler, parce que je ne pouvais plus supporter de le voir foutre sa vie en l'air.

— Pourquoi tu es revenue ?

— Parce que c'est mon fils, Vick. Parce que malgré tout, malgré tout ce qu'il a fait, c'est mon fils, que je l'aime, et que je ne pouvais pas le laisser comme ça... Tu peux comprendre, non ? Tu es une mère, toi aussi. Je suis prête à tout pour le protéger, tu entends ? Tout !

Raymonde avait haussé la voix d'un coup, et cela s'était achevé dans les aigus, comme le cri d'une bête blessée.

— Où veux-tu en venir ? insista Vick, sentant qu'elle ne disait pas tout.

Raymonde resta un instant dans le silence, l'œil morne. Vick esquissa un bref mouvement vers elle, comme une hésitation. Puis un lien se fit dans sa tête, des images qui revenaient. Les allées et venues dans la maisonnette, la vieille qui venait nourrir ses cochons, ces visites qui suivaient toujours les meurtres...

— Putain... souffla-t-elle de nouveau.

Le visage de Raymonde Burgaud devint livide. Pour la première fois depuis que Vick la connaissait, elle baissa le regard.

— Combien de fois as-tu fait ça ?

Elle ne répondit pas. La sueur de son front coula sur sa joue, jusqu'à la commissure des lèvres.

— Pour tous les corps, c'est ça ? articula la psychiatre. Martial, Germaine, le vieux Jean... Comment... Comment tu as pu ?

Raymonde hurla.

— Mais que voulais-tu que je fasse ? Que je l'abandonne ? C'était la seule solution ! Tout faire disparaître, tout. Que cette histoire s'efface, que tout redevienne comme avant, quand vous étiez enfants, avant toutes ces horreurs, quand nous étions heureux. Il le fallait ! Si les preuves disparaissaient, alors, personne ne saurait jamais rien… Mais Dick voulait laisser des signes… Un doigt, un message… C'était pour toi, tout ça, encore…

Raymonde se tut quelques secondes, puis ajouta avec un rire nerveux :

— Il voulait que tu sois avec lui… Il voulait que tu l'aides, et tu l'as aidé. Oh, ça oui, tu l'as aidé ! S'il t'en avait parlé, tu n'aurais jamais accepté de l'accompagner, de le soutenir. Tu n'es pas une meurtrière, toi, tu crois qu'on peut tout régler avec des mots. Eh bien, tu vois, tu t'es trompée, docteur.

Vick la regarda sans répondre, hésitant entre sidération et mépris.

— Qu'est-ce que tu vas faire, maintenant ? reprit la vieille. Tu ne vas quand même pas nous dénoncer ?

— Je ne sais pas, Raymonde, je ne sais pas.

Une question folle vint alors à Vick, constituée de ces mots qu'on n'imagine pas prononcer un jour.

— Et les dents ? J'en ai trouvé une dans sa cache, dans les égouts, et des dizaines d'autres chez lui. Pourquoi les dents ?

Des larmes perlèrent aux coins des yeux de Raymonde. Sa voix s'étrangla et on n'aurait su dire si c'était la folie qui l'avait emportée ou la culpabilité qui s'exprimait enfin.

— C'est la seule chose que les cochons ne digèrent pas.

Vick chancela en se levant. Sa vision se brouilla. Elle eut soudain peur qu'on la tue, elle aussi, maintenant.

Comme elle partait, son regard tomba sur le portrait de Dick. Le cadre gisait au sol, la photo déchirée, la vitre brisée en mille morceaux.

90

Vick crut d'abord assister aux miracles de l'aube, quand le soleil dévoile peu à peu sa lumière, ces instants de grâce où chaque seconde semble éternelle.

Puis elle vit les hélicoptères, entendit les sirènes, fut dépassée par un camion de pompiers. Sentit la fumée âcre qui envahissait l'air.

Lorsqu'elle arriva à l'entrée du château, elle fut arrêtée par une armée d'hommes du feu et de gendarmes. Elle chercha ses filles du regard, mais on la rassura immédiatement. Tout le monde allait bien. Un pompier lui tendit une pièce de tissu à se mettre sur le nez pour se protéger des fumées toxiques rabattues par le vent, et l'emmena de l'autre côté, sur la butte derrière le château, au point le plus haut du chemin de ronde. Légèrement en contrebas, Vick aperçut Dick. Françoise s'y trouvait déjà et précéda ses questions.

— On t'a attendue, on n'a rien dit. Il a refusé qu'on l'emmène à l'hôpital. Depuis le début de l'incendie, il n'a pas bougé et n'a pas prononcé un mot.

Dick était encadré par deux gendarmes. Intuitivement, elle baissa les yeux vers ses mains, mais il ne portait pas de menottes. Quand il vit sa sœur, il fit signe à ses collègues de partir. Il était voûté, les yeux mi-clos, les mains jointes. Vick se posa à côté de lui.

— Je sais tout, Dick.

Il ne répondit rien, baissa la tête, comme s'il allait se dissoudre dans la terre. Vick hésita à faire le récit de sa longue discussion avec Yvette, la balle qu'Otto Müller s'était tirée dans la tête sur la terrasse. Mais, pour une fois, la psychiatre se tut, et Vick laissa parler son cœur, son instinct, l'émotion immense qui la submergeait face à cet homme, face à son frère. Françoise s'écarta d'eux, les laissant dans ce face-à-face dont elle préférait s'absenter.

— Regarde-moi dans les yeux, Dick. Je veux voir tes yeux. Tes *vrais* yeux, les yeux de mon frère.

Il redressa le menton, mais s'effondra dans les bras de sa jumelle.

— Tu ne m'as pas dénoncé… murmura-t-il.

— Non.

— Qu'est-ce que tu vas faire ?

Vick se dégagea pour le regarder. Les sanglots s'apaisèrent. Elle partit s'asseoir dans l'herbe, à côté de Marguerite qui vint se lover entre ses jambes. Françoise se rapprocha et posa son front sur l'épaule de sa mère. Puis ce fut Yvette qui vint, les enlaçant autant que ses bras de vieille femme le pouvaient. D'ici, l'incendie du château évoquait une comète rouge dans l'aube. Derrière elles, la fine lumière dorée du soleil naissant nacrait la fin de la nuit.

Des craquements sourds se firent entendre, comme avant un effondrement. De la porte de la salle du billard, d'où commençaient à s'échapper des flammes, une horde de chauves-souris s'envola vers le ciel. À cet instant, Marguerite s'approcha de l'oreille de sa mère. Une voix claire, les mots parfaitement articulés, le ton flûté.

— Dis, maman, pourquoi la maison elle brûle, maman ? Pourquoi ?

91

Un vent bleu soufflait. La route de la rivière était plus belle que jamais dans la clarté du petit matin, sous les éclats d'un soleil déjà plein, mais encore doux pour un début de mois de septembre. Le train de Françoise partait dans trente minutes, alors il ne fallait pas tarder. L'adolescente avait glissé les écouteurs de son walkman sur les oreilles de Marguerite pour lui faire écouter Prince, et la petite criait de joie.

Vick les regardait dans son rétroviseur. Elle ne les avait jamais vues comme ça.

— Tu sais que mamie a perdu tous ses carnets, ceux dans lesquels elle notait tes rêves ? Tout a brûlé !

Vick sourit sans rien dire.

— Tu vas me manquer, ma poulette.

— Toi aussi, maman, tu vas me manquer. Mais tu sais, Toulouse, c'est pas loin !

— Combien de temps tu comptes rester ?

— Je ne sais pas…

— J'ai tellement peur que tu sois déçue.

Françoise la coupa.

— Je préfère voir mon père en vrai et décider par moi-même. C'est ma vie, maman, ne t'inquiète pas pour moi. Occupe-toi plutôt de ta vie à toi, maintenant.

Cette justesse adolescente avait claqué à la figure de Vick au moment où elle se garait devant la gare de Nîmes. Elle installa Marguerite dans la poussette.

— C'est bon, pas besoin de vous embêter à m'accompagner sur le quai. Je préfère y aller seule.

Elle avait déjà chaussé ses rollers, elle était prête.

— Comme tu voudras. Mais tu es sûre…

— Tout ira bien ! Et puis, je te rappelle qu'il y a des cabines téléphoniques.

— Tu me diras si j'ai mieux vieilli que lui ?

Françoise éclata de rire.

— Oui. Et je te dirai aussi si c'est un gros con, ou si je lui donne le droit de me voir un peu. Encore mieux, je prendrai une photo avec mon jetable et je te la donnerai.

Vick serra Françoise dans ses bras. L'adolescente embrassa sa petite sœur et, alors qu'au loin on voyait entrer en gare l'immense train orange, elle disparut sur ses rollers sans se retourner, sac sur le dos, écouteurs sur les oreilles.

Vick réinstalla Marguerite dans son siège. Elle voulait partir avant le train, ne pas voir s'en aller sa fille. La Porsche démarra de son bruit de feu.

Dans le rétroviseur de la Targa, Vick se regarda une seconde. Elle distingua les cernes qui entouraient ses yeux, ce souci, cette angoisse du monde et des autres qui l'avaient empêchée de vivre. Un bout d'elle-même qu'on lui avait arraché. La psychiatre repensa à sa visite à Dick, quelques heures plus tôt à l'hôpital. Elle n'avait pas eu besoin de lui dire. Il savait que c'était elle qui avait mis le feu et que c'était pour lui qu'elle l'avait fait. Pour qu'il n'y ait pas de traces. Pour qu'il puisse rester libre. Pour qu'ils puissent rattraper tout ce temps perdu, partir ensemble, s'ils le voulaient.

Dick lui avait raconté la genèse de son projet, la haine qui avait grandi en lui pendant ces dix années, après qu'il avait découvert la vérité, cette haine qui avait pourri au point qu'il s'était enfermé en elle. Lorsqu'on l'avait rappelé pour diriger la brigade d'Uzès, il y avait vu le signe qu'il était temps de venger la mémoire d'Aleksandra, en frappant la plus grande famille de résistants de la ville... avant de découvrir l'identité du véritable meurtrier de leur mère. Lorsque Vick lui avait confié combien elle était sidérée de n'avoir rien compris, il lui avait expliqué comment il avait lui-même eu l'impression de devenir fou en se fracassant la tête contre les arbres, seul dans le parc, pour simuler une lutte avec le MI. Comment il avait eu l'impression de se perdre lui-même, quand il avait dû payer cet autre gamin pour qu'il les attende à l'orphelinat et se laisse courser par Dick. Comment il avait piégé ses hommes en les éloignant du château, cette dernière nuit, en donnant à un subalterne l'ordre de rassembler sur-le-champ toutes les unités dans les égouts du parc, où il venait prétendument d'arrêter le MI... Savait-elle que quarante-deux ans plus tôt jour pour jour, le 30 août 1944 avait engendré le plus grand mensonge de leur existence, en les séparant? Quand, le lendemain, leur mère était atrocement assassinée... Il avait voulu défaire ce cycle commencé un 25 juin, et les réunir enfin, tous les deux...

Dick avait tant besoin de parler que Vick s'en était sentie étourdie. Elle l'avait arrêté en posant sa main sur sa bouche. À l'image de ce qu'elle ressentait pour lui : un mélange d'affection et d'un insupportable dégoût. Vick ne lui avait posé qu'une question, celle qui l'obsédait : pourquoi ce doigt, laissé derrière lui, après chaque crime? Dick avait pris la main de sa sœur et, tandis qu'il caressait ses doigts, tandis qu'il lui parlait, le souvenir avait commencé à remonter à la mémoire de Vick. Ils avaient sept ou huit ans, ils avaient passé la journée à jouer dans le parc. Vick n'arrivait plus à trouver Dick lors de leur partie de cache-à-cache et, alors que la nuit tombait, elle s'était sentie saisie d'une grande angoisse. Guidé par les sanglots de Vick, Dick était sorti de sa cachette et l'avait trouvée paniquée, malheureuse comme une pierre à l'idée qu'il l'ait abandonnée. Alors, il avait pris deux grands brins d'herbe, qu'il avait noués en deux anneaux. Il lui en avait tendu un et, tandis qu'il glissait l'autre autour de son doigt, il avait souri à Vick et dit d'une voix assurée : « Maintenant, on est comme les deux doigts de la main. »

92

On dit bien des choses sur l'art d'être heureux. Je crois pourtant que ce n'est pas le bonheur que l'on cherche, enveloppés dans nos solitudes, ni l'amour, d'ailleurs, ni un corps pour se perdre dans l'autre. Ce que l'on cherche, c'est une voix. Une voix dans la nuit, une voix quelle qu'elle soit, mais une voix. Une voix qui mette fin à l'errance, une voix qui nous tienne et justifie notre existence, une voix qui nous sauve du monde, une voix qui nous sauve de nous.

Lorsqu'ils sortirent de l'hôpital, alors que sa jumelle s'en allait à la gare, Dick Burgaud avait un choix à faire.

— À toi de décider. Mais, quoi qu'il arrive, je t'attendrai, avait-elle dit en fermant la porte de sa voiture.

Après avoir bu un café au Suisse d'Alger, son dernier café d'homme libre, il se dirigea vers la gendarmerie, *sa* gendarmerie, tandis que le soleil se couchait.

À l'accueil, il se présenta au garde de service, surpris que le capitaine s'adresse à lui directement.

— Je viens pour me dénoncer. C'est moi qui ai tué Martial, Germaine et Jean Saxe. Je suis l'homme invisible…

L'autre resta muet. Sidéré. Dick se reprit.

— Je veux dire, le *meurtrier invisible.*

Sa voix était lasse, méconnaissable, son corps, épuisé. Mais le poison noir qui tissait depuis tant d'années sa toile de rage dans le creux de sa gorge s'était dissipé. Ce soir-là, l'ombre avait apaisé le jour, le dernier oiseau chantait. Quand on lui mit les menottes, quand on l'enferma, enfin, pour la première fois de sa vie, Dick Burgaud, dans cette cellule des gardés à vue, put s'endormir sans penser à rien. Il avait cessé de se haïr.

Remerciements

Merci à Noëlle Meimaroglou pour son talent, sa foi en ses auteurs et son intelligence ; merci surtout pour cette soirée de juin au Hibou et cette étincelle magique, qui a permis la naissance de Vick.

Merci à Sophie Charnavel pour sa confiance et sa fidélité depuis tant d'années maintenant.

Merci à Zoé Guillermin pour sa patience, son aide et son travail acharné et minutieux.

Merci à l'ensemble des équipes de Robert Laffont pour leur investissement, si essentiel à chaque étape de la « gestation » d'un livre.

Un merci tout particulier à Maryse Cathébras (et à Laurent Delmas, qui me l'a fait découvrir avec tant d'anecdotes sur Uzès !), auteur d'*Uzès à la dérive (1939-1945)*, aux éditions Fenestrelle, un livre génial issu d'un travail de titan, qui m'a permis d'inventer à partir du réel et de faire éclore cette intrigue.

Merci à Radio France en général et à France Culture en particulier pour l'ensemble de votre œuvre. Remerciement spécial à Bénédicte Niogret pour ses podcasts passionnants qui ont eux aussi nourri ce livre.

Merci à monsieur Sigmund Freud, si critiqué hélas, qui a pourtant sauvé tant de vies.

Merci enfin à tous mes échecs qui m'ont mené à Vick Vickensen.

Une dernière chose. Parfois, une petite idée glanée lors d'un apéritif d'été permet la naissance d'un polar. Merci à Benoît pour les cochons.

La bande originale du livre

Prince, « Kiss »
Isabelle Adjani, « Ohio »
Starmania, Fabienne Thibeault, « Le monde est stone »
Véronique et Davina, « Gym Tonic »
Queen, « I Want to Break Free »
Whitney Houston, « Saving All My Love for You »
Ennio Morricone, « Il était une fois dans l'Ouest »
Daniel Balavoine, « Vivre ou survivre »
Gratt' & Co, « Champs Élysées (générique) »
Mylène Farmer, « Libertine »
France Gall, « Débranche »
Queen, « Love of my Life »
Stéphanie de Monaco, « Ouragan »
Jean-Jacques Goldman, « Pas toi »
Michel Berger, « Diego libre dans sa tête »

Accédez à la playlist du livre en scannant ce QR code :

La photocomposition de cet ouvrage
a été réalisée par
GRAPHIC HAINAUT
76, rue de Nancy
59100 Roubaix

Imprimé en France par
CPI Firmin-Didot
en janvier 2024

N° d'édition : 66654/01 – N° d'impression : 177647